21世纪通识教育系列教材
21st Century Textbooks of General Education

人工智能与机器学习

Artificial Intelligence and Machine Learning

王秋月　覃雄派　赵素云　张　静 ◎ 编著

中国人民大学出版社
· 北京 ·

图书在版编目（CIP）数据

人工智能与机器学习/王秋月等编著. —北京：中国人民大学出版社，2020.1
21世纪通识教育系列教材
ISBN 978-7-300-27581-9

Ⅰ. ①人… Ⅱ. ①王… Ⅲ. ①人工智能-高等学校-教材 ②机器学习-高等学校-教材 Ⅳ. ①IP18

中国版本图书馆CIP数据核字（2019）第240006号

21世纪通识教育系列教材
人工智能与机器学习
王秋月　覃雄派　赵素云　张　静　编著
Rengongzhineng yu Jiqixuexi

出版发行	中国人民大学出版社		
社　　址	北京中关村大街31号	**邮政编码**	100080
电　　话	010－62511242（总编室）		010－62511770（质管部）
	010－82501766（邮购部）		010－62514148（门市部）
	010－62515195（发行公司）		010－62515275（盗版举报）
网　　址	http://www.crup.com.cn		
经　　销	新华书店		
印　　刷	北京密兴印刷有限公司		
开　　本	787 mm×1092 mm　1/16	**版　　次**	2020年1月第1版
印　　张	13.5 插页1	**印　　次**	2025年1月第6次印刷
字　　数	274 000	**定　　价**	36.00元

·前 言·

人工智能的终极目标是制造出具有人类智能的机器。从几千年前的古希腊始，人类就一直梦想着制造出能像人一样思考和行动的机器。现代电子计算机的诞生为这一梦想提供了强有力的实现基础。图灵在《计算机器与智能》一文中推测了构建会思考的机器的可能性，并提出了用以衡量一个机器是否具有智能的标准——图灵测试。人工智能作为一个研究领域，最早在1956年的达特茅斯会议上提出。它通常被视为计算机科学的一个分支，但其涉及计算机科学、神经科学、心理学、认知学、哲学和语言学等多种自然科学和社会科学学科，其范围已经远远超出了计算机科学的范畴。

近年来，随着计算机技术的迅猛发展，各行各业都在经历深刻的变革。从“互联网＋”到“智能＋”，人工智能几乎无孔不入，渗透到我们的日常生活和各个领域，如教育、医疗、金融、农业生产、工业制造、商业决策、科学发现、政府管理等。因而，各行各业的人才都需要了解和掌握一定的人工智能知识和技术，才能更好地适应当前第三次人工智能浪潮带来的新技术变革。

基于这样的初衷，我们从2018年春季学期开始，在中国人民大学开设了一门计算机应用类公共课：人工智能与机器学习。该课程面向全校的非计算机专业的本科生，如财金及人文社科类的学生，向他们普及人工智能和机器学习技术。其设计主旨是尽可能不涉及大量数学模型与复杂编程知识，通过对丰富应用案例的详细讲解，引导学生了解各种机器学习模型的基本原理与实践用法，熟悉当下流行的一些机器学习和数据处理工具的使用，从而能够使用机器学习技术来解决各领域现实中遇到的各种数据分析和预测问题。

开设课程中，我们发现缺少合适的教材。目前市面上有一些较详细讨论机器学习原理的优秀教材，如周志华的《机器学习》和李航的《统计学习方法》等，但它们缺乏具体的模型使用实践与代码。市场上也不乏“零基础”或“零起点”的机器学习快速入门教材，但这些书籍又过于偏重实际的代码操作，缺乏对模型原理的讲解。没有对模型原理的理解，读者很难真正学会使用模型。例如，模型中有哪些超参数？它们各自的含义是什么？如何设置最佳的超参数值？如果一个模型性能不佳，可能的原因有哪些？如何改进？等等。基于这些考虑，我们决定编写一本适合这门课程设计和定位的教材，即主要面向非计算机专业的本科学生，更好地将机器学习原理与应用实践结合起来。

全书由王秋月主持编写，制定大纲，划分章节，制作所有章节的课件、课堂教学案例和上机实验案例等。然后，具体每章内容的编写工作如下：第1，2，11，12，15

章由王秋月负责编写；第 3，4，9，10 章由覃雄派负责编写；第 5，6，7，8 章由赵素云负责编写；第 13，14 章由张静负责编写。最后，由王秋月对全书统一审校和做必要的修改完善。在此感谢各位编者的共同努力。

感谢中国人民大学计算机公共课教研室的尤晓东老师为开设这门课程提供的支持和帮助。感谢中国人民大学出版社的王伟娟编辑，在她的不断推动下，本书得以最终完成和出版。在本书的编写过程中，各位编者受到如下项目的资助，对此表示感谢。张静受国家自然科学基金（61702522）的资助，赵素云受国家自然科学基金（61732006，61772536）的资助，王秋月受国家自然科学基金（61532010）和北大方正集团有限公司数字出版技术国家重点实验室开放课题的资助。

由于编者水平有限，书中难免不足和错误之处，敬请专家和读者批评指正。

王秋月

2019 年 12 月，于北京

· 目　录 ·

第 1 章 人工智能简介

近年来，随着信息技术的飞速发展和广泛应用，人类生产生活过程中产生的数据量呈爆炸式增长，计算机的运算能力突飞猛进，深度学习等新技术不断涌现和进步，人工智能成为一个热点，受到各国政府的重视和投资界的追捧。各式各样的智能应用纷纷出现，不断翻新，改变着我们的日常生活和生产方式。在现实生活中，我们每天都在和许许多多的智能应用打交道。打开电子邮箱查收邮件，邮件服务器上的程序已帮我们自动识别并过滤了垃圾邮件；上网浏览新闻，或者上电子商务网站（如淘宝、京东）购物，系统会根据我们的个人信息和以往的浏览或购买行为推测出我们可能感兴趣的新闻或商品推荐给我们；要进入安装了指纹锁的办公室，需要门锁系统能识别出我们的指纹；去银行申办信用卡或贷款，银行职员将我们的相关信息输入电脑，由其中的决策系统来判断我们是否合格。事实上，人工智能可以赋能各行各业，在各个领域都得到广泛应用，包括智能家居、智慧金融、智能客服、智能制造、智能医疗、智能教育，以及智能艺术创作等。

那到底什么是人工智能？人工智能又有怎样的发展历史？

1.1 什么是人工智能

人工智能（artificial intelligence，AI）的定义包含两部分，即“人工”和“智能”。

维基百科上的定义是：人工智能（又称机器智能，machine intelligence）是由机器表现的智能，相对于人类和其他动物所表现的自然智能。这是关于“人工”的定义，即和人类或自然智能相对。

但对于什么是“智能”却莫衷一是了。大家现在唯一认同的智能就是人本身的智能，而我们对人类自身的智能理解非常有限。一些计算机科学家将“智能体”定义为：任何可以感知其环境，并采取能最大化其目标实现可能性的动作的设备。一些管理科学家将智能定义为：能正确地解释外部数据，从这些数据中学习，并利用所学，通过灵活的适应，来达成特定的目标和任务的能力。通俗地讲，一个机器只要能模拟人的认知功能，如人类思维中的学习和问题求解等，就认为它具有人工智能。

总的来说，人工智能学科是研究人类智能活动的规律，构造具有一定智能的人工系统，研究如何应用计算机的软硬件来模拟人类某些智能行为的基本理论、方法和技术的学科。人工智能学科通常被视为计算机科学的一个分支，但它涉及计算机科学、神经科学、心理学、认知学、哲学和语言学等各种自然科学和社会科学的学科，其范围已远远超出了计算机科学的范畴。

1.2　人工智能简史（1956 年以前）

人工智能作为一个研究领域的名称，在 1956 年达特茅斯会议上第一次提出，但是制造出能像人一样思考和行动的机器作为人类的最高梦想，可以追溯到古希腊。

最古老的接近人工智能的故事来自于公元前 8 世纪的荷马史诗《伊利亚特》。书中身有残疾的工匠之神赫菲斯托斯用黄金打造了一批机械女仆，帮助他锻造器物："它们有心能解意，有嘴能说话，有手能使力，精通手工制造。"赫菲斯托斯甚至还造出了第一个"杀手机器人"塔洛斯。塔洛斯是公元前 3 世纪史诗《阿尔戈英雄纪》中的青铜巨人，守在克里特岛沿岸，朝入侵者投掷石块。这些虚构的文学作品的现实基础是古希腊当时高超的自动机制造技艺。图 1-1 左图是一个使用机械原理制造的可以在宴会上为客人自动斟酒的女仆。右图是亚历山大港的数学家兼工程师希罗在其公元 1 世纪的专著《自动装置的制作》中描述的一个全自动的木偶剧院，这个剧院通过轮轴、杠杆、滑轮和车轮的相互作用，可以上演一出完整的歌剧。

图 1-1　古希腊的自动机

从古至今，仿人机器始终代表着人类最直接的心愿——永远顺从的理想仆人、永不言倦的完美战士。正如亚里士多德在《政治学》中所述："如果机器在接受命令或是有了意识后能够完成其职责，那么统治者就不再需要奴隶了。"

现代人工智能源起于古代哲学家关于人脑的思考或推理过程可以机械化这一假设。

古希腊哲学家亚里士多德（前 384—前 322）给出了形式逻辑的基本规律；德国数学家和哲学家莱布尼茨（1646—1716）提出了关于数理逻辑的思想，把形式逻辑符号化，从而能对人的思维进行运算和推理；英国数学家和逻辑学家布尔（1815—1864）实现了莱布尼茨的思维符号化和数学化的思想，提出了一种崭新的代数系统——布尔代数。

1900 年数学家大会上，德国数学家希尔伯特（1862—1943）给全世界的数学家们抛出了几道难题，其中一道根本问题是“是否所有的数学问题都存在机械的形式化算法来解决?”要回答这个问题，首先要给出机械的形式化算法的确切定义。图灵和丘奇分别用图灵机和 λ 演算给出定义，其中图灵提出的图灵机模型通过读入、写出、向左或向右移动读写头等几个基本操作就可以模拟任何机械的形式化算法。很多科学家受图灵机的启发开始考虑构建实际的可以自动解决任何问题的机器。20 世纪 40 年代，电子计算机诞生了。

1950 年，图灵发表了具有里程碑意义的论文《计算机器与智能》，推测了构建会思考的机器的可能性，提出了著名的图灵测试，用来衡量一个机器是否具有智能。如图 1－2 所示，如果一台机器（通过电传打字机）和人进行会话，而人在有限时间内（例如五分钟内）无法识别出这是一台机器，则认为这台机器通过了图灵测试，即具有智能。

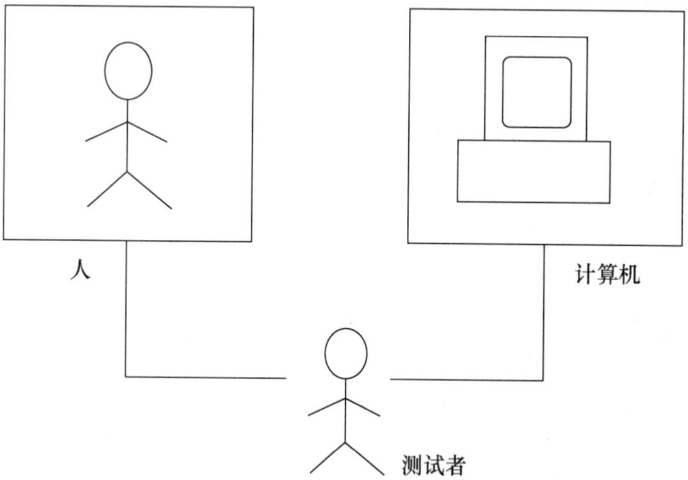

图 1－2　图灵测试示意图

1.3　人工智能简史（1956—1980 年）

1.3.1　黄金时代（1956—1974 年）

1956 年 8 月，在美国汉诺佛小镇宁静的达特茅斯学院中，麦卡锡和明斯基组织了一个夏季研讨会，讨论如何让机器来模仿人类学习及其他方面的智能。参会者包括塞弗里奇、萨缪尔、纽厄尔和西蒙等。达特茅斯会议上第一次提出了“人工智能”这个词，因而 1956 年被称为人工智能元年。

达特茅斯会议后，人工智能获得井喷式发展，迎来了黄金时代。

机器定理证明，用计算机程序代替人类进行自动推理来证明数学定理，是最先取得重大突破的领域之一。在达特茅斯会议上，纽厄尔和西蒙展示了他们的程序：“逻辑理论家”可以独立证明出《数学原理》第二章的 38 条定理；到了 1963 年，该程序已能证明该章的全部 52 条定理。1958 年，美籍华人王浩在 IBM 704 计算机上用 3～5 分钟的时间证明了《数学原理》中有关命题演算部分的全部 220 条定理。就在这一年，IBM 公司还研制出了平面几何的定理证明程序。

机器学习领域也获得了实质性的突破。在 1956 年的达特茅斯会议上，萨缪尔研制了一个跳棋程序，该程序具有自学习功能，可以从比赛中不断总结经验提高棋艺。1959 年，该跳棋程序打败了它的设计者萨缪尔本人。三年后，该程序已经可以击败一个美国的州跳棋冠军了。

1956 年，塞弗里奇研制出第一个字符识别程序，开辟了模式识别这一新的领域。

良好的发展势头让人工智能科学家盲目乐观起来。1965 年，西蒙预测，“二十年之内，机器就可以做人能做的任何事情”。1967 年，明斯基写到，“一代人之内……创造‘人工智能’的问题就会被基本解决”。

1.3.2　第一个冬天（1974—1980 年）

过度的乐观抬高了整个社会对人工智能的期许，但渐渐地，人工智能许多领域的发展陷入瓶颈。在机器定理证明领域，计算机推了数十万步也无法证明两个连续函数之和仍是连续函数；萨缪尔的跳棋程序也没那么神奇了，它止步在州冠军的层次，无法进一步战胜世界冠军。当实际结果无法达到预期时，政府大大削减了资助人工智能研究项目的经费。1974 年开始，人工智能的发展进入第一个冬天。

费根鲍姆分析到，传统的人工智能之所以会陷入僵局，是因为研究者过于强调通用求解方法，而忽略了具体的知识。人类在推理或求解各种问题时会用到大量的各类知识，如专业领域知识和常识等，所以人工智能系统必须引入知识。1968 年，费根鲍姆带领他的学生们开发出第一个成功的专家系统 DENDRAL，它可以根据质谱仪的数据以及有关化学知识推断有机化合物的分子结构。1972 年他们又研制了诊断和治疗细菌感染性血液病的专家咨询系统 MYCIN。很快各式各样的专家系统陆续涌现，人工智能走向了实用化，形成了一种新的软件产业：知识产业。在 1977 年第五届国际人工智能大会上，费根鲍姆系统地阐述了专家系统的思想，并提出了知识工程的概念。

1.4 人工智能简史（1980—2010年）

1.4.1 繁荣时期（1980—1987年）

知识库系统和知识工程成为20世纪80年代人工智能研究的主要方向。

1980年，卡内基梅隆大学为数字设备公司（Digital Equipment Corporation）设计了一套名为XCON的专家系统，这套具有完整专业知识和经验的计算机智能系统每年为数字设备公司节省了大量成本。世界各国纷纷开发和部署专家系统，到1985年在AI方面的投入已经超过10亿美元。

1981年，日本经济产业省拨款8.5亿美元支持第五代计算机项目，其目标是造出能够与人对话、翻译语言、解释图像，并且像人一样推理的机器。受到日本的刺激，其他国家纷纷做出响应。英国开始了耗资3.5亿英镑的Alvey工程。美国一个企业协会组织了MCC公司（Microelectronics and Computer Technology Corporation），向AI和信息技术的大规模项目提供资助。美国国防部高级研究计划局（DARPA）也行动起来，发起了国家战略计算倡议，其1988年向AI的投资是1984年的三倍。人工智能又迎来了大发展。

1.4.2 第二个冬天（1987—1993年）

随着专家系统应用的不断深入，知识获取成为其进一步发展的主要瓶颈。专家系统的成功依赖于将大量的领域知识以及人类常识表示成计算机能识别并利用的知识，这通常是比较困难和耗时耗力的，在狭窄的特定领域是可行的，但无法推广到规模更大、知识更复杂的领域。日本、美国、英国等制定的针对人工智能的雄心勃勃的计划多数执行到20世纪80年代中期就开始困难重重，已经看出难以达到预想的目标。人工智能的发展遭遇第二个冬天。

尽管经历了多次挫折，人工智能仍在向前发展，人们对它的探索和研究从未停止过。

1982年，物理学家约翰·霍普菲尔德（John Hopfield）证明了一种新型的神经网络（现被称为霍普菲尔德网络），能够用一种全新的方式学习和处理信息。大约在同时，杰弗里·欣顿（Geoffrey Hinton）和戴维·鲁梅哈特（David Rumelhart）推广了一种训练神经网络的方法——反向传播算法。这些发现使1970年以来一直遭人遗弃的连接主义（connectionism）重获新生。人工神经网络的主要特点是信息的分布式存储和并行处理，并具有自组织自学习能力，这使得人们利用机器处理信息有了新的途径和方法，解决了一些传统人工智能的符号逻辑推理方法难以解决的问题，给人们带来新的希望。

20世纪90年代，人工神经网络成功应用于字符识别和语音识别等任务。

20世纪80年代末，一些研究者提倡一种基于机器人的全新人工智能方法。他们认为，要展示真正的智能，机器需要有一个身体来感知外部世界并与之交互。这些感觉运动技能对产生更高层次的技能如常识推理是必不可少的，他们提倡自下而上地建设智能。美国麻省理工学院的罗德尼·布鲁克斯（Rodney Brooks）教授在其1990年发表的题为《大象不会下象棋》的论文中将矛头直指符号推理系统，认为符号并不总是必要的，因为“世界就是它自己最好的模型。它总是最新的。它总是包含所有需要被知道的细节。窍门是要恰当地感知它，这通常就足够了”。这一学派被称为行为主义（actionism）学派。

传统的人工智能则被称为符号主义（symbolicism）学派。到20世纪90年代，符号主义、连接主义和行为主义三大学派形成了三足鼎立的局面。

符号主义又称逻辑主义，认为人工智能源于数理逻辑，试图通过形式化的符号表示和逻辑推理系统来描述智能行为。其原理为纽厄尔和西蒙提出的物理符号系统假说（physical symbol system hypothesis，PSSH），即“物理符号系统是表现一般智能行为的充分必要条件”。符号主义长期一枝独秀，为人工智能的发展做出重要贡献。其代表性的成果为最早期的自动定理证明，后来又发展了启发式搜索、专家系统和知识工程的理论与技术，尤其是专家系统的成功开发与应用，对人工智能走向工程应用和实现理论联系实际具有重要意义。在其他学派出现之后，符号主义仍然是人工智能的主流派别。

连接主义认为人工智能源于仿生学，特别是对人脑模型的研究。我们知道，人类的智慧主要来源于大脑的活动，而大脑则是由一万亿个神经元细胞通过错综复杂的相互连接形成的。连接主义认为高级的智能行为是从大量神经网络的连接中自发出现的，试图通过仿真大脑神经网络的活动来实现智能。它的代表性成果是1943年心理学家W.S.麦卡洛克（W.S.McCulloch）和数理逻辑学家W.皮茨（W.Pitts）建立了神经网络和数学模型，称为MP模型，提出了神经元的形式化数学描述和网络结构方法，从而开创了人工神经网络研究的时代。20世纪60—70年代，以感知机（perceptron）为代表的神经网络模型的研究出现过热潮，但受到当时理论模型和技术条件的限制，神经网络模型研究在20世纪70年代后期至80年代初期陷入低潮，直到霍普菲尔德教授在1982年提出一种新的神经网络模型——霍普菲尔德神经网络，该网络可以解决一大类模式识别问题，还可以给出一类组合优化问题的近似解。贝尔实验室于1987年成功在霍普菲尔德神经网络的基础上研制出神经网络芯片。同时，杰弗里·欣顿和戴维·鲁梅哈特推广了训练多层神经网络的反向传播算法。连接主义重新抬头。2006年，欣顿在神经网络的深度学习领域取得研究突破，同时随着大数据和各种分布式计算框架的诞生，深层神经网络的训练成为可能，引发了最近几年的深度学习浪潮。

行为主义认为人工智能源于控制论。20世纪四五十年代，诺伯特·维纳（Norbert Wiener）和W.S.麦卡洛克等人提出的控制论认为，所有的智能活动都是反馈机制的结果，而反馈机制是可以用机器模拟的。20世纪80年代末诞生的行为主义人工智能学派认为，智能是在与环境的交互过程中表现出来的，即感知-动作，无须知识表示，无须推理。此学派的代表作首推罗德尼·布鲁克斯设计的六足行走机器人，一个基于感知-动作模式模拟昆虫行为的控制系统。

1.4.3 平稳发展期（1993—2010 年）

20 世纪 90 年代中期，人工智能终于实现了其最初的一些目标，开始成功应用在整个技术行业中，尽管有时候是幕后英雄，例如，数据挖掘、工业机器人、物流、语音识别、医疗诊断、搜索引擎等。这些成功部分源于计算机性能的提升，部分是由于限定在具体问题上。在人工智能领域内部，人们对于为什么人工智能未能实现人类智能梦想没有达成一致，进而导致人工智能分裂成相互竞争的几个子领域，这些子领域分别专注于特定的问题或方法，例如，机器学习、自然语言理解、计算机视觉、机器人学等。人们对人工智能开始抱有客观理性的认知，人工智能技术进入平稳发展时期。

1997 年 5 月 11 日，IBM 的计算机系统深蓝战胜了国际象棋世界冠军卡斯帕罗夫，成为人工智能发展中的一个重要里程碑。2011 年 2 月，IBM 的自动问答系统 Waston 在知识问答电视节目中以显著差距击败了两个最优秀的人类冠军选手。这些里程碑式的胜利并不是基于模型或方法上的革命性的突破，而主要依赖于不厌其烦的工程实施和计算机在速度和容量上的巨大提升。例如，IBM 的深蓝系统每秒钟可以处理 2 亿步棋。

1.5 人工智能简史（2010 年至今）

进入 21 世纪，随着互联网的发展和计算机系统的普及，产生了与日俱增的数据，为人工智能提供了大量的训练数据。另外，计算机硬件技术的飞速发展，更快的 CPU、通用 GPU 的出现、更快的网络连接和更好的分布式计算的软件基础设施，为运行复杂的人工智能算法提供了足够的计算力。2006 年，杰弗里·欣顿和他的学生提出一种可以有效训练称为“深度信念网络”的神经网络的策略，正式提出了深度学习的概念。随后的研究很快表明，同样的策略可以用来训练许多其他类型的深度网络。和浅层神经网络相比，多隐层的深度神经网络具有优异的特征学习能力，学习得到的特征对数据有更本质的刻画，从而有利于可视化或分类。在实际应用中，深度神经网络能获得比浅层网络更好的对复杂函数逼近的效果。

2012 年，在著名的 ImageNet 图像识别大赛中，杰弗里·欣顿领导的小组采用深度学习模型 AlexNet 一举夺冠，以 15%的错误率远超第二名 26%的错误率，吸引了学术界和工业界对深度学习领域的关注。

同年，杰夫·迪安（Jeff Dean）与吴恩达的团队通过深度学习技术，成功让 16 000 个中央处理器核心在学习 1 000 万张图片后，在 YouTube 视频中认出了猫的图像。

2014 年，脸书（Facebook）基于深度学习技术的 DeepFace 项目，在人脸识别方面的准确率已经能达到 97%以上，跟人类识别的准确率几乎没有差别。这样的结果再一次证明了深度学习算法在图像识别方面的一骑绝尘。

2016 年，谷歌 Deepmind 基于深度学习开发的 AlphaGo 以 4∶1 战胜了国际顶尖围棋高手李世石，深度学习的热度一时无两。后来，AlphaGo 又接连和众多世界级围棋高手过招，均取得了胜利。在围棋领域，基于深度学习技术的机器已经超越了人类。

2017 年，基于深度强化学习算法的 AlphaGo 升级版 AlphaGo Zero 横空出世。其采用“从零开始”“无师自通”的学习模式，以 100∶0 的比分轻而易举打败了 AlphaGo。此外在这一年，深度学习的相关算法在医疗、金融、艺术、无人驾驶等多个领域均取得显著成果。

深度学习引领了连接主义的复兴，同时，以强化学习为代表的行为主义也在兴起。目前，我们正处于以深度学习和强化学习为代表的第三次人工智能浪潮中。

参考文献

[1] Wikipedia. Artificial Intelligence.

[2] Wikipedia. History of Artificial Intelligence.

[3] 集智俱乐部. 科学的极致：漫谈人工智能. 北京：人民邮电出版社，2015.

第 2 章 机器学习简介

人工智能的终极目标是制造出具有人类智能的机器。早期的智能系统（如专家系统）大多使用显式构建的逻辑规则和领域知识进行推理。这种自顶向下的知识获取方法，需要手动地将各种可能用到的领域知识表示成机器所能理解和使用的形式，因而在获取知识的规模性和复杂性方面具有明显的局限性。手动获取知识只适用于狭窄的特定领域或任务，人类具有该领域几乎所有知识，且这些知识易于被形式化地表示，例如下棋程序等。但在很多应用中，需要大量的复杂的知识，而且通常这些知识是主观或直觉性的，很难被形式化地表示。例如人脸识别任务中，人如何从图片中识别出一张人脸的方法很难显式地传授给机器。

机器学习作为人工智能的一个子领域，主要研究如何模拟或实现人类智能中的学习功能，即让机器自动地从经验中获得新的知识或技能。20 世纪 80 年代，在以知识工程为主导的自顶向下的知识获取方式陷入瓶颈时，机器学习——一种自底向上获取知识的方法，获得日益广泛的研究，逐渐融入人工智能的各种基础问题中。现在，机器学习已得到广泛应用，如数据挖掘、计算机视觉、自然语言处理、生物特征识别、搜索引擎、医学诊断、检测信用卡欺诈、证券市场分析、DNA 序列测序、语音和手写识别、机器人和无人驾驶汽车，等等。

近年来，在大数据和更快更强的计算机硬件的条件下，基于深度神经网络模型的深度学习方法引领了第三次人工智能浪潮的兴起。

人工智能、机器学习和深度学习三者是相继包含的关系，如图 2-1 所示。机器学习是人工智能的一个子领域，而深度学习是一种机器学习方法，机器学习还有很多其他模型和方法，例如逻辑回归、支持向量机、决策树等。

本章我们将讨论什么是机器学习，以及机器学习的分类等。

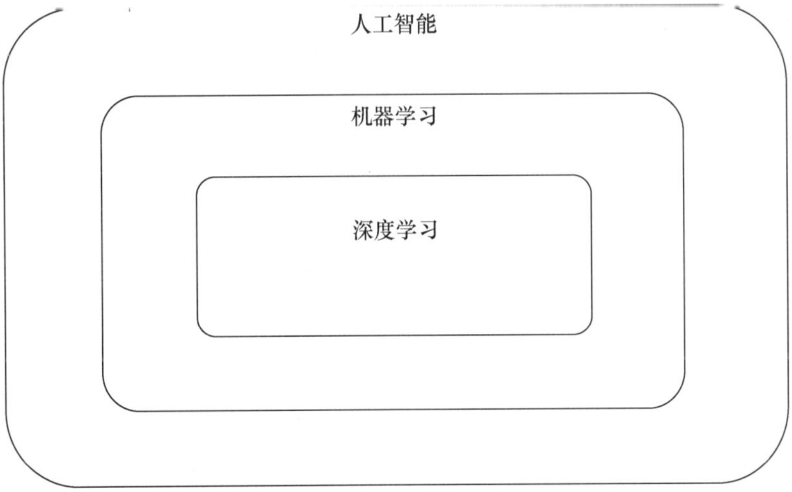

图 2-1　人工智能、机器学习和深度学习的关系

2.1 什么是机器学习

机器学习一词最初是由阿瑟·塞缪尔（Arthur Samuel）在 1959 年创造的。他同时给出了机器学习的一个通用的定义：

Machine Learning is the field of study that gives computers the ability to learn without being explicitly programmed.

即机器学习是一个研究领域，它使计算机能够学习而不是被显式编程。例如，一个垃圾邮件过滤器程序，如果只是依靠写入程序的规则去判断给定的邮件是不是垃圾邮件，比如标题中包含“开”“发”“票”三个字的一般是垃圾邮件，则不是机器学习。

另一个被广泛采用的，更形式化或者工程化的定义是汤姆·米切尔（Tom Mitchell）于 1997 年给出的：

A computer program is said to learn from experience E with respect to some task T and some performance measure P, if its performance on T, as measured by P, improves with experience E.

即如果一个计算机程序在任务 T 上的性能（用 P 来衡量）可以通过经验 E 得到改进，称该程序能从经验 E 中学习。这里给出了机器学习中三个重要的因素，即任务 T、性能衡量指标 P 和经验 E。例如，对于一个垃圾邮件过滤器程序来说，它的任务 T 就是判断给定的电子邮件是否为垃圾邮件，可以用判断正确的百分比（即准确率）来衡量其完成任务的好坏，而用来学习的经验就是被用户标记过的一些垃圾邮件和正常邮件，这些邮件称为训练样例，它们构成的用以学习的训练集即是经验。所以如果一个垃圾邮件过滤器能从获得的经验（训练数据）中改进其判断一个新邮件是否为垃圾邮件的准确率的话，就称它有学习能力。

一般而言，机器学习适合处理下面几种问题：

- 现有解决方案需要大量手动调优的规则的问题：一个机器学习算法通常可以简化代码并获得更好的表现。
- 使用传统方法根本无法解决的复杂问题：最好的机器学习技术可以找到解决方案。
- 环境经常变化的问题：机器学习系统可以自动适应新的数据。
- 洞悉复杂问题或大量数据：机器学习技术可以用来自动发现大量数据中隐含的一些模式或关系，帮助人更好地理解数据或者复杂问题。

2.2　机器学习分类

机器学习系统有很多种，可以按照不同的维度将它们划分成多个类型。例如，按照学习过程中受到的人类指导的量和类型，可以分为监督学习、半监督学习、无监督学习和强化学习，这也是最主要的一种划分机器学习类型的方法。我们这一节集中讨论这几种不同类型的机器学习。

2.2.1　监督学习

最成功的一类机器学习算法当属那些从一组已知样例中泛化出自动决策过程的算法，这类算法称为监督学习。对于监督学习算法，人类提供一组输入输出对作为训练数据，算法的主要目标是从中学习到一个模型或者函数，使得给定一个输入（尤其是算法从没见过的输入）时，能产生相应的输出。

例如，给定一个垃圾邮件时，垃圾邮件过滤器应该能输出“是”；而给定一个正常邮件时，应该能输出“否”。供垃圾邮件过滤器学习用的训练数据集是一组由已知垃圾或正常邮件构成的输入输出对，其中每个输入是一个垃圾邮件或者正常邮件，对应的每个输出是“是”或者“否”。

一类典型的监督学习任务是分类。分类算法的输出值是离散的类别标签。例如上面的垃圾邮件过滤器就是一个分类任务，它的输出值是“是”或“否”两个类别标签。只有两个类别标签的分类任务称为二分类任务；有两个以上类别标签的分类任务称为多分类任务。例如，图像识别任务，给定一张图片，识别出图片中的动物，如猫、狗、狮子等，输出值是多个类别值中的一个，因而是一个多分类任务。

另一类典型的监督学习任务是回归。回归算法的输出值是连续的数值。例如，根据前五天的天气状况来预测第六天的 PM2.5 的值，PM2.5 的值是一个连续的数值，所以这是一个回归任务。根据股票的历史价格和特征来预测其未来的价格，也是回归任务。根据学生的平时成绩和考前投入的时间等预测其期末考试分数同样也是回归任务，但如果预测的不是具体的分数，而是“A”“B”“C”“D”哪一档的话，就是一个多分类任务了。

在现实中，大家还可以找到许多监督学习的例子：

- 识别信封上的手写邮政编码。输入是信封的扫描图片，输出是上面写的邮政编码中的每一位数字。因为每一位数字有“0”到“9”十种可能情况，所以是多分类任务。
- 判定医学图像中的肿瘤是恶性还是良性的。输入是一张医学图像，输出是对这张图像中肿瘤的判定结果，即“恶性”或者“良性”。因为只有两个类别，所以是二分类任务。

- 检测信用卡交易中的欺诈行为。输入是一条信用卡交易记录，输出是判断其是否存在欺诈行为，有两种可能结果：“是”或者“否”，这也是一个二分类任务。

2.2.2 半监督学习

监督学习依赖于一定数量的训练数据，一般来说，模型越复杂（参数量越大）需要的训练数据越多。然而在很多应用中获取训练数据的代价比较大，例如，在医学图像诊断任务中，对医学图像数据的标注需要稀缺而昂贵的医学专业知识，获得足够量的训练数据的代价非常大。

研究者提出一些半监督的学习方法，它们在学习阶段可以结合使用标注好的训练数据和无标注数据，通常是少量标注数据加上大量的无标注数据。例如在图像识别任务中，除了使用标注好的图片外，还结合使用大量采集来但没有进行标注的图片。与只使用标注好的数据集进行训练的监督学习算法相比，半监督学习算法可以使用更少的有标注的训练数据达到更好的预测效果，从而降低标注成本并改善性能。

半监督学习方法有很多种，例如结合无监督和监督学习方法，先聚类再标注，以及基于生成模型的半监督学习方法；还有自训练（self-training）、协同训练（co-training）等方法。本书中不讨论具体的半监督学习算法，感兴趣的读者可以参考相关文献。

2.2.3 无监督学习

无监督学习算法所面对的数据集是无任何标注的数据，即没有任何指导，只有输入而没有与之匹配的输出，例如给定一组图片，或者一组文档等。无监督学习所做的主要是挖掘数据中的一些规律或模式，从而实现聚类或降维等。

聚类是最常见的一种无监督学习任务。聚类算法一般根据数据间的相似性将相似的事物聚成一组，不同组的事物之间则尽可能地不相似。它能帮助我们自动识别数据之间的关系和结构，从而将一堆散乱的数据或信息结构化地组织起来。例如，使用聚类算法可以将购买某一商品的所有用户按照其兴趣和购买行为等方面的相似性聚成不同的用户群，以便营销人员执行有针对性的营销策略。

另一种常见的无监督学习任务是降维。在现实的很多应用中，表示事物的数据是很高维的，一个事物会用很多特征来描述，这通常会造成计算和存储的困难。降维算法通过把数据映射到一个低维子空间来去除冗余的特征，在尽可能保持原有信息的同时达到压缩和简化数据的目的。

还有一类比较重要的无监督学习任务是异常检测，又称异常点或者离群值检测。顾名思义，一个数据集中异于大部分正常事物的事物称为异常点或者离群值，可以使用异常检测算法发现它们。例如，一个飞机引擎制造商需要对所生产的飞机引擎进行质量控制检测，即测量飞机引擎的一些特征，如引擎运转时产生的热量，以及引擎的振动等。当一个新的飞机引擎从生产线上流出，所谓异常检测问题就是：我们希望知道这个新的飞机引擎是否有某种异常。异常检测有很多重要的应用，例如欺诈行为检测、生产质量检测、故障检测等。

现实中，大家同样可以找到许多非监督学习的例子：

● 概述文档集。给定一个包含许多文档的集合，如新闻或者博客等，发现这些文章涵盖了哪些主题。主题的数量和内容预先都不知道。这是一个文档聚类任务。

● 按照偏好划分客户群。给定一组客户记录，根据他们的购买偏好，将其划分成不同的群，例如“父母”“书虫”“电脑游戏玩家”等。这些群也不是预知的。这同样是一个聚类任务。

● 检测对一个网站的异常访问。Web 网站的日志里存了该网站被访问的所有流量数据，其中大部分是正常访问，极少数是入侵行为。如果出现对网站的异常访问，应该要马上检测出来，以防止网站被黑客入侵。“正常的总是相似的，异常的却各有各的异常。”这是一个异常检测任务。

2.2.4　强化学习

强化学习介于监督学习和无监督学习之间，学习过程受到一定的指导，但这种指导不像监督学习那样直接给出正确答案，而是评价式的反馈，例如“好”或者“不好”，甚至“好多少”，具体地可由一个回报函数（reward function）来实现。经典儿童游戏“hotter or colder”是这一概念的一个很好例证。游戏的任务是找到一个隐藏的目标物件，其他人会喊出你是否更接近（hotter）或更远离（colder）目标物件。“Hotter/colder”就是回报函数，你通过不断最大化回报来让自己实现最终目标。

通过与所处环境的交互，一个强化学习系统通过不断探索性地试错来学习能最大化其回报的一系列行为。例如，很多机器人都是使用强化学习算法来学习如何走路。DeepMind 公司开发的自动下围棋程序 AlphaGo 及其升级版 AlphaGo Zero 都是应用强化学习的很好例证。在自动下围棋程序中，环境是棋盘，在棋盘的当前状态下，程序确定下一步的动作，即在哪儿落子，回报可以被定义为最终赢棋或者输棋的可能性。

近年来，结合深度学习的感知能力和强化学习的决策能力的深度强化学习，得到了广泛的关注和研究。深度强化学习广泛应用于游戏、机器人、自然语言处理、智能驾驶和智能医疗等诸多领域。

本书主要集中介绍各种监督学习和无监督学习的模型和算法，不讨论具体的强化学习算法。

参考文献

[1] Wikipedia. Machine Learning.

[2] Aurelien Geron. Hands-On Machine Learning with Scikit-Learn & Tensor-

Flow. O'Reilly Media, 2017.

[3] Andreas C. Mueller, Sarah Guido. Introduction to Machine Learning with Python. O'Reilly Media, 2016.

[4] Sebastian Raschka, Vahid Mirjalili. Python Machine Learning (2nd edition). Packt Publishing, 2017.

第 3 章 Python 简介

Python 是一门面向对象的、解释型的高级语言。Python 语言本身简单易学；由于要求强制缩进，所以写出的代码可读性很高。

Python 语言由荷兰人吉多·范罗苏姆（Guido van Rossum）于 20 世纪 80 年代末 90 年代初，在国家数学与计算机科学研究中心发明。

Python 语言借鉴了大量成功的语言的优秀特点，包括 ABC，Modula-3，C，C++，Algol-68，Smalltalk，Unix shell 以及其他脚本语言。Python 语言遵循通用公共授权协议（GNU General Public License，GPL）。目前，Python 语言由一个核心开发团队维护。

Python 语言的主要特点包括：

- Python 是一门解释型的语言：用 Python 语言编写的程序由解释器负责执行，用户无须事先编译 Python 程序，甚至可以在解释器里一条语句一条语句地执行。在这点上，Python 语言和 Perl、PHP 类似。
- Python 程序可以交互式执行：用户可以在 Python 命令提示符下交互式地执行程序的每一个语句，立即看到结果，一旦有错，可以马上修改。即用户可以交互式地运行和调试 Python 代码。
- Python 语言是一门面向对象的语言：Python 支持面向对象编程。
- Python 语言简单易学，特别适合没有学习过编程的人。这并不意味着 Python 语言的功能有限，相反，利用第三方程序库，Python 可以编写各种各样的应用程序，从简单的文本处理，到浏览器，甚至游戏都可以。
- Python 语言是一门可移植的语言：目前我们可以在主流的硬件平台和操作系统上运行 Python 程序，无须修改代码。这些操作系统包括 Windows，Unix，Linux，Mac OS 等。
- 大量的第三方库：人们为 Python 语言开发了大量的第三方库，用户可以使用这些第三方库，操作数据库，处理多媒体数据，进行统计分析和机器学习，编写带图形用户界面（GUI）的程序等。Python 的强大能力来源于此。
- Python 语言支持动态的数据类型（dynamic data types）、自动垃圾回收（automatic garbage collection）等特性。

值得指出的是，虽然 Python 程序主要通过解释的方式来执行，但用户也可以把 Python 程序编译成字节码，然后发布出来，脱离解释器运行。

3.1 环境配置

我们可以在 Mac OS，Linux 以及 Windows 上安装 Python 开发环境。在这里仅仅介绍 Windows 上的 Python 开发环境配置，其他平台上如何配置请参考相关资料。

建议使用 Anaconda 发行版安装 Python 开发环境。用户可以从网址 https://www.anaconda.com/download/#windows 下载针对 Windows 平台的安装包，本书使用 Python 3.X 版本。双击安装包，按照提示，一步步安装即可（见图 3-1）。

图 3-1　Anaconda 3 发行版

安装完成后，在 Windows 操作系统上有一个程序组 Anaconda 3（64-bit），包含若干快捷键，如图 3-2 所示。

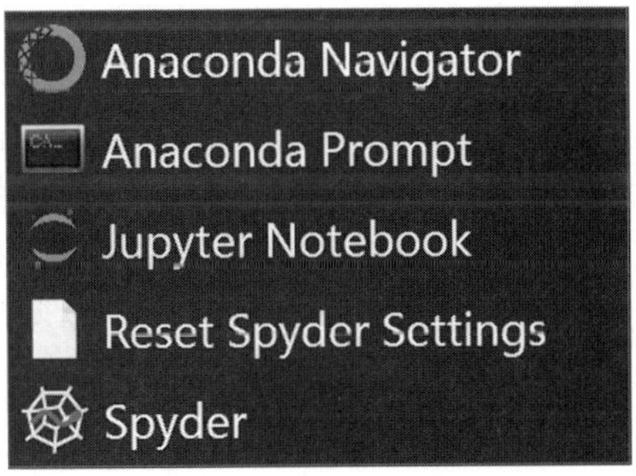

图 3-2　Anaconda 3 程序组

通过 Anaconda Prompt，用户可以打开 Windows 命令行提示符，Python 解释器执行的环境变量已经设置好，用户可以执行"python"命令，打开 Python 命令行，开始交互式编程。

用户也可以通过 Jupyter Notebook 打开基于网页的交互编程环境。启动 Jupyter Notebook 的过程是，点击 Windows 开始菜单，找到 Anaconda 3 程序组，点击"运行 Jupyter Notebook"快捷方式，浏览器自动启动，展示 Jupyter Notebook 界面。

然后选择"New"菜单，选择"Python [Root]"菜单项，新建 Notebook。这时用户就可以在输入框，按照 Python 的语法要求，输入 Python 代码，点击运行按钮▶|执行代码，即可立即观察到执行的结果（见图 3-3）。

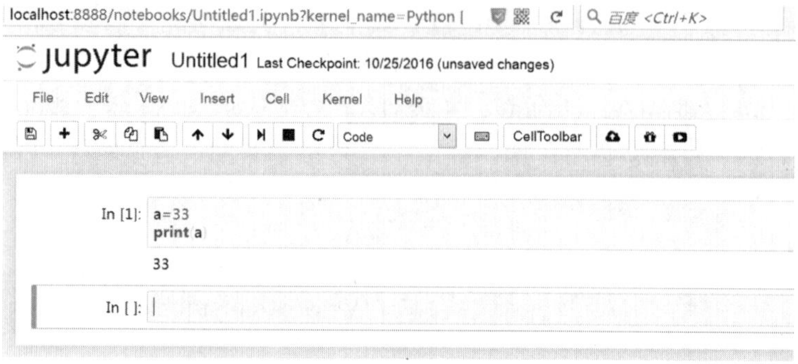

图 3-3 Jupyter Notebook 交互式开发环境

3.2 Python 基础编程

本节给出一个简短的 Python 语言教程，尽量涵盖 Python 的关键特性。读者在短短的十多分钟内，就可以对 Python 语言有一个基本的入门，了解 Python 语言的基本概念和编程的方法。

我们不是先讲语法，再给出实例，而是采用基于实例的讲解方法，部分代码在正文里面没有给出解释，而是在代码的后边直接给出注释，相信读者不难理解。

需要注意的是，Python 语言是区分大小写的，也就是变量名称等标识符里的大小写字母是不一样的。此外，Python 语言是严格缩进的，也就是每个语句块通过缩进来开始，而语句块的结束，则通过反缩进来实现（读者只要看一两个实例，即可明白其中含义）。一行语句里面“#”后边的所有文字都是注释。多行的注释用三个单引号或者三个双引号首尾括起来。

下面的实例中，分别给 myvar 和 mystring 进行赋值。赋予 myvar 的是一个整数，并且对其进行加法运算，运算结果存回 myvar；赋予 mystring 的是一个字符串。最后，对 myvar 和 mystring 进行交换，使得 myvar 拥有一个字符串的值，从而获得字符串类型，而 mystring 获得一个整数值，从而获得整数类型。

除了整数类型和字符串类型之外，Python 还支持小数（浮点数）类型，我们可以直接通过给一个变量赋予一个小数，使之获得小数类型。比如 myvar=3.14 即把 3.14 赋予 myvar，从而使得 myvar 具有小数类型。

```
myvar = 3        # 把 3 赋予 myvar，myvar 目前是整数类型
myvar += 2       # myvar = myvar + 2
print(myvar)     # 打印 myvar 的值
```

```
myvar -= 1          # myvar = myvar - 1
print(myvar)        # 打印 myvar 的值

""" This is a multiline comment.
The following lines concatenate the two strings."""

mystring = "Hello"       # 把字符串"Hello"赋予 mystring，mystring 目前是字符串类型
mystring += " world."    # 把" world."和 mystring 原有的串连接起来，然后再赋给 mystring
print(mystring)          # 打印 mystring

# This swaps the variables in one line(!).
myvar, mystring = mystring, myvar   #在一行语句里面，交换 myvar 和 mystring 的值
```

需要注意的是，进行赋值时使用“=”符号，而判断相等与否时使用两个等号“==”符号。

除了加法运算，Python 还支持减法、乘法、除法等算术运算，以及比较运算、逻辑运算等。

3.2.1　其他数据类型

Python 除了提供整数、小数、字符串等基本数据类型之外，还提供列表（list）、元组（tuple）、字典（dictionary）、集合（set）等复杂数据类型。

列表可以看作可变的一维数组（one-dimensional array），元组则可以看作不可变的一维数组。在这里，一维数组的各个元素可以是不同的类型，包括整数、小数、字符串等。字典是一系列的<key，value>对的集合，通过内部的哈希表管理。集合是不重复的元素的容器。

对于列表、元组（以及字典的 keys 和 values）来讲，可以通过下标来进行访问。下标从 0 开始，比如一个列表里面有 10 个元素，那么下标分别为 0，1，2，3，4，5，6，7，8，9。

负数表示的下标，表示从列表或者元组的末尾开始计数，如－1 表示最后一个元素，－2 表示倒数第二个元素。

```
# 建立一个 list，包含 3 个元素，列表用方括号括起各个元素，第二个元素是一个列表，第三个元素是一个元组
sample = [1, ["another","list"], ("a", "tuple")]
mylist = ["List item 1", 2, 3.14]     # 建立一个 list，包含 3 个元素
mylist[0] = "List item 1 again"      # 改变下标为 0 的元素
mylist[-1] = 3.21                    # 改变倒数第一个元素
print(len(mylist))                   # 调用 len 函数，计算 mylist 的长度，并且打印出来
```

```
# 建立一个<key, value>式的映射表,即字典
mydict = {"Key 1": "Value 1", 2: 3, "pi": 3.14}
mydict["pi"] = 3.15  # 改变 key 为 pi 对应的值为 3.15(原来为 3.14)

mytuple = (1, 2, 3)  # 建立一个元组,元组用圆括号括起各个元素
```

可以通过冒号“:”访问一个列表或者元组的下标范围，如［2：4］表示访问下标为 2，3（不包括 4）的元素，而［：4］表示访问下标为 0，1，2，3（不包括 4）的元素，［3:］表示访问下标为 3 以及之后的各个元素。

```
mylist = ["List item 1", 2, 3.14]  # 建立一个列表,包含 3 个元素
print(mylist[:])          # 打印所有元素,即['List item 1', 2, 3.14]
print(mylist[0:2])        # 打印下标为 0 和 1 的元素,即['List item 1', 2]
print(mylist[-3:-1])      # 打印下标为 -3 和 -2 的元素, 即['List item 1', 2]
print(mylist[1:])         # 打印下标为 1 和 2 的元素, 即[2, 3.14]
print(mylist[::2])        # 从头到尾,按照步长为 2, 提取各个元素,打印出来,即第一个、第三个、
第五个元素, 等等
```

Python 的字符串，是用单引号或者双引号括起来的一系列字符，包括字母、数字、各种符号。如果字符串里面出现单引号或者双引号，我们就用另外一种符号把字符串括起来即可，比如"He said 'hello'. "就是一个有效的字符串，如果把这个字符串打印出来，显示 He said 'hello'. 。

如果是跨越多行的字符串，需要首尾用三个双引号括起来。Python 的字符串在内部用 Unicode 进行编码，以表示世界各国的文字，包括中文和英文。

3.2.2 对程序流程进行控制

对程序的流程进行控制的语句，包括 if，for，while 等。if 用于分支判断，for 和 while 用于循环控制。在 Python 里面没有类似 C 语言的 switch 语句。

通过如下实例掌握流程控制语句的使用。首先熟悉 range 函数，range(n) 返回 0 到 $n-1$ 的整数列表。比如 range(10) 返回［0，1，2，3，4，5，6，7，8，9］。

在下面的实例中，首先建立一个 list，然后查看下标为 1 的元素是否为 2，如果是，输出一行提示；否则看该元素是否为 3，如果是，则输出另外一行提示；如果上述两个条件都不符合，那么输出 don’t know。由于下标为 1 的元素是 1，所以输出 don’t konw。

```
rangelist = range(10)  #[0,1,2,3,4,5,6,7,8,9]
if rangelist[1] == 2:
  print("The second item is 2")
elif rangelist[1] == 3:
  print("The second item is 3")
else:
  print("don't know")
```

下面给出一个基于 while 的循环实例，它的功能是计算 1 到 5 的各个整数的总和。

```
i =1
sum =0
while(i<=5):
  sum=sum+i;
  i=i+1;
print(sum)
```

循环程序结构的第二个实例是一个 for 循环，首先创建一个列表（包含三种水果名称），然后在列表长度（为 3）的基础上创建一个下标范围为［0，1，2］的有效下标，并按照顺序访问列表的每个元素。

```
fruits= ['banana', 'apple', 'mango']
for index in range(len(fruits)):
  print ('Current fruit :', fruits[index])
print ("Good bye!")
```

3.2.3　函数

函数是把实现一定功能的程序段组织起来，以便重复利用的一种机制。函数通过关键字 def 进行定义。

函数可以带若干参数，参数可以有缺省值。Python 函数的一个重要的特性是，它可以返回多个值。下面的函数实例展示了如何在 Python 里定义并使用函数。

```
# 这个函数带 3 个参数,第 2 和第 3 个参数都有缺省值
def func_example(a_list, an_int=2, a_string="A default string"):
    a_list.append("A new item")            # 把元素插入 list
    an_int=4                               # 修改 an_int
    return a_list, an_int, a_string        # 返回三个值

my list=[1, 2, 3]
my_int=10
print(func_example(my_list, my_int))
# 输出结果是([1, 2, 3, 'A new item'], 4, "A default string")
```

Python 语言里有一类特殊的函数，即 Lambda 函数。Lambda 函数是一种匿名函数，它的处理逻辑比较简单，一般只需要一个语句，就能实现相关数据处理。下面给出一个实例，这个实例中，Lambda 函数把参数值加 1 作为返回值。

```
funcvar=lambda x: x + 1
print(funcvar(1))   # 输出结果是 2
```

3.2.4 文件输入和输出

Python 内置了很多函数库以实现复杂功能，其中 pickle 库帮助我们实现文件的读写。下面给出文件读写的实例，关键代码给出了注释，读者可以参考。

```
import pickle

mylist = ["This", "is", 4, 13327]
myfile = open(r"C:\\binary.dat", "wb")   # 打开 C:\binary.dat 文件，进行二进制格式写入。两个斜杠的第一个斜杠，为转义字符
pickle.dump(mylist, myfile)            # 把 mylist 写入文件
myfile.close()                         # 关闭文件

myfile = open(r"C:\\binary.dat", "rb")  # 以二进制格式，打开 C:\binary.dat 文件，进行读取
loadedlist = pickle.load(myfile)       # 装载文件内容到一个 list
myfile.close()                         # 关闭文件
print(loadedlist)                     # 打印 list 内容，为['This', 'is', 4, 13327]

myfile = open(r"C:\\text.txt", "w")  # 以文本格式打开 C:\text.txt 文件，进行写入
myfile.write("This is a sample string")     # 写入一个字符串
myfile.close()                              # 关闭文件

myfile = open(r"C:\\text.txt")     # 打开 C:\text.txt 文件
print(myfile.read())         # 读取文件内容打印出来，输出结果是 This is a sample string
myfile.close()               # 关闭文件
```

3.3 Numpy

Numpy 是面向 Python 的数学函数库。数组是 Numpy 的一等公民，利用 Numpy，可以编写少量代码，高效地对数组（特别是多维数组）进行操作。由于篇幅有限，这里仅给出几个实例，展示 Numpy 库的数据处理能力。更多的功能请参考相关资料。

1. 创建数组和引用元素

如下代码首先基于 list 创建一个数组，再创建一个 15 个元素的一维数组，并且把这个数组重新整型（reshape）成 3 行 5 列（总元素个数还是 15）的矩阵，然后把它打印出来。

```
import numpy as np

a = np.array([0, 1, 2, 3, 4])  # 创建一维数组
print(a)
# 创建一维数组,元素为 0, …, 14, 转换为 2 维数组, 3 行 5 列
a = np.arange(15).reshape(3, 5)
print(a)
```

这段代码的输出结果如下：

```
array([0, 1, 2, 3, 4])
array([[ 0,  1,  2,  3,  4],
       [ 5,  6,  7,  8,  9],
       [10, 11, 12, 13, 14]])
```

可以用一系列元素填充数组。下面是示例代码，做了必要注释。

```
np.zeros(3)              # 用 0 填充 1 维数组, 1 行 3 列,array([0., 0., 0.])
np.ones((2, 3))          # 用 1 填充 2 维数组, 2 行 3 列
#array([[1., 1., 1.],
#       [1., 1., 1.]])
```

数组可以通过下标和下标范围来访问。如下的代码建立一个 10 个元素的数组 [0, 1, 2, 3, …, 9]，并且对每个元素计算其立方。然后输出下标为 2 的元素，以及下标在 [2:5] 范围内即下标为 2，3，4 的元素。

```
a = np.arange(10) ** 3
print(a)  # 输出 array([  0,   1,   8,  27,  64, 125, 216, 343, 512, 729])
print(a[2])  # 输出 8
print(a[2:5])  # 输出下标为 2、3、4 的元素 array([ 8, 27, 64])
```

下标访问的基本模式是 [m:n]，表示访问从 m 到 $n-1$（不包含 n）的下标对应的元素，如果没有 m，下标从头开始，如果没有 n，下标直到末尾。这些内容已经在介绍 list 的时候介绍过，道理是一样的。

对于多维数组，通过下标访问的机制是类似的，示例代码如下。

```
import numpy as np
a = np.arange(15).reshape(3, 5)      # 创建一维数组, 转换为 2 维数组
print(a)
print(a[:2, :4])      # 表示显示下标为 0, 1 的行, 以及下标为 0, 1, 2, 3 的列构成的行列子集
```

2. 矩阵乘法

利用 Numpy，很容易对矩阵进行操作，包括矩阵加法、乘法等（矩阵就是二维数组）。

下面的实例，建立两个矩阵，计算两者的乘积，然后打印出来。

```
A = np.array( [[1, 1], [0, 1]] )
B = np.array( [[2, 0], [3, 4]] )
print(A * B )# 对应元素乘积
#输出 array ([[2, 0],
#             [0, 4]])

print(A @ B)        # 矩阵乘积
#输出 array ([[5, 4],
#             [3, 4]])
```

3. 写入/读取文件

save() 函数将一个数组存成一个 Numpy 的“. npy”格式的二进制文件。比如 np. save(“myfile”, a)，生成一个包含数组 a 的二进制文件 myfile. npy。

把数组存盘之后，我们可以使用 np. load() 函数读入内存。调用方法为 a= np. load(“myfile”)。

4. 对多维数组进行重新整型 (Reshape)

Reshape 操作可以把数据的各个维度的大小改变，把低维数组变为高维数组，或者把高维数组变为低维数组，比如把一个多维数组压扁成一个一维数组等。示例代码如下，这里引用了上述实例的代码。

```
import numpy as np
# 创建一维数组,元素为 0, …, 14, 转换为 2 维数组, 3 行 5 列
a = np.arange(15).reshape(3, 5)
print(a)

a.reshape(5, 3)# 改变维度的大小, 变成 5 行 3 列
a.reshape(15, 1)# 变成 15 行 1 列
```

除了以上实例，利用 Numpy 库还可以生成随机元素的数组，查看数组是几维的以及每个维度多大，提取数组的元素，表示缺失值和无穷大的值，计算数组的均值、最大值和最小值等。

3.4 Matplotlib

Matplotlib 是面向 Python 语言的数据可视化库。数据可视化是数据科学的一个重

要任务，可以利用 Matplotlib 库创建各种图形，以便观察和理解数据。

由于篇幅有限，我们这里仅给出几个实例，展示 Matplotlib 库的数据处理能力。更多的功能请参考相关资料。

1. 折线图

折线图（line plot）用分段折线展示一组 x 值和 y 值之间的关系（见图 3－4）。

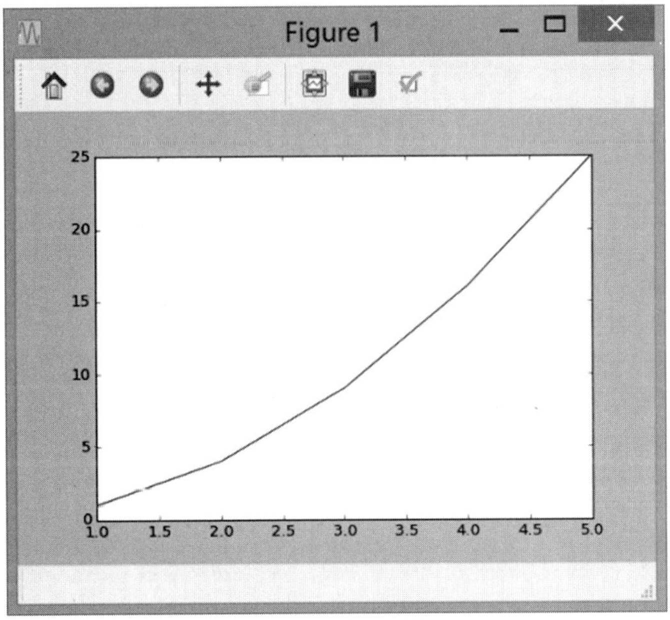

图 3－4　折线图

示例代码如下。

```
import numpy as np
import matplotlib.pyplot as plt

x = [1, 2, 3, 4, 5]                # 创建 x 数组(列表)
y = [1, 4, 9, 16, 25]              # 创建 y 数组(列表),和 x 的元素一一对应
plt.plot(x, y)                     # 绘制折线图
plt.show()                         # 显示绘制结果
```

2. 散点图

利用 scatter 函数可以绘制散点图（scatter plot）。通过散点图，可以看到数据的总体分布（见图 3－5）。

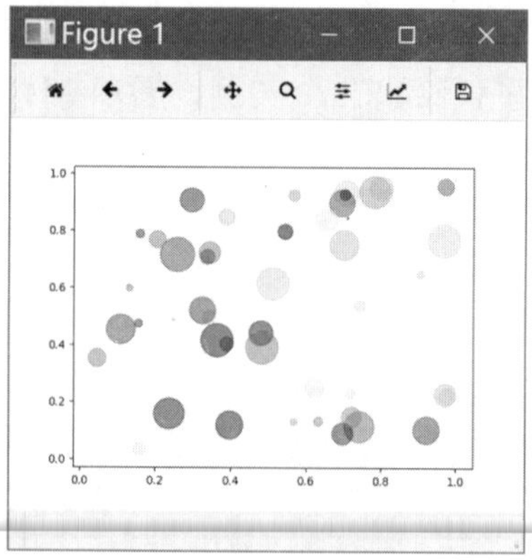

图 3-5　散点图

示例代码如下。

```
import numpy as np
import matplotlib.pyplot as plt

np.random.seed(19680801)          # 设定随机数种子,保证程序运行结果的可重复性

N = 50
x = np.random.rand(N)             # 50 个点的 x 坐标
y = np.random.rand(N)             # 50 个点的 y 坐标
colors = np.random.rand(N)        # 50 个点的颜色
area = (30 * np.random.rand(N)) ** 2          # 50 个点的面积

plt.scatter(x, y, s = area, c = colors, alpha = 0.5)   # 显示散点图
plt.show()
```

3. 柱状图与饼图

柱状图（bar chart）和饼图（pie chart）都是用来观察数据相对大小关系的常用图形（见图 3-6 和图 3-7）。

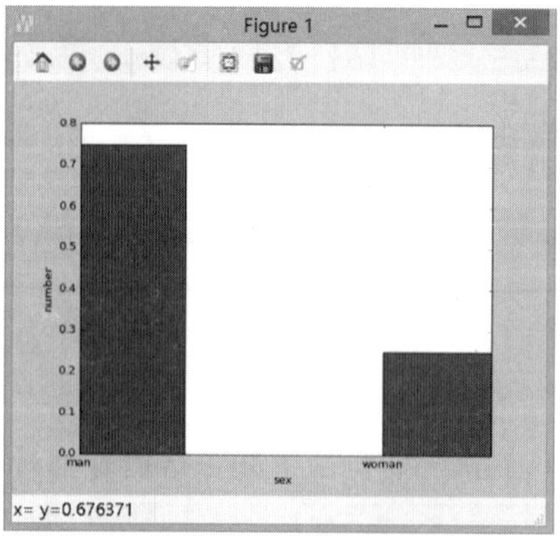

图 3-6　柱状图

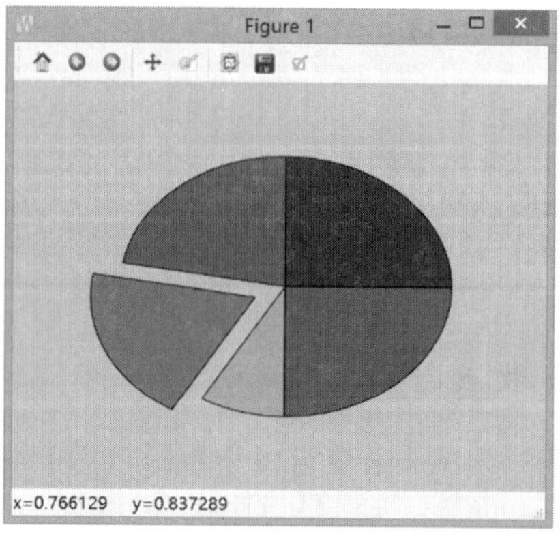

图 3-7　饼图

下面是柱状图和饼图的示例代码。

```
import matplotlib.pyplot as plt
import numpy as np

plt.xlabel('sex')              # 设定 x 轴的标签
plt.ylabel('number')           # 设定 y 轴的标签
plt.xticks((0, 1), ('man', 'woman'))          # 设定 x 轴各个刻度的标签
# 绘制柱状图，颜色为红色，柱状的高度分别为 0.75 和 0.25
plt.bar(left = (0,1), height = (0.75, 0.25), width = 0.35, color = "red")
plt.show()          # 显示柱状图

data = np.random.randint(1, 11, 5)  # 利用 numpy 生成 5 个随机的整数,值域[1,11)
plt.pie(data, explode = [0, 0, 2, 0, 0])  # 绘制饼图,其中第三个饼突出
plt.show()  # 显示饼图
```

4. 直方图

直方图（histogram）是常用的了解数据分布的图形（见图 3-8）。

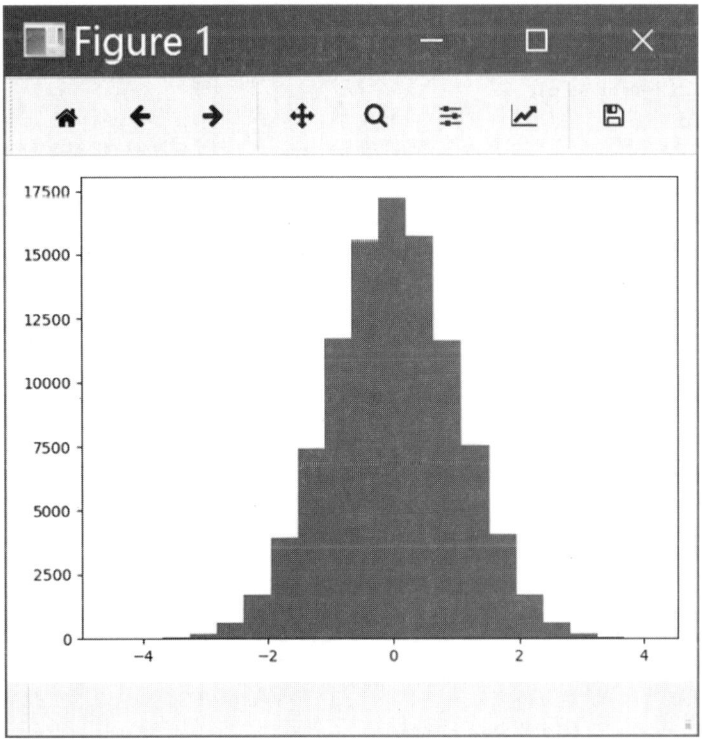

图 3-8　直方图

绘制直方图的示例代码如下。

```
import matplotlib.pyplot as plt
import numpy as np

np.random.seed(19680801)            # 设定随机数种子,保证程序运行结果的可重复性
N_points = 100000                   # 100000 个数据点
n_bins = 20                         # 分成 20 个桶
x = np.random.randn(N_points)       # 生成正态分布的数据,中心点为 x = 0

plt.figure()                        # 创建图形
ax1 = plt.subplot(111)              # 创建子图 1,即 1 行 1 列图形的 1 号子图
ax1.hist(x, bins = n_bins)          # 显示直方图
plt.show()
```

5. 设置图形的属性

可以根据实际需要,对图形的一些属性进行设定,包括线条颜色、线型、字体、标记(marker)的样式、图例、坐标轴的刻度、坐标轴的标题、图形的标题等。示例代码如下。

```
import numpy as np
import matplotlib.pyplot as plt
import matplotlib

font = {'family':'Vera Sans', 'weight':'bold', 'size':14}   # 字体属性
matplotlib.rc('font', ** font)      # 使用 font 字体

x1 = [1, 2, 3, 4, 5]
y1 = [1, 4, 9, 16, 25]
x2 = [1, 2, 3, 4, 5]
y2 = [2, 5, 11, 12, 17]
# 图形为折线图,颜色为 red(r),线型为 -- ,即虚线,星型 marker( * )
plot1 = plt.plot(x1, y1, 'r --* ', label = 'red line')
# 图形为散点图(o),颜色为 green(g),
plot2 = plt.plot(x2, y2, 'go', label = 'green circles')

plt.title('Plot of y vs. x', ** font)   # 图的标题,使用 font 字体
plt.xticks((1, 2, 3, 4, 5), ( 'one', 'two', 'three', 'four', 'five'))   # 设置 x 轴的刻度
plt.xlabel('x axis', ** font)   # 设置 x 轴标题,使用 font 字体
plt.ylabel('y axis', ** font)   # 设置 y 轴标题,使用 font 字体
plt.xlim(0.0, 9.0)   # 设置 x 轴坐标上下界
plt.ylim(0.0, 30.)   # 设置 y 轴坐标上下界
plt.legend(loc = 'best', shadow = True, ncol = 2)   # 显示图例
plt.show()
```

legend 的 loc 参数，表示图例放置的位置，可以取的值有 best，upper right，upper left，center，lower left，lower right 等，分别表示最佳位置、右上、左上、中间、左下、右下等。如果在当前 figure 里，调用 plot 的时候，已经指定了 label，那么调用 plt. legend() 的时候，就不需要指定 label 了。上述代码的执行结果如图 3-9 所示。

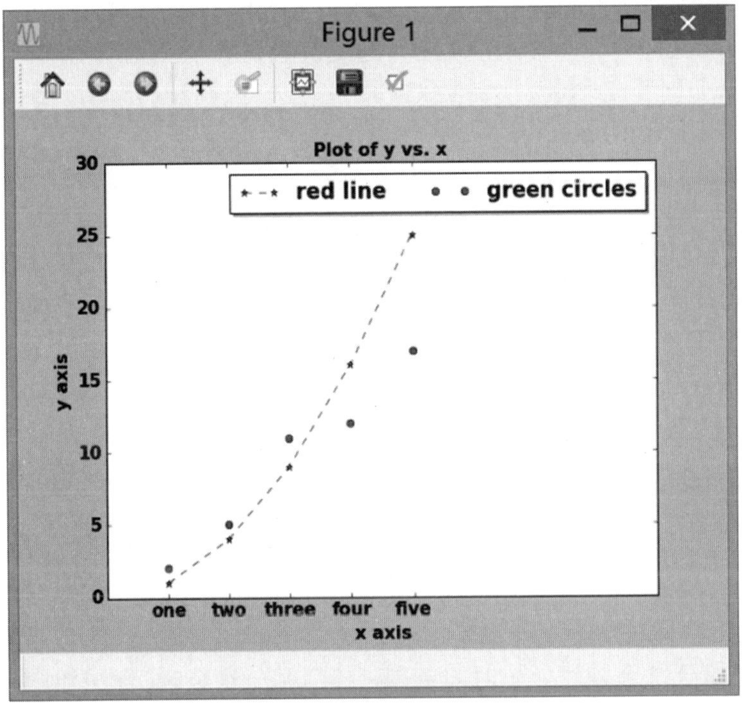

图 3-9　设置图形属性

除了上述实例所展示的绘图能力，通过 Matplotlib 库还可以在一个图形上绘制多个序列、绘制多个子图、绘制三维图形、把绘制结果导出成图像文件或者 PDF 文件等。

3.5　Pandas

Pandas 库用于读写数据文件，如 csv 文件和 Excel 文件，并且在内存中对二维表进行一系列的操作。Pandas 被认为是为机器学习进行数据准备的库。

Pandas 的功能包括：

(1) 处理数据的缺失值。包括浮点数和非浮点数的缺失值。

(2) 动态扩展性。用户可以插入或者删除 DataFrame 数据结构的列。

(3) 数据对齐。用户可以把数据对象对齐到标签（label），或者由 Series，Data-

Frame 等数据结构自行对齐。

（4）分组聚集功能。比如分组算平均值。

（5）把 NumPy 等其他第三方库的数据结构转换成 DataFrame。

（6）数据转换。

（7）数据集的合并和连接。

（8）从 csv 文件、Excel 文件、数据库进行装载数据，把数据保存到 HDF5 格式的文件，以及从 HDF5 格式的文件装载数据。

（9）提供坐标轴的层次化索引。

（10）数据透视表的旋转、改变形状。

（11）对大数据集进行基于标签的数据切片，提取子集，建立和使用索引。

（12）还提供面向时间序列数据处理的一些特殊功能，比如时间频率转换、移动窗口上的统计值计算、移动窗口上的线性回归、序列的前移和后移、生成数据范围比如生成时间范围等。

由于篇幅有限，我们这里仅给出几个实例，展示 Pandas 库的数据处理能力。更多的功能可以参考相关资料。

1. 创建 DataFrame

对于 DataFrame 来说，每一列中的数据类型都是相同的，但不同的列可以是不同的数据类型。以 SQL 数据库表格进行类比，DataFrame 中的每一行是一个记录，每一列则为一个字段，即记录的一个属性。

下面的实例首先创建了一个时间范围，然后基于这个时间范围创建了一个 DataFrame，DataFrame 的行标签即刚刚创建的时间范围，也就是从'20130101'到'20130106'，而列标签为 A，B，C，D。

```
import pandas as pd
import numpy as np

dates = pd.date_range('20130101', periods = 6)
df = pd.DataFrame(np.random.randn(6, 4),index = dates, columns = list('ABCD'))
print(df)
```

```
                   A          B          C          D
2013-01-01 -1.120214  -1.020894  -1.056470   0.306416
2013-01-02  0.545726  -0.527427  -0.375501   1.205517
2013-01-03 -0.294612  -0.189251   0.023535   0.282202
2013-01-04 -1.319364  -1.057004   0.641012  -0.298126
2013-01-05 -0.079645  -1.208525  -0.185798  -0.214549
2013-01-06 -0.105963   0.010769   0.386443  -0.743219
```

2. 提取部分数据

可以通过列名，提取一个数据列，示例代码如下。

```
df['A']
```

可以通过行下标范围、行标签范围提取若干数据行，示例代码如下。

在这里需要注意，0:3 为下标范围，表示提取下标为 0，1，2 的行，而'20130102':'20130104'为行标签范围，表示提取行标签为'20130102'、'20130103'、'20130104'的三行。

```
df[0:3]
df['20130102':'20130104']
```

提取一个数据块的实例如下，该实例提取行标签范围和列标签列表对应的行列子集。也可以通过行下标和列下标来提取行列子集。既然可以取得一个行列子集，便可以取得一个单元格的值。示例代码如下。

```
#提取行标签范围为'20130102':'20130104'，列标签为'A','B'的单元格内容
df.loc['20130102':'20130104', ['A', 'B']]

df.iloc[3:5, 0:2]   # row = 3, 4, col = 0, 1
df.iloc[[1, 2, 4], [0, 2]]   # row = 1, 2, 4, col = 0, 2
df.iloc[1, 1]   # 提取一个单元的值，row = 1, col = 1
df.iat[1, 1]   # 提取一个单元的值，row = 1, col = 1
```

可以使用条件过滤，获取部分行数据。下面示例代码中，第一行语句只把 df 里的 A 列>0 的行提取出来，第二行语句把 df2 的 E 列中值为'train'的行提取出来。

```
df[df.A> 0]
df2[df2['E'].isin(['train'])]
```

3. 对缺失值的处理

对于缺失值，可以把包含缺失值的整行数据从 DataFrame 里剔除，或者把缺失值替换成某个有意义的值。示例代码如下。

```
df.iat[0, 2] = np.nan
df = df.dropna(how = 'any')   # 把包含缺失值的行删除

pd.isnull(df)
df.fillna(value = 5)   # 用 5 填充缺失值
```

4. DataFrame 的连接

所谓连接操作，是根据一定的条件，把两个 DataFrame 数据集的各行合起来构成目标 DataFrame 的一行。

示例代码如下，该实例把 left 数据集和 right 数据集的每一行，根据名称为 key 的列的值相同的条件，合起来构成目标 DataFrame 的一行。

```
left = pd.DataFrame({'key': ['foo', 'bar'], 'lval': [1, 2]})
right = pd.DataFrame({'key': ['foo', 'bar'], 'rval': [4, 5]})
pd.merge(left, right, on = 'key')
```

5. 添加数据行

DataFrame 是一个可变的数据集，可以添加新的数据行。示例代码如下。该示例把一个 DataFrame 的第三行切下来，然后添加到原来的 DataFrame 的末尾，构成新的 DataFrame。

```
df = pd.DataFrame(np.random.randn(8, 4), columns = ['A', 'B', 'C', 'D'])
s = df.iloc[3]
df = df.append(s, ignore_index = True)
```

6. 分组与聚集

我们可以对 DataFrame 进行分组和聚集。分组是根据某个列的值把所有的行分组，聚集则是进行求和、最小值、最大值、平均值等的计算。示例代码如下。

```
df = pd.DataFrame({'A' : ['foo', 'bar', 'foo', 'bar', 'foo', 'bar', 'foo', 'foo'], 'B' : ['one', 'one', 'two',
'three', 'two', 'two', 'one', 'three'], 'C' : np.random.randn(8), 'D' : np.random.randn(8)})

df.groupby('A').sum()          # 按照列 A 的值进行分组，计算其他数值字段的总和
df.groupby(['A', 'B']).sum()   # 按照列 A、列 B 的值进行分组，计算其他数值字段的总和
```

7. 文件读/写

利用 Pandas 提供的函数，可以把数据保存到文件中，也可以从文件中读取数据。Pandas 支持的数据文件格式包括 csv，HDF5，Excel 等。示例代码如下。

```
#写入和读出一个 csv 文件
df.to_csv('foo.csv')
df = pd.read_csv('foo.csv')
print(df.head())
```

```
#写入和读出一个 HDF5 存储
df.to_hdf('foo.h5', 'df')
df = pd.read_hdf('foo.h5', 'df')
print(df.head())

#写入和读出一个 excel 文件
df.to_excel('foo.xlsx', sheet_name = 'Sheet1')
df = pd.read_excel('foo.xlsx', 'Sheet1', index_col = None, na_values = ['NA'])
print (df.head())
```

除了上述实例所展示的数据处理能力，通过 Pandas 库还可以对矩阵进行转置与排序、设置单元格的值、计算每列的均值以及其他统计信息、对 DataFrame 进行合并、建立数据透视表、对时间序列数据进行处理等。

参考文献

[1] https://www. stavros. io/tutorials/python/.
[2] https://learnxinyminutes. com/docs/python/.
[3] https://www. tutorialspoint. com/python/python_overview. htm.
[4] https://stackabuse. com/numpy-tutorial-a-simple-example-based-guide/.
[5] https://datascienceplus. com/matplotlib-library-tutorial-with-examples-python/.
[6] https://pandas. pydata. org/pandas-docs/stable/10min. html.

第 4 章 K 近邻

4.1　什么是 *K* 近邻

人们常常说，“近朱者赤，近墨者黑”“物以类聚，人以群分”，这些话是很有道理的。例如，我们想考察一个家庭的经济状况，可以问问住在哪里。如果家（自有的房子）住在皇城根下，经济状况一定差不了。皇城根下，非富即贵。

在机器学习中，我们可以根据一个数据点（表示一个实体）周围其他数据点的类别情况，判断这个数据点的类别属性。

K 近邻（*K* Nearest Neighbor，KNN）算法是一种分类算法。它根据某个数据点周围的最近 *K* 个邻居的类别标签情况，赋予这个数据点一个类别。具体的过程是，给定一个测试数据点，计算它与数据集中其他数据点的距离；找出距离最近的 *K* 个数据点，作为该数据点的近邻数据点集合；根据这 *K* 个近邻所归属的类别，来确定当前数据点的类别。

比如，在图 4－1 中，采用欧式距离，*K* 的值确定为 7，正方形表示类别一，三角形表示类别二。现在要确定灰色方块的类别，图中的圆圈表示其 *K* 最近邻所在的区域。在圆圈里面，其他数据点的分类情况是：类别一有 5 个，类别二有 2 个。采用投票法进行分类，根据少数服从多数原则，灰色数据点的分类确定为类别一。

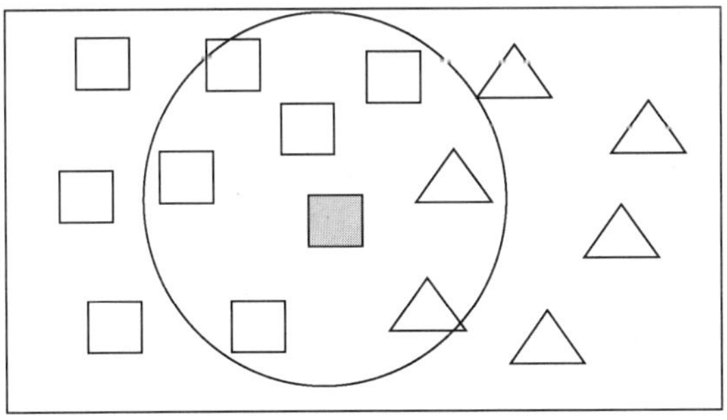

图 4－1　KNN 算法实例

4.2　如何度量距离或者相似性

在 KNN 算法中，要度量两个数据点之间的相似度，可以用一个距离函数来表达。

可用的距离包括欧式距离、夹角余弦等。如果要对文本进行分类，用夹角余弦计算距离（相似度）比欧式距离更为合适。

读者一定对欧式距离的概念很熟悉。如图 4-2 所示，平面上有两个数据点，分别是（X_1，Y_1）和（X_2，Y_2）。两者的距离，可以通过对（X_1-X_2）^{2}＋（Y_1-Y_2）^{2} 进行开平方计算出来。三维以及其他更高维的数据点之间的距离，计算方法类似。

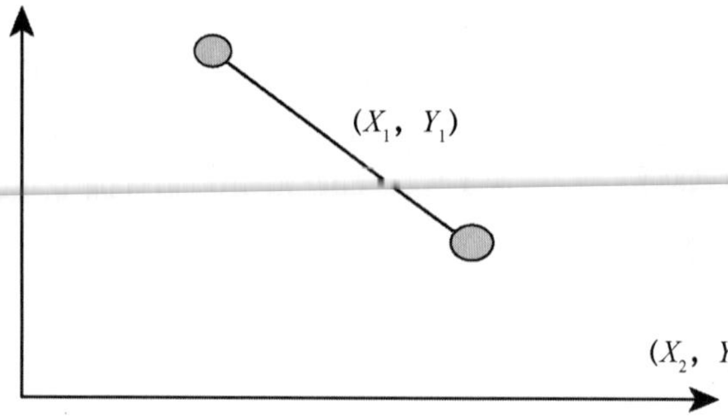

图 4-2　平面上两个数据点的欧式距离

距离越小，两个数据点属于同一类别的可能性越大。下面为距离公式（x 为待分类的数据点（向量），p 为近邻数据点）。

$$D(x,p)=\begin{cases}\sqrt[2]{(x-p)^2}，\text{欧式距离}\\ \dfrac{x.p}{|x|\cdot|p|}，\text{向量夹角余弦}\end{cases}$$

当 K 个最近邻居确定之后，当前数据点的类别的确定可以采用投票法或者加权投票法。所谓投票法，即根据少数服从多数的原则，近邻中哪个类别的数据点最多，当前数据点就属于该类。加权投票法则根据距离的远近，对近邻的投票进行加权，权重一般为距离的倒数，距离越近权重越大，最后确定当前数据点的类别。

KNN 算法容易理解，也容易实现，它无须进行参数估计，也无须训练过程，有了标注数据之后，直接进行分类即可。*KNN* 算法可以对稀有的事件进行分类，比如客户流失预测、欺诈检测等。

该算法也适用于多类别分类，也就是对象具有多个类别标签，比如基因序列有多个功能、文本有多个分类标签等。*KNN* 算法也有缺点，主要是该算法在进行数据点分类时计算量大，内存占用大，执行速度慢。另外，该算法无法给出类似决策树的规则，结果的可解释性差。

KNN 分类算法的应用非常广泛，人们把它应用到协同过滤推荐、手写数字识别等领域。

4.3 数据缩放

一般使用欧式距离来度量两个实体的相似度。我们从各个方面描述实体，也就是说，实体具有一系列的特征（属性），如果其中一个特征，其取值很大，比如取值在[80，100]，而其他的特征取值都很小，比如取值范围为[0，1]，那么根据欧式距离公式，整个距离将被取值范围较大的那个特征所主导。为了避免此类情况发生，一般对各个属性进行缩放，比如都缩放到[0，1]，以便每个特征属性对距离有大致相同的贡献。

4.4 选择合适的 *K* 值

KNN 算法中，*K* 值的选择非常重要。如果 *K* 值太小，那么分类结果容易受到噪声数据点影响；*K* 值太大，则近邻中可能包含太多其他类别的数据点。前述加权投票法可以降低 *K* 值设定不适当的一些影响。根据经验法则，一般来讲 *K* 值可以设定为训练样本数的平方根。

4.5 Scikit-learn KNN 分类器介绍

Scikit-learn 软件包提供了 KNeighborsClassifier 类，实现 KNN 分类。这个分类器的关键参数介绍如下。

n_neighbors 是近邻节点的数量，也就是在判断本数据点的类别属性时，需要参考多少个近邻数据点。缺省值是 5，用户可以根据需要进行设定。

weights 表示本数据点与近邻数据点的距离权重如何设定。可以使用的值主要有"uniform"和"distance"，表示采用均匀的权重或者根据距离赋予权重，也就是距离越近的数据点权重越大，距离越远的数据点权重越小等。

更多的参数，读者可以参考在线文档。①

① http://scikit-learn.org/stable/modules/generated/sklearn.neighbors.KNeighborsClassifier.html.

4.6 案例一：鸢尾花分类

本文给出一个使用 Scikit-learn 软件包实现 iris 数据集分类的例子。

在本例中，我们使用 iris 数据集。该数据集有四个属性 sepal-width（花萼宽度）、sepal-length（花萼长度）、petal-width（花瓣宽度）、petal-length（花瓣长度）。我们的目的是根据这四个属性，判定某个植物（花）属于哪个类别，到底是 iris-versicolor，iris-virginica，还是 iris-setosa（鸢尾花的三个品种）。

图 4-3 三种不同的鸢尾花

首先导入必要的库。

```
import numpy as np
import matplotlib.pyplot as plt
import pandas as pd
```

接着装载数据集，数据集的形式是 Pandas 的 DataFrame。

```
url = "iris.csv"
# Assign colum names to the dataset
names = ['sepal-length', 'sepal-width', 'petal-length', 'petal-width', 'Class']
# Read dataset to pandas dataframe
dataset = pd.read_csv(url, names = names)
```

现在，可以查看数据集的前 5 行。

```
dataset.head()
```

	sepal-length	sepal-width	petal-length	petal-width	Class
0	5.1	3.5	1.4	0.2	Iris-setosa
1	4.9	3.0	1.4	0.2	Iris-setosa
2	4.7	3.2	1.3	0.2	Iris-setosa
3	4.6	3.1	1.5	0.2	Iris-setosa
4	5.0	3.6	1.4	0.2	Iris-setosa

把数据集分解成属性（X）和标签（y），使用 Pandas 的纵向切割方法。

```
X = dataset.iloc[:, :-1].values
y = dataset.iloc[:, 4].values
```

把数据集划分成训练集和测试集，80%的数据划分到训练集，20%的数据划分到测试集。

```
from sklearn.model_selection import train_test_split
X_train, X_test, y_train, y_test = train_test_split(X, y, test_size = 0.20)
```

原始数据的取值范围变化很大，有必要对数据进行规范化处理，在这里对属性 X 进行缩放。

欧式距离需要在规范化的数据上运算，才能给出正确的结果（请读者参考上文）。而梯度下降算法（神经网络的训练方法）在规范化的数据上收敛得更快。

```
from sklearn.preprocessing import StandardScaler
scaler = StandardScaler()
scaler.fit(X_train)
X_train = scaler.transform(X_train)
X_test = scaler.transform(X_test)
```

对模型进行训练。

```
from sklearn.neighbors import KNeighborsClassifier
classifier = KNeighborsClassifier(n_neighbors = 5)
classifier.fit(X_train, y_train)
```

在测试集上进行预测。

```
y_pred = classifier.predict(X_test)
```

为评估一个模型的优劣，可以使用混淆矩阵，以及准确率、召回率和 F1 评分等指标。

```
from sklearn.metrics import classification_report, confusion_matrix
print(confusion_matrix(y_test, y_pred))
print(classification_report(y_test, y_pred))
```

```
[[9  0  0]
 [0 11  1]
 [0  0  9]]
```

	precision	recall	f1-score	support
Iris-setosa	1.00	1.00	1.00	9
Iris-versicolor	1.00	0.92	0.96	12
Iris-virginica	0.90	1.00	0.95	9
avg/total	0.97	0.97	0.97	30

输出的混淆矩阵显示，只有一个样本分类错误。分类器的各项中，三个类别都达到很高的准确率和召回率，获得超过 0.95 的 F1 评分。

在 KNN 算法中，有一个参数 K 的选择问题，什么样的 K 能够获得较好的分类效果（准确率）呢？我们可以把 K 的各种可能取值及其对应的分类误差率绘制在一张图上。在这里，我们选择的 K 的取值范围为 [1，40]。

```
error = []
# Calculating error for K values between 1 and 40
for i in range(1, 40):
    knn = KNeighborsClassifier(n_neighbors = i)
    knn.fit(X_train, y_train)
    pred_i = knn.predict(X_test)
    error.append(np.mean(pred_i != y_test))
```

计算了 $K=1\sim40$ 的分类误差率以后，我们可以绘制图形来看看。

```
plt.figure(figsize = (12, 6))
plt.plot(range(1, 40), error, color = 'red', linestyle = 'dashed', marker = 'o',
         markerfacecolor = 'blue', markersize = 10)
plt.title('Error Rate K Value')
plt.xlabel('K Value')
plt.ylabel('Mean Error')
```

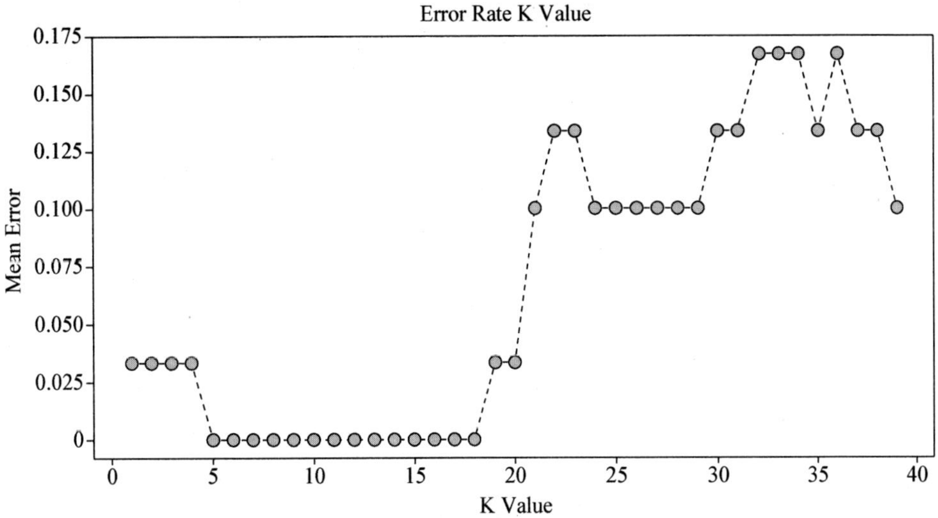

当 K 取值在［5，18］的时候，分类器的错误率最低。所以取［5，18］中的任何一个值，作为模型的 K 参数，都是可以的。

第 5 章 模型选择

在机器学习领域，模型选择是一个十分重要的课题。通常在做一个任务之前，我们会采集到一个数据集。在这个数据集上可以训练得到多个模型，那么如何从中选出一个最好的模型？每个模型在此训练集上可得到一个训练误差，是否训练误差越小越好呢？

5.1　偏差与方差

在介绍模型的选择方法之前，首先介绍统计学中的两个基本概念，偏差（bias）和方差（variance）。

偏差和方差是针对模型的一般化或者泛化（generalization）而言的。在机器学习中，用数据集去训练一个模型，通常是定义一个损失函数（loss function），来衡量模型在这个数据集上预测的误差（或者损失），然后通过将这个误差最小化来学习一个恰当的模型。学习一个模型的目的是为了解决实际问题（或者说这个领域中的一般化问题），单纯将训练误差最小化，并不能保证在解决更一般的问题（即预测未知数据）时模型仍然是最优的，甚至不能保证模型是可用的。模型在这个训练数据集上的损失与一般化数据集上的损失之间的差异就叫做泛化误差（generalization error），泛化误差可细分为偏差和方差两部分。

如果能获得有关一个问题的所有可能的数据，并在这个数据集上将损失最小化，这样训练得到的模型就可称为真实模型。然而，获得并训练所有可能的数据是不现实的，所以真实模型无法获得，我们的最终目标就是去学习一个模型使其尽可能接近这个真实模型。偏差和方差分别从两个方面描述了学习到的模型与真实模型之间的差距。

- 偏差是“用不同训练数据集训练出的所有模型的输出的平均值”与“真实模型的输出值”之间的差异。它度量了学习算法的期望预测结果与真实结果的偏离程度，即刻画了学习算法本身的拟合能力。
- 方差是“用不同训练数据集训练出的所有模型的输出值之间的差异”。它度量了训练集的变动所导致的学习性能的变化，即刻画了学习算法的稳定性。

假设模型 M 是一个射击学习者，训练数据集 D_1，D_2，…，D_N 就是 N 个独立的训练计划。

如果一个学习者是正常人，另一个学习者眼睛斜视，则可以想见，斜视者无论参加多少训练计划，都不会打中靶心，问题不在训练计划够不够好，而在他的先天缺陷。这就是模型偏差产生的原因，学习能力不够。正常人参加 N 个训练计划后，虽然也不能保证打中靶心，但随着 N 的增大，会越来越接近靶心。

假设还有一个超级学习者，他的学习能力特别强，参加训练计划 D_1 时，他不仅学会了瞄准靶心，还敏锐地捕捉到了训练时的风速和光线，并据此调整了瞄准的方向，此时，他的训练成绩会很好。但是，他在参加测试时的光线和风速肯定与他训练时的不一样，他仍然按照训练时的瞄准方法去打靶，肯定打不好。这样产生的误差就是方差。这就是聪明反被聪明误。

总结一下：学习能力不行造成的误差是偏差，学习能力太强造成的误差是方差（见图 5-1）。

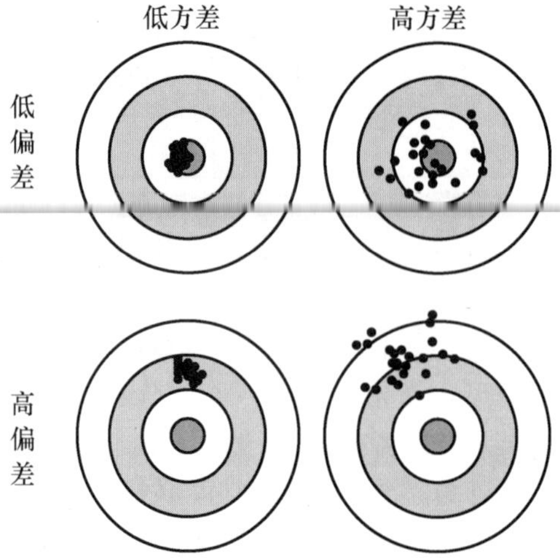

图 5-1　方差与偏差

当只有一份训练数据 D 时，如果选的模型太强，好比射手考虑太多风速、光线等因素，学出来的模型在测试样本上表现肯定不好；如果选择的模型太弱，比如斜视，在测试样本上表现也不会好。所以，最好的模型就是学习能力刚刚好的射手，既能够学习到瞄准的基本办法，又不会画蛇添足地学习太多细枝末节。

模型复杂度与偏差和方差的关系如图 5-2 所示。当模型过于简单时，学习器的拟合能力不够强，训练数据的扰动不足以使学习器发生显著变化，此时偏差主导了泛化误差，称为“欠拟合”；如果增加模型的复杂度，学习器的拟合能力增强，训练数据的变化被学习器学到，方差逐渐主导泛化误差；如果模型非常复杂，学习器的拟合能力已经非常强了，训练数据发生轻微的变化就会导致学习器结果发生显著变化，则发生“过拟合”。

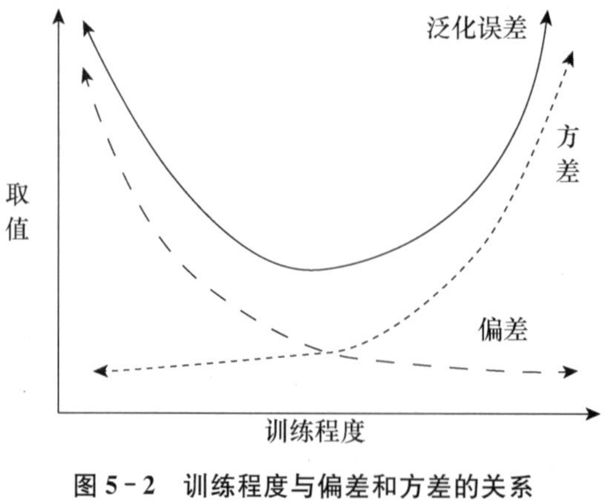

图 5-2　训练程度与偏差和方差的关系

5.2　训练集与测试集

评判一个模型泛化能力的优劣（即在未知数据上的预测误差），需要将收集到的数据分为两部分：训练集和测试集。

- 训练集：用来训练模型的数据集。
- 测试集：用来评价模型对未参加训练的数据（即未知数据）的预测能力。

通常是先使用训练集训练得到一个模型，然后使用测试集来评判这个模型的预测效果。

一般来说，测试集和训练集是互斥的，即测试样本不出现在训练集中。例如，老师出了 10 道题供学生练习，考试时又以这 10 道题作为试题，就不能判断出学生学得到底好不好，因为有的学生可能只会做这 10 道题而得高分（即训练集上的效果好），在没有做过的题上却未必能够得高分（即缺乏举一反三能力，也就是泛化能力不佳）。我们希望得到泛化能力强的模型，就好比希望学生对课程学得好，获得举一反三的能力。训练样本相当于给学生练习的习题，测试过程就相当于考试。显然，若测试样本被用作训练了，则会得到过于"乐观"的结果。

显然，每个模型在训练集上可以得到一个训练误差，在每个测试集上得到一个测试误差。我们认为最佳的模型是其在测试集上的测试误差越小越好。为了使测试误差最小化，训练误差是否越小越好呢?

在实际中，我们希望得到的是在新样本上预测能力最佳的模型，也就是模型在测试集上的误差越小越好。为了达到这个目的，应该从训练集中尽可能学出适用于所有潜在数据的普遍规律，训练误差越小越好。

然而，当模型使得训练误差越来越小的时候，很可能把训练集自身的一些特点当作了所有潜在数据都会有的性质，这样就会导致模型缺乏举一反三能力，即泛化能力下降，这种现象在机器学习中称为过拟合（overfitting）。与过拟合相对的是欠拟合（underfitting），指对训练样本的一般性质尚未学习好。图 5-3 借用周志华《机器学习》一书中的过拟合与欠拟合的图例，给出了关于过拟合与欠拟合的一个便于直观理解的类比。

简而言之，并非在训练集上误差越小的模型，其预测能力就最佳，需要同时兼顾在训练集上的训练误差和在测试集上的测试误差。

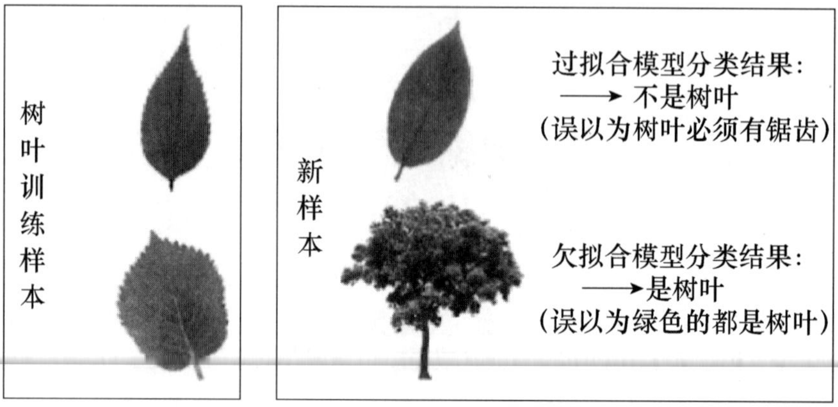

图 5－3　过拟合与欠拟合

5.3　交叉验证

为了选择最佳的学习模型，我们将数据分为训练集和测试集。例如，在同一个训练集上训练出 10 个不同的模型，然后在测试集上对这 10 个模型进行测试，得到测试误差，以此作为模型选择的标准，选择测试误差最小的那个模型。但是仅凭一次考试（即单一测试集）就对模型的好坏进行评判显然是不合理的，所以接下来介绍交叉验证法。

（1）将数据集随机分为互斥的 k 个子集，每个子集都尽可能保持数据分布的一致性，即每个子集仍然要进行分层采样。

（2）将 k 个子集随机分为 $k-1$ 个子集为一组，剩下一个子集为另一组，有 k 种分法。

（3）将每一种分组结果中 $k-1$ 个子集的组当作训练集，另外一个当作测试集，这样就产生了 k 次预测，对 k 次预测结果的评分取平均，就得到了对该模型的总的评分。

例如，10 折（即 $k=10$）交叉验证如图 5－4 所示。

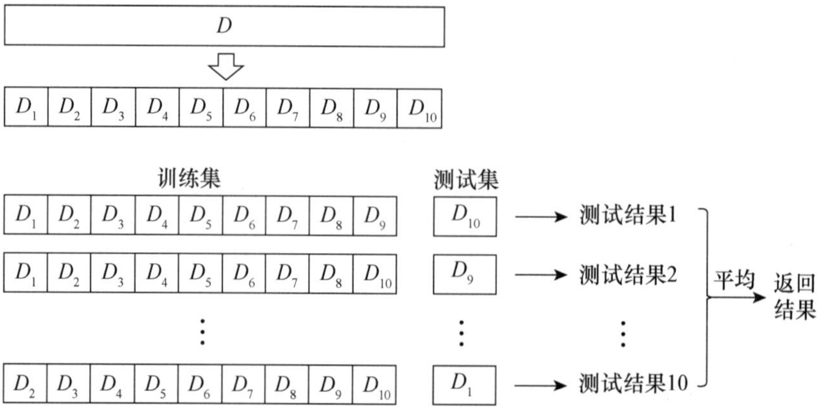

图 5－4　10 折交叉验证

5.4 案例二：鸢尾花分类（案例一续）

Scikit-learn 是利用 model_selection 模块中的 cross_val_score 函数来实现交叉验证的。下面我们在 iris 数据集上对 KNeighborsClassifier 模型使用交叉验证进行评估。

一、10 折交叉验证。首先导入必要的库。

```
from sklearn.datasets import load_iris                       # 导入 iris 数据集
from sklearn.neighbors import KNeighborsClassifier           # 导入 K 近邻分类算法
from sklearn. model_selection import cross_val_score         # 导入 K 折交叉验证模块
import matplotlib.pyplot as plt  # 导入可视化模块
```

加载 iris 数据集。

```
iris = load_iris()
X = iris.data
y = iris.target
```

建立一个 5 近邻模型。

```
knn = KNeighborsClassifier(n_neighbors = 5)
```

进行 10 折交叉验证，即把样本分成 10 份，每一份都作为测试集，得到 10 次预测精度。

```
scores = cross_val_score(knn, X, y, cv = 10, scoring = 'accuracy')
print(scores)
```

```
[ 1.          0. 93333333 1.          1.          0. 86666667 0. 93333333
  0. 93333333  1.          1.          1.          ]
```

将 10 次预测精度的平均值打印出来。

```
print(scores.mean())
```

```
0.966666666667
```

二、选取最优的 K 值。训练不同 K 值的 K 近邻模型，得到其 10 折交叉验证的预测精度值，最后通过绘制精度随 K 值变化的图来选择精度最高的 K 值。

```
k_range = range(1, 31)
k_scores = []
for k in k_range:
    knn = KNeighborsClassifier(n_neighbors = k)
    scores = cross_val_score(knn, X, y, cv = 10, scoring = 'accuracy')
k_scores.append(scores.mean())
print(k_scores)
```

```
[0.95999999999999996,  0.95333333333333337,  0.96666666666666656,
 0.96666666666666656,  0.96666666666666679,  0.96666666666666679,
 0.96666666666666679,  0.96666666666666679,  0.97333333333333338,
 0.96666666666666679,  0.96666666666666679,  0.97333333333333338,
 0.98000000000000009,  0.97333333333333338,  0.97333333333333338,
 0.97333333333333338,  0.97333333333333338,  0.98000000000000009,
 0.97333333333333338,  0.98000000000000009,  0.96666666666666656,
 0.96666666666666656,  0.97333333333333338,  0.95999999999999996,
 0.96666666666666656,  0.95999999999999996,  0.96666666666666656,
 0.95333333333333337,  0.95333333333333337,  0.95333333333333337]
```

```
plt.plot(k_range, k_scores)
plt.xlabel('The value of the k in KNN')
plt.ylabel('accuracy')
plt.show()
```

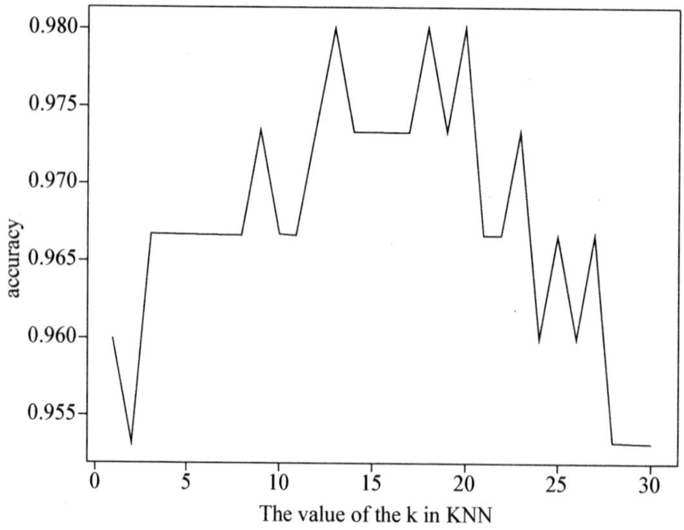

参考文献

[1] 吴恩达机器学习视频. https://zh.coursera.org/learn/machine-learning.
[2] 周志华. 机器学习. 北京：清华大学出版社，2016.

第 6 章 线性回归

6.1 什么是线性回归

线性回归（linear regression）是利用数理统计中的回归分析，来确定两个或两个以上变量间相互依赖的定量关系的一种统计分析方法，运用十分广泛。

在机器学习中，线性回归假设特征和目标变量之间满足线性关系，根据给定的训练数据建立一个线性模型，并用此模型进行预测。

表 6-1 是我们收集的关于美国房屋面积和价格的一组数据，可将其做成一张图，如图 6-1 所示，x 轴是房屋面积，y 轴是房屋的售价。

表 6-1 房价数据

面积 x（平方英尺）	房价 y（美元）
2 104	460
1 416	232
1 534	315
852	178
⋮	⋮

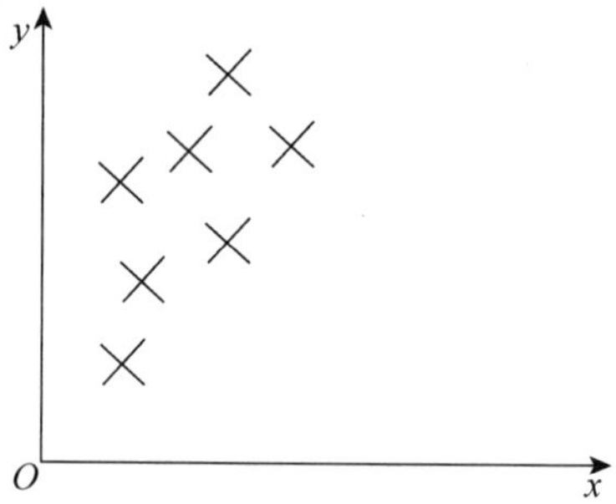

图 6-1 房屋售价与面积的关系

假设有一个新的房屋，该怎样定价呢？

可以用一条曲线去尽量准确地拟合这些数据。如果有新的输入 x，将曲线上对应的 y 值返回。如图 6-2 所示，用一条直线去拟合数据，其中虚线对应的点就是对给定新的 x 值预测的 y 值。

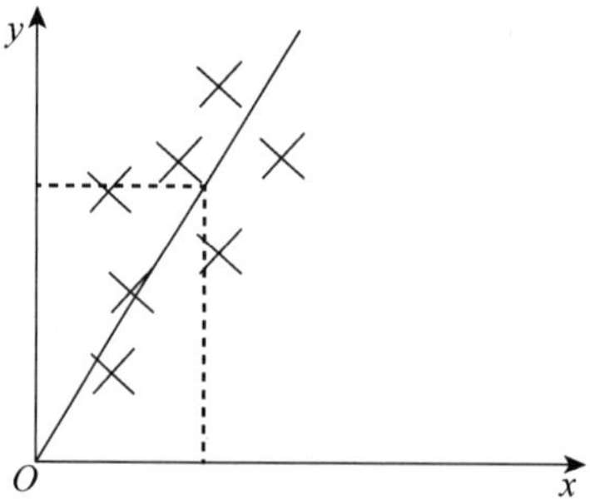

图 6-2 用一条直线拟合房屋售价和面积数据

显然，y 是关于 x 的一个线性函数，即 $y_\theta(x)=\theta_0+\theta_1 x$。它只含一个输入变量（特征），这样的问题称为一元线性回归，也叫单变量线性回归。

在上面这个例子中，x 变量为房屋的面积，y 代表房价。如果拟合训练数据得到的模型是 $y_\theta(x)=0.222\,96x-42.783\,3$，则当房屋面积 $x=1\,000$ 平方英尺时，就能根据线性模型预测出房屋价格 $y_\theta(x)=180.176\,7$ 万美元。

上面的一元线性模型只考虑了对房价产生影响的一个特征——房屋面积。如果考虑对房价产生影响的多个特征，如表 6-2 所示，即房间数量、楼层、房屋年龄等，就会构成一个含有多个变量的模型，模型中的特征记为 $(x_1, x_2, \cdots, x_n)$，即可得到多元线性回归模型：

$$y_\theta(x_1, x_2, \cdots, x_n)=\theta_0+\theta_1x_1+\cdots+\theta_nx_n$$

表 6-2　多个变量的房价数据

房屋面积 x_1	房间数量 x_2	楼层 x_3	房屋年龄 x_4	价格 y
2 104	5	1	45	460
1 416	3	2	40	232
1 534	3	2	30	315
852	2	1	36	178
⋮	⋮	⋮	⋮	⋮

6.2　损失函数

损失函数在每一种机器学习算法中都很重要，因为训练模型的过程就是最小化损失函数的过程。

我们以一元线性回归模型为例，多元线性回归与其类似。

在上一节的例子中，我们假设 y 和 x 之间存在线性关系，即 $y_\theta(x)=\theta_0+\theta_1x$，其中模型的参数是 θ_0 和 θ_1。选择不同的参数值，会得到不同的函数。选择的参数值决定了所得到的直线相对于训练集的准确程度，即模型所预测的值与训练集中实际目标值之间的差距（图 6-3 中的虚线），也就是建模误差（modeling error），记为：$y_\theta(x^{(i)})-y^{(i)}$。我们的目标便是找到使平均建模误差（平方）最小的模型参数，即

$$\min \frac{1}{m}\sum_{i=1}^{m}(y_\theta(x^{(i)})-y^{(i)})^2$$

从而得出损失函数：

$$J(\theta_0,\theta_1)=\frac{1}{2m}\sum_{i=1}^{m}(y_\theta(x^{(i)})-y^{(i)})^2$$

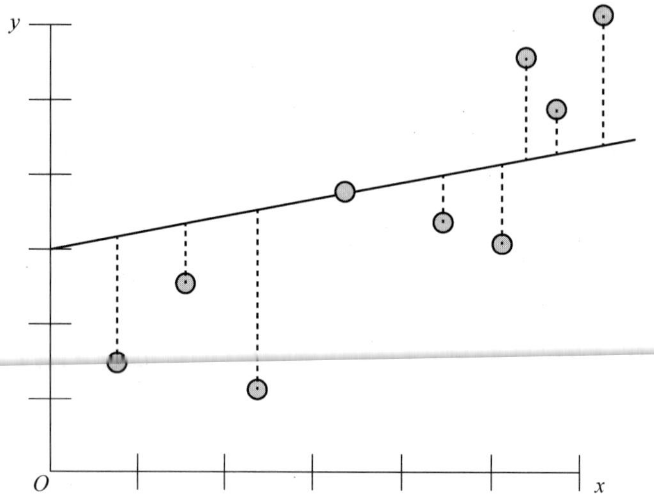

图 6-3　建模误差

前面乘上$\frac{1}{2}$是为了在对损失函数求导数时消除误差平方项的影响。均方误差是解决回归问题最常用的损失函数。

6.3　增加多项式特征

线性回归模型是最简单的模型，有不少前提假设，其中最主要的一条就是不同特征之间存在线性关系。然而现实中的数据往往线性关系比较弱，甚至不存在线性关系。可以通过增加多项式特征，将线性关系扩展至非线性关系来进行广义的线性回归。

增加多项式特征就是把一次特征转换成高次特征的线性组合多项式，举例来说，对于一元线性回归模型：

$$y_\theta(x)=\theta_0+\theta_1 x$$

扩展成一元多项式特征回归模型就是：

$$y_\theta(x)=\theta_0+\theta_1 x+\theta_2 x^2+\theta_3 x^3+\cdots+\theta_n x^n$$

注意，这个最高次 n 应取合适的值，如果太大，模型会很复杂，容易过拟合。

6.4　正则化

当我们用线性回归解决某些机器学习问题时，会遇到过拟合问题，导致预测效果很差。造成过拟合的主要原因有训练数据较少或者存在较多噪声，而模型的参数相对较多，即模型较复杂。

解决过拟合问题的主要方法有：

(1) 减少选取特征的数量。特征数越多，则模型参数 θ 的个数越多，模型越复杂。所以最好检查每一个特征，确定哪些特征更为重要，哪些是噪声特征可以舍去，保留那些更为重要的特征。不过舍弃部分特征时，也舍弃了原数据集中的一些信息。

(2) 正则化。采用正则化方法会自动削弱不重要特征，并自动从特征中提取出重要的特征，从而减少特征的个数。这个方法非常有效，当有很多特征时，其中每一个特征都能对预测产生一点影响。例如，在预测房价的例子中可以有很多特征，其中每个特征变量都是有用的，因此不希望删掉。这就导致了正则化概念的产生，即保留所有的特征，但是减小特征对应的参数值的大小。

正则化在机器学习中扮演着重要的角色，被用来解决经常出现的过拟合问题。在大部分机器学习模型的损失函数中，几乎都可以看到后面添加了一个额外项，即正则项，用来缩小参数值。在线性回归模型的损失函数中，如果添加一个 L1 正则项，则称为套索 (lasso) 回归；如果添加一个 L2 正则化项，则称为岭 (ridge) 回归。

6.4.1 套索回归

套索回归 (lasso regression)，是使用 L1 正则化的线性回归模型。它在损失函数中添加 L1 范数（即回归系数的绝对值之和）作为正则化项。套索回归的损失函数为：

$$J(\theta)=\frac{1}{2m}\sum_{i=1}^{m}((y_\theta(x^{(i)})-y^{(i)})^2+\lambda\sum_{i=1}^{n}|\theta_j|$$

L1 正则化可以产生稀疏模型，即使得一些特征项的系数为 0，因而可用于选择特征，只留下系数不为 0 的特征，在一定程度上防止出现过拟合。

为什么 L1 正则化可以产生稀疏模型呢？

假如有带 L1 正则化的损失函数，$J(\theta)=\frac{1}{2m}J_0+\lambda\sum_{j=1}^{n}|\theta_j|$，其中 J_0 是原损失函数，加号后面的 $\lambda\sum_{j=1}^{n}|\theta_j|$ 是 L1 正则化项，λ 是正则化系数。注意 L1 范数是系数的绝对值之和，$J(\theta)$ 是带有绝对值符号的函数，因此 $J(\theta)$ 是不完全可微的。机器学习的任务就是要通过一些方法（比如梯度下降法）求出使损失函数取最小值的 θ 值。在原始损失函数后添加 L1 正则化项时，相当于对原损失函数做了一个约束。令 $L=\lambda\sum_{j=1}^{n}|\theta_j|$，则 $J(\theta)=\frac{1}{2m}(J_0+L)$，此时我们的任务变成在 L 约束下求出 $J(\theta)$ 取最小值的解。

考虑二维情况，即只有两个系数 θ_1 和 θ_2。使用梯度下降法求解的过程可以画出 J_0 的等值线，同时 L1 范数 $L=|\theta_1|+|\theta_2|$ 也可以在 θ_1 和 θ_2 的二维平面上画出来，如

图 6-4 所示。

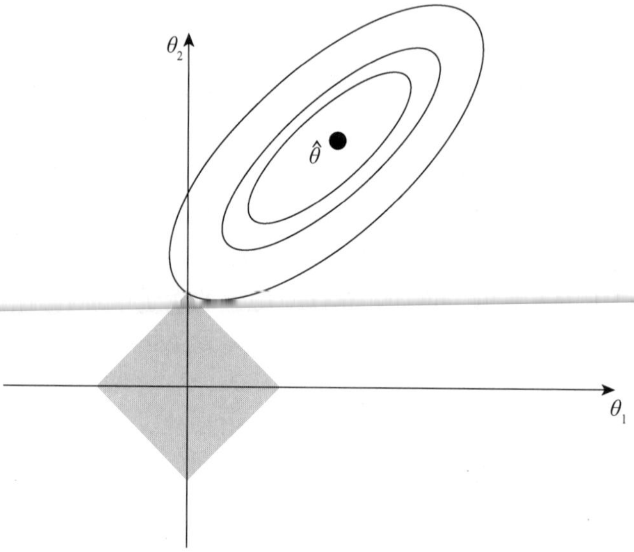

图 6-4 L1 正则化得到稀疏解

图 6-4 中的环形等值线是 J_0 的等值线，菱形是 L1 范数的图形。J_0 等值线与 L 首次相交的地方就是最优解。上图中 J_0 与 L 在 L 的一个顶点处相交，这个顶点就是最优解。注意这个顶点的值是 $(\theta_1, \theta_2)=(0, \theta)$。可以直观地想象，因为 L 函数有很多突出的角，J_0 与这些顶角接触的概率会远大于与 L 其他部位接触的概率，而在这些角上会有很多系数值等于 0，即 L1 正则化可以产生稀疏模型，进而可以用于特征选择。

6.4.2 岭回归

岭回归（ridge regression），是使用 L2 正则化的线性回归模型。它在损失函数中添加的正则化项是 L2 范数的平方。岭回归的损失函数为：

$$J(\theta)=\frac{1}{2m}\sum_{i=1}^{m}(y_\theta(x^{(i)})-y^{(i)})^2+\lambda\sum_{j=1}^{n}\theta_j^2$$

L2 正则化如何防止模型过拟合？假设有带 L2 正则化项的损失函数，$J(\theta)=\frac{1}{2m}J_0+\lambda\sum_{j=1}^{n}\theta_j^2$，同样可以画出它们在二维平面上的图形，如图 6-5 所示。

二维平面下 L2 范数平方的函数图形是个圆，与菱形相比，被磨去了棱角。因此 J_0 与 L 相交时，θ_1 或 θ_2 等于零的概率小了许多，即 L2 正则化不具有稀疏性。

L1 会趋向于选择少量的特征，而使其他特征的系数都为 0，而 L2 会选择更多的特征，这些特征的系数都会接近于 0。模型拟合过程中通常倾向于让参数尽可能小，如果

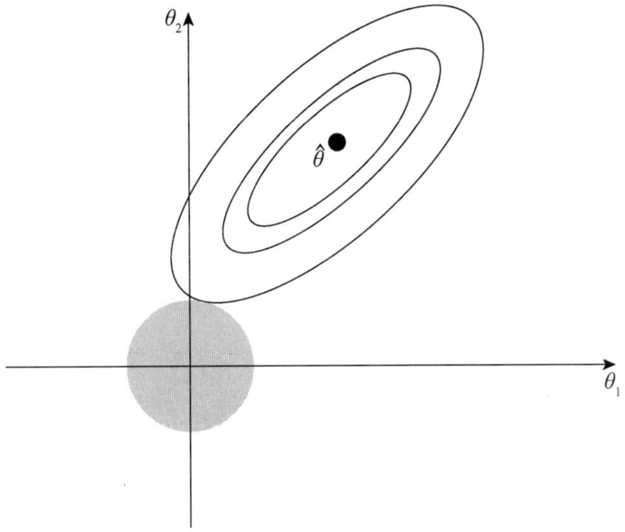

图 6-5　L2 正则化图

参数很大，只要数据偏移一点，就会对结果造成很大的影响；如果参数足够小，数据偏移得多一点也不会对结果造成什么影响。套索回归在特征选择时非常有用，而岭回归就只是一种正则化，L2 范数可以防止过拟合，提升模型的泛化能力。

6.4.3　弹性网络回归

L1 正则化使得模型更加稀疏，L2 正则化则使模型参数更趋近于 0，提高泛化能力。L1 主要追求了稀疏化，数据对象间的局部结构特征没有完全地体现出来。L2 范数可以简单理解为欧式距离，为了解决 L1 没有保留数据对象间局部结构特征的问题（如人的身高和体重的某些关联），引入了距离惩罚的 L2 范数替代 L1 范数。这样产生的系数向量趋于光滑。

弹性网络回归算法（elastic net regression）是综合套索回归和岭回归的一种回归算法，用以平衡稀疏和光滑两个问题。弹性网络回归的损失函数如下：

$$J(\theta)=\frac{1}{2m}\sum_{i=1}^{m}((y_\theta(x^{(i)})-y^{(i)})^2+\lambda_1\sum_{j=1}^{n}|\theta_j|+\lambda_2\sum_{j=1}^{n}\theta_j^2$$

整理后：

$$J(\theta)=\frac{1}{2m}\sum_{i=1}^{m}((h_\theta(x^{(i)})-y^{(i)})^2+\alpha\sum_{j=1}^{n}|\theta_j|+\frac{1-\alpha}{2}\sum_{j=1}^{n}\theta_j^2，其中\ \alpha=\frac{\lambda_2}{\lambda_1+\lambda_2}$$

图 6-6 为当 $\alpha=1/2$ 时三种损失函数正则化的几何结构，其中最外围的圆虚线代表岭回归正则化，最里面的虚线代表套索回归正则化，中间实线代表弹性网络正则化。其结构有如下两个特点：(1) 在顶点具有稀疏性；(2) 严格的凸边缘（凸效应的强度随 α 变化）。

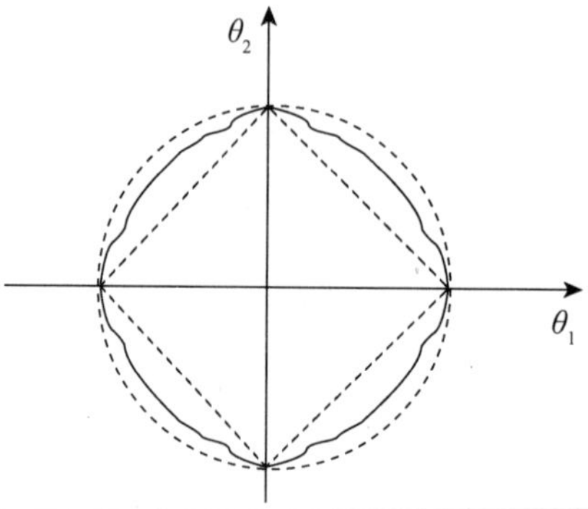

图 6－6　L1＋L2 正则化

弹性网络回归的特点是：

（1）当多个特征和另一个特征相关时，套索回归倾向于随机选择其中一个，而弹性网络回归倾向于选择两个。

（2）弹性网络同时进行正则化与特征选择。

（3）当特征出现严重的多重共线性时，效果明显。

（4）当 α 接近 0 时，表现接近岭回归。

（5）当 α 从 0 变化到 1 时，目标函数的稀疏解（系数为 0 的情况）从 0 增加到套索回归的稀疏解。

6.5　超参数调优

在机器学习中，超参数是模型开始训练之前设置的参数，而不是通过训练学到的参数数据，如岭回归、套索回归、弹性网络回归中的正则化项的权重 λ，需要在创建模型时人为设置好。通常凭借经验来设置合适的超参数值。

对于 L1 正则化项的超参数 λ，通常越大的 λ 值越容易让损失函数在参数为 0 时取到最小值。图 6－7 中显示了一个来自 Quora 的例子。假设有一个带 L1 正则化项的损失函数：$F(x)=f(x)+\lambda\|x\|_1$，其中 x 是要估计的参数，相当于上文中的 θ。注意到 L1 正则化在某些位置是不可导的，分别取 $\lambda=0.5$ 和 $\lambda=2$，可以看到越大的 λ 越容易使 $F(x)$ 在 $x=0$ 时取到最小值。

那么 L2 正则化的 λ 如何选取呢？L2 正则化后的损失函数有两个目标：一是使模型更好地拟合训练数据，即误差尽可能小；二是使参数值 θ 较小，从而求得的函数相对简单。λ 要控制这两个目标的平衡关系。

假设线性回归函数为：$y_\theta=\theta_0+\theta_1x_1+\theta_2\,x_2{}^2+\theta_3\,x_3{}^3+\theta_4\,x_4{}^4$，当 λ 值过大时，第

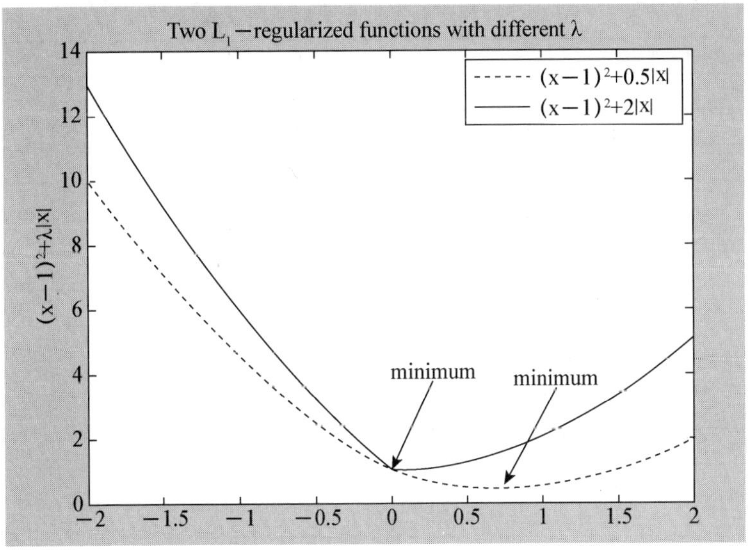

图 6-7　L1 正则化参数的选择

二个目标的权重更大，最小化损失函数会使所有的参数 θ_1，θ_2，θ_3，θ_4 接近 0，进而回归函数可近似看作 $y_\theta=\theta_0$，即一条水平直线，将所有的输入都预测成相同的输出，造成欠拟合。而如果 λ 过小的话，第一个目标相对更重要，最小化损失函数会尽可能减小训练误差，模型有可能会过度拟合数据，造成过拟合。

不同超参数的值会导致不同的训练结果，所以通常我们希望将其设置成最优值，找到最优超参数值的过程就是调优过程。这一过程可以手动进行，也可以使用例如 Scikit-learn 中提供的网格搜索等机制自动进行。调优需要评价不同超参数值模型的训练结果的泛化能力，同样这一评价应该是基于未知数据的，所以为了选择最优的超参数值，通常需要从训练数据中再预留出一小部分作评价。这部分预留的数据专门用作超参数的选择，不同于最终的测试数据，一般称其为验证数据集。

6.6　案例三：波士顿房价预测

波士顿房价预测数据集可以从网站[①]上获得。同时 Scikit-learn 中自带该数据集。该数据集来源于 1978 年美国某经济学杂志。它包含若干波士顿房屋的价格及相关数据，共有 506 个样例，每个样例包含 14 个数据项。表 6-3 给出了这 14 项属性列的名称和具体含义，其中最后一项房屋均价是待预测的目标列。

① http://www.cs.toronto.edu/~delve/data/boston/bostonDetail.html.

表 6-3 波士顿房价数据集列名及含义

列号	列名	具体含义
1	CRIM	城镇人均犯罪率
2	ZN	超过 25 000 英尺的住宅用地所占比例
3	INDUS	城镇中非商业用地所占比例
4	CHAS	查理斯河哑变量（如果边界是河流，为 1；否则为 0）
5	NOX	一氧化氮浓度
6	RM	住宅的平均房间数
7	AGE	1940 年以前建成的自住用房比例
8	DIS	距离 5 个波士顿就业中心的加权距离
9	RAD	距离高速公路的便利指数
10	TAX	每一万美元的不动产税率
11	PTRATIO	城镇中教师学生比例
12	B	城镇中黑人比例
13	LSTAT	地区有多少比例的房东属于低收入人群
14	MEDV	自住房的房屋均价

下面我们分别使用普通线性回归、岭回归和套索回归对波士顿房屋均价进行预测，并比较预测效果。

一、导入模块。

```
# 获得普通线性模型、岭回归模型、套索回归模型
from sklearn.linear_model import LinearRegression, Ridge, Lasso
# 模型效果评估
from sklearn.metrics import r2_score
# 导入机器学习相关的数据集
import sklearn.datasets as datasets
```

二、获取训练数据。

```
# 从 datasets 模块中导入 boston 房价数据
boston = datasets.load_boston()
data = boston.data
target = boston.target
```

三、处理数据。把数据集拆分成训练集和测试集，具体地，前 480 行作为训练集，第 481 行到 506 行作为测试集，进行模型预测和评估。

```
# 训练数据
X_train = data[:481]
Y_train = target[:481]
# 测试数据
x_test = data[481:]
y_true = target[481:]
```

四、创建机器学习模型。分别创建普通线性回归、岭回归以及套索回归模型。

```
line = LinearRegression()
ridge = Ridge()
lasso = Lasso()
```

五、训练和预测。将三个模型分别在训练集上进行训练，并在测试集上预测得到结果。

```
# 训练
line.fit(X_train, Y_train)
ridge.fit(X_train, Y_train)
lasso.fit(X_train, Y_train)
# 预测
line_y_pre = line.predict(x_test)
ridge_y_pre = ridge.predict(x_test)
lasso_y_pre = lasso.predict(x_test)
```

六、绘制图形。将三个模型预测出的房价分别绘制在同一个线图中，并和真实的房价比较。

```
plt.plot(y_true, label = 'True')              # 原始房价
plt.plot(line_y_pre, label = 'Line')          # 普通线性回归预测的房价
plt.plot(ridge_y_pre, label = 'Ridge')        # 岭回归预测的房价
plt.plot(lasso_y_pre, label = 'Lasso')        # 套索回归预测的房价
plt.legend()
```

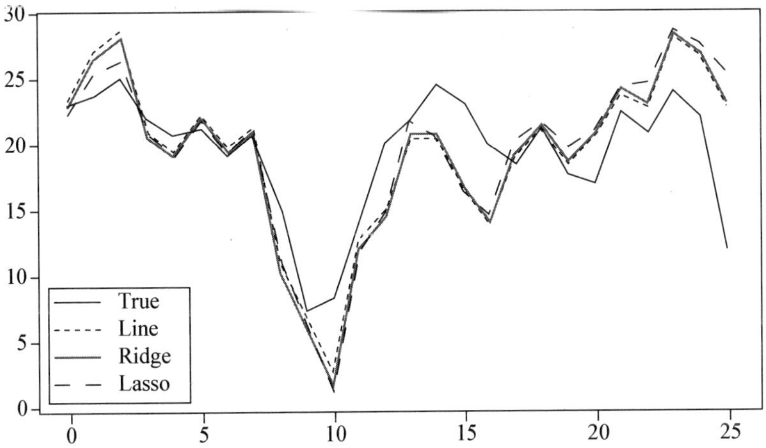

对比 3 个回归模型对房价的预测，可以简单地看出 Line 线更靠近原始数据（细实线），且趋势也符合原始数据，所以我们可以简单地判断普通线性回归模型在这里效果更好。为了进一步确认哪个模型更好，需要计算某种评价指标（如判定系数 R^2），再

进行对比。

七、模型评估。

假设我们有测试数据集：$\begin{bmatrix} y_1 & x_{11} & x_{12} & \cdots & x_{1m} \\ y_2 & x_{21} & x_{22} & \cdots & x_{2m} \\ \vdots & \vdots & \vdots & & \vdots \\ y_n & x_{n1} & x_{31} & \cdots & x_{mm} \end{bmatrix}$，其中 y 是真实值，x 是各特征值。

可以定义如下指标（其中 $\overline{y}$ 是真实值的平均值）：

- 总离差平方和（SST）：$\sum_{i=1}^{n}(y_i-\overline{y})^2$，体现真实值 y_1，y_2，…，y_n 偏离其平均值的总波动大小。
- 回归平方和（SSR）：$\sum_{i=1}^{n}(\hat{y}_i-\overline{y})^2$，是预测值 $\hat{y}_1$，$\hat{y}_2$，…，$\hat{y}_n$ 偏离真实值的平均值的总波动大小，也称为解释平方和。
- 残差平方和（SSE）：$\sum_{i=1}^{n}(y_i-\hat{y}_i)^2$，是真实值 y_1，y_2，…，y_n 与预测值 $\hat{y}_1$，$\hat{y}_2$，…，$\hat{y}_n$ 的误差平方和。
- 判定系数（R^2）：$R^2=\dfrac{SSR}{SST}=1-\dfrac{SSE}{SST}$，表示因变量 Y 的变异中有多少百分比可由自变量 X 的变异来解释，也叫拟合优度、可决系数。

判定系数 R^2 越接近于 1，模型的拟合优度越高。拟合优度越大，意味着自变量对因变量的解释程度越高，自变量引起的变动占总变动的百分比高，观察点在回归直线附近越密集。下面分别计算三个模型在测试数据集上的判定系数，以比较三个模型的预测效果。

```
line_score = r2_score(y_true, line_y_pre)
ridge_score = r2_score(y_true, ridge_y_pre)
lasso_score = r2_score(y_true, lasso_y_pre)
print(line_score, ridge_score, lasso_score)
```

```
0.30966337299064717   0.2611623256793777   0.14195150143215995
```

由上面得到的 R^2 值可以看出，预测波士顿房价时，用普通线性回归模型比其他两个模型要好，而岭回归比套索回归模型稍好一些。

参考文献

［1］机器学习中的范数. https://blog.csdn.net/ustbfym/article/details/80148940.

［2］吴恩达机器学习视频. https://zh.coursera.org/learn/machine-learning.

［3］周志华. 机器学习. 北京：清华大学出版社，2016.

第 7 章 逻辑回归

7.1 什么是逻辑回归

逻辑回归算法，虽然名称中含有“回归”二字，却是用来解决分类问题的。回归与分类的区别在于：回归预测的目标变量的取值是连续的（例如房屋的价格），可以用一条直线拟合，例如一元或多元线性回归模型；分类所预测的目标变量是类别型变量，取值是离散的，例如判断邮件是否为垃圾邮件、判断鸢尾花的类型等。

图 7-1 给出了一个非常简单的分类例子，根据肿瘤的大小来预测这个肿瘤是恶性的还是良性的。圆圈代表肿瘤，横轴是肿瘤尺寸的大小，纵轴是判断肿瘤是恶性还是良性，0 代表良性，1 代表恶性。

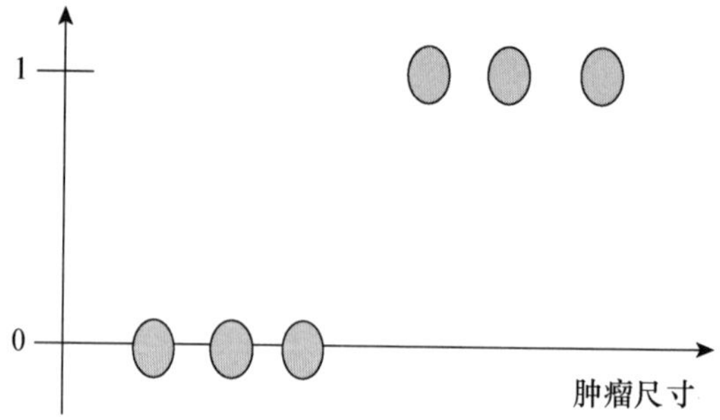

图 7-1　肿瘤预测图

使用一个线性回归模型来预测是否为恶性肿瘤：$h_\theta=\theta^T X$。给定输入 X，当输出 h_θ 大于等于 0.5 时，预测恶性；当 h_θ 小于 0.5 时，预测良性。对于图 7-1 显示的数据，一个线性模型似乎能很好地完成分类任务，如图 7-2 所示。这时，黑色直线是预测模型，大于 0.5 的全被预测到 1，小于 0.5 的全被预测到 0。

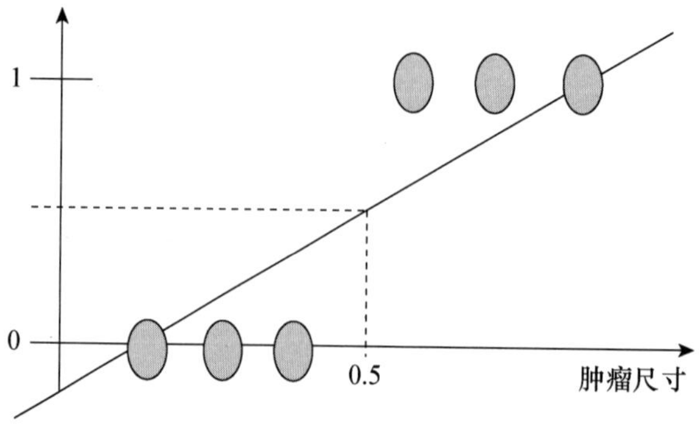

图 7-2　分类线性模型

但是如果又观测到一个非常大尺寸的恶性肿瘤，将其作为实例加入到训练集中来，做完线性回归后发现，再使用 0.5 作为阈值来预测肿瘤是良性还是恶性便不合适了。如图 7－3 所示。

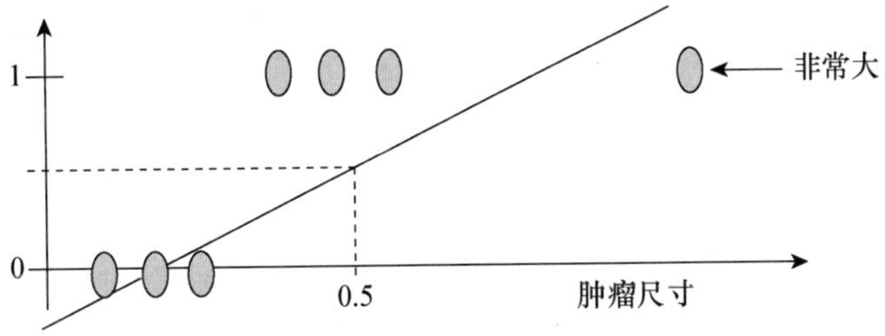

图 7－3　异常情况

所以需要引入一个新的模型——逻辑回归，该模型的输出变量范围始终在 0～1 之间。逻辑回归模型的假设是：$h_\theta(X)=g(\theta^T X)$，其中 g 代表逻辑函数（logistic function），一个常用的逻辑函数为 S 形函数（sigmoid function），即 $g(z)=\frac{1}{1+e^{-z}}$，如图 7－4 所示。

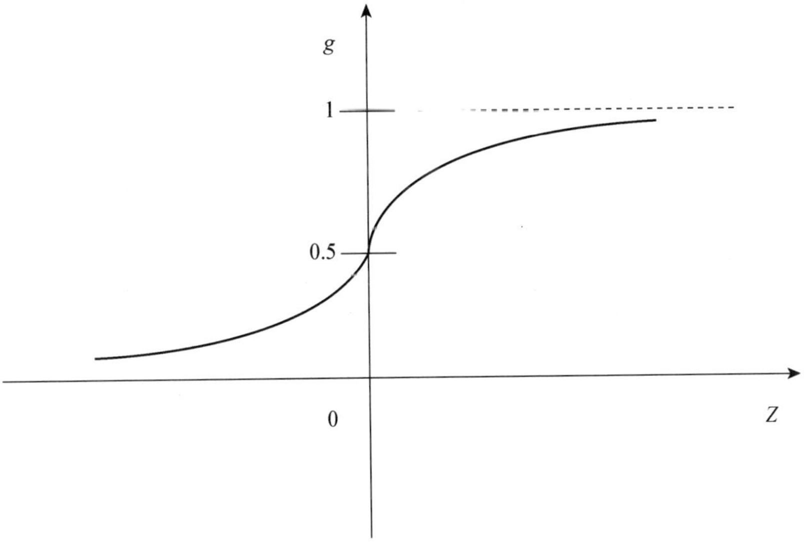

图 7－4　Sigmoid 函数

将 $h_\theta(X)=g(\theta^T X)$ 和 $g(\theta^T X)=\frac{1}{1+e^{-\theta^T X}}$ 合起来，得到逻辑回归模型的函数：

$$h_\theta(X)=\frac{1}{1+e^{-\theta^T X}}$$

$h_\theta(X)$ 的作用是对于给定的输入变量，计算输出变量等于 1 的可能性，即 $h_\theta(X)=$

$P(Y=1|X)$。以上述肿瘤分类为例，如果对于给定的 X，通过已经确定的参数计算得出 $h_\theta(X)=0.7$，则表示有 70%的概率为恶性肿瘤，相应地，Y 为良性肿瘤的概率为 $1-0.7=0.3$。$P(Y=1)+P(Y=0)=1$，即等于 1 的概率和等于 0 的概率加起来是 1。

由图 7－4 中的 S 形曲线可以看出：（1）当 $z\geqslant 0$ 时，$g(z)\geqslant 0.5$，即当 $\theta^T X\geqslant 0$ 时，$h_\theta(X)=g(\theta^T X)\geqslant 0.5$，此时预测 $Y=1$。（2）当 $\theta^T X<0$ 时，$h_\theta(X)=g(\theta^T X)<0.5$，预测 $Y=0$。总结起来就是，只需看 $\theta^T X$ 的值和 0 的比较，来得出 $Y=1$ 还是 $Y=0$。

7.2 决策边界

假设有一组数据（x_1，x_2，Y），分布如图 7－5 所示。

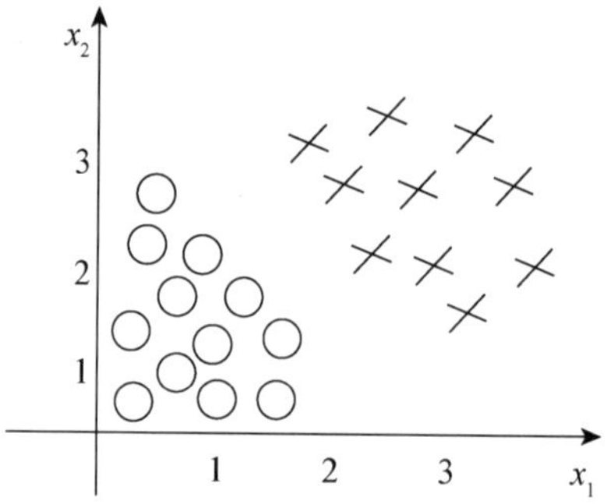

图 7－5 数据分布图

同时假设预测模型为 $h_\theta(X)=g(\theta_0+\theta_1 x_1+\theta_2 x_2)$，其中 $\theta=[-3\ 1\ 1]^T$，预测 $Y=1$ 时，需要条件 $-3+x_1+x_2\geqslant 0$，即只要 $x_1+x_2\geqslant 3$，模型将预测 $Y=1$。可以绘制直线 $x_1+x_2=3$，见图 7－6。图中的直线便是此模型的决策分界线，将预测为 1 的区域和预测为 0 的区域分隔开。

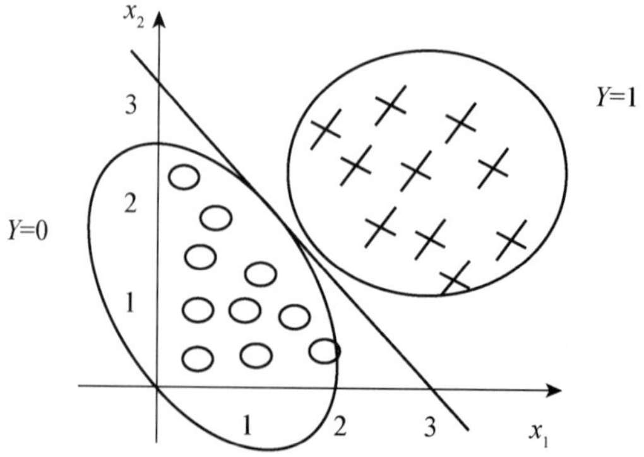

图 7－6 分类模型

如果数据呈现的分布情况如图 7－7 所示，什么样的模型才适合呢？

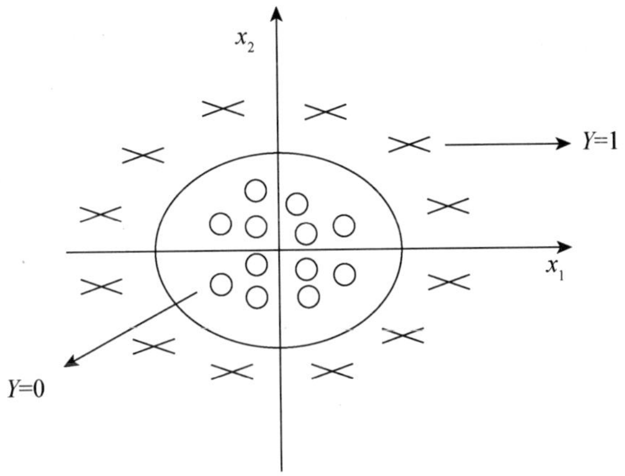

图 7－7　数据分布图

近似一个圆的曲线才能分隔 $Y=0$ 和 $Y=1$ 的区域，所以需要二次方特征，例如 $h_\theta(X)=g(\theta_0+\theta_1x_1+\theta_2x_2+\theta_3x_1^2+\theta_4x_2^2)$。假设参数 θ 是 $[-1\ 0\ 0\ 1\ 1]^T$，则得到的判定边界恰好是圆心在原点且半径为 1 的圆形。我们可以用复杂的逻辑回归模型来得到非结构性可分数据的判定边界，解决二元分类问题。

7.3　损失函数

对于线性回归模型，定义的损失函数是所有误差的平方和。理论上来说，也可以对逻辑回归模型沿用这个损失函数，但问题是将 $h_\theta(X)=\frac{1}{1+e^{-\theta^T X}}$ 代入到这样的损失函数中时，得到的将是一个非凸函数（non-convex function），这意味着损失函数有许多局部最小值，不能保证找到全局最小值，如图 7－8（左）所示。

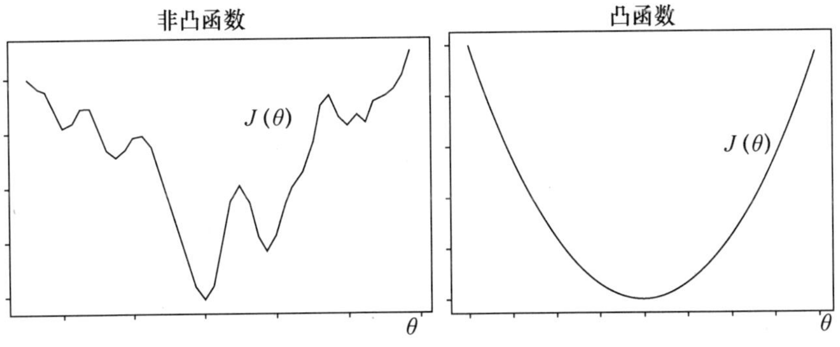

图 7－8　非凸函数与凸函数

因此需要重新定义逻辑回归的损失函数为：

$$J(\theta)=\frac{1}{m}\sum_{i=1}^{m}Cost(h_\theta(x^{(i)}),y^{(i)})$$

式中，$Cost(h_\theta(x),\ y)=\begin{cases}-\log(h_\theta(x)), & \text{if } y=1\\ -\log(1-h_\theta(x)), & \text{if } y=0\end{cases}$。这样构建的 $Cost(h_\theta(x),\ y)$ 函数的特点是：

（1）当实际 $y=1$ 且 h_θ 也为 1 时，损失为 0；当 $y=1$ 但 h_θ 不为 1 时，损失会随着 h_θ 的变小而变大，即真实值与预测值差距变大。

（2）当实际 $y=0$ 且 h_θ 也为 0 时，损失为 0；当 $y=0$ 但 h_θ 不为 0 时，损失会随着 h_θ 的变大而变大，即真实值与预测值差距变大，也可以更容易判断模型的好坏。

可以将构建的 $Cost(h_\theta(x),\ y)$ 函数等价地写成如下形式：

$$Cost(h_\theta(x),y)=-y\times\log(h_\theta(x))-(1-y)\times\log(1-h_\theta(x))$$

代入到上面公式中，得到逻辑回归的损失函数 $J(\theta)$ 的表达式如下：

$$J(\theta)=-\frac{1}{m}\left[\sum_{i=1}^{m}y^{(i)}\log h_\theta(x^{(i)})+(1-y^{(i)})\log(1-h_\theta(x^{(i)}))\right]$$

对线性回归，可以通过对损失函数增加正则项来防止过拟合。同样对于逻辑回归，也可以给损失函数增加正则化项，例如，增加一个 L2 正则化项，整体损失函数的表达式则变为：

$$J(\theta)=-\frac{1}{m}\left[\sum_{i=1}^{m}y^{(i)}\log(h_\theta(x^{(i)})+(1-y^{(i)})\log(1-h_\theta(x^{(i)}))\right]+\frac{\lambda}{2m}\sum_{j=1}^{n}\theta_j^2$$

7.4 线性回归和逻辑回归的异同

线性回归和逻辑回归的相同点包括：

（1）线性回归和逻辑回归都是有监督学习算法。

（2）线性回归和逻辑回归的损失函数、正则化的数学原理与形式基本类似。

线性回归和逻辑回归的不同点包括：

（1）线性回归用于解决回归问题，逻辑回归用于解决分类问题。

（2）线性回归要求目标变量是连续数值型，逻辑回归要求是离散型。

（3）线性回归要求特征与目标变量呈线性关系，逻辑回归不要求特征与目标变量呈线性关系。

7.5　多分类

前面给出的例子是二分类问题，但现实中常会遇到多分类问题。在多分类问题中，训练集中有多个类，即目标变量有多个取值，而不是二元的（即0或1)。例如，预测天气情况，可以有4种类型：晴天、多云、下雨、下雪；对鸢尾花分类时，鸢尾花有3种可能的类别，这时输出结果有3个可能的取值，即 $y\in\{0, 1, 2\}$。

通过上面的学习，了解到逻辑回归本身是一个二分类器，那么它能否用来解决多分类问题？如何解决？用二分类器解决多分类问题的基本思想是“拆解法”，即将多分类任务拆分为若干个二分类任务求解。常用的拆解法有三种：一对一（one vs. one，OvO)、一对其余（one vs. rest，OvR）和多对多（many vs. many，MvM)。

给定数据集 $D=\{(x_1,y_1),(x_2,y_2),\cdots,(x_m,y_m)\}, y_i\in\{C_1,C_2,\cdots,C_n\}$。

一对一策略将 N 个类别两两组合，例如有 C_i 和 C_j 两个类，为区别类别 C_i 和 C_j 训练一个二分类器（如逻辑回归)，该分类器把 D 中的 C_i 类样例作为正例，C_j 类样例作为反例，所以共需训练 $N(N-1)/2$ 个二分类器。在测试阶段，新样例需要同时提交给所有分类器，最终预测结果是被预测得最多的类别。

一对其余策略是每次将一个类的样例作为正例，其他所有类的样例作为反例来训练 N 个分类器。在测试时若仅有一个分类器预测为正类，则对应的类别标记作为最终分类结果；若有多个分类器预测为正类，则通常考虑各分类器的预测置信度（如逻辑回归模型输出的概率值)，选择置信度最大的类别作为分类的结果。

多对多策略每次将若干个类作为正类，若干个其他类作为反类。显然，一对一和一对其余是多对多的特例。正反类的划分必须有特殊的设计，不能随意选取。一种最常用的多对多技术是纠错输出码（error correcting output codes，ECOC)，详见周志华的《机器学习》一书。

7.6　案例四：泰坦尼克号乘客生还预测

泰坦尼克号乘客生还的预测（https://www.kaggle.com/c/titanic）是数据科学竞赛平台Kaggle上最经典的入门竞赛之一。它是一个二分类问题，要求根据乘客的相关信息，如性别、年龄、船舱等级等来预测其是否会生还。

本节中，我们使用逻辑回归来建模泰坦尼克号乘客生还的预测问题。

一、读入数据。泰坦尼克号乘客生还预测的训练数据集可以从 Kaggle 竞赛的网站上获得（https://www.kaggle.com/c/titanic/data）。它被存储为一个 csv 文件，可以使用 Pandas 库中的输入工具 read_csv 读入。

```
import pandas as pd
# 读入数据
data = pd.read_csv('train.csv')    # 假设数据文件存在当前目录下
```

二、简单数据分析。

```
data.info()
```

```
<class 'pandas.core.frame.DataFrame'>
RangeIndex: 891 entries,0 to 890
Data columns (total 12 columns):
PassengerId         891 non-null int64
Survived            891 non-null int64
Pclass              891 non-null int64
Name                891 non-null object
Sex                 891 non-null object
Age                 714 non-null float64
SibSp               891 non-null int64
Parch               891 non-null int64
Ticket              891 non-null object
Fare                891 non-null float64
Cabin               204 non-null object
Embarked            889 non-null object
dtypes: float64(2),int64(5),object(5)
memory usage: 83.6+ KB
```

由此可知，训练集中共有 891 行和 12 项。这 12 项的具体含义如下表所示。

1	PassengerId	乘客编号
2	Survived	是否生还（1 为生还，0 为未生还）
3	Pclass	船舱等级
4	Name	乘客姓名
5	Sex	乘客性别
6	Age	乘客年龄
7	SibSp	乘客在船上的兄弟姐妹及配偶数量

8	Parch	乘客在船上的父母和子女数量
9	Ticket	船票编号
10	Fare	票价
11	Cabin	舱位
12	Embarked	登船港口

有些项有缺失值。Age（年龄）有 714 人有记录，缺失 177 人的记录；Cabin（舱位）有 204 人有记录，缺失 687 人的记录；Embarked（登船港口）有 889 人有记录，缺失 2 人的记录。

还可以用下列语句进行数据的描述统计分析：

```
data.describe()
```

	PassengerId	Survived	Pclass	Age	SibSp	Parch	Fare
count	891.000 000	891.000 000	891.000 000	714.000 000	891.000 000	891.000 000	891.000 000
mean	446.000 000	0.383 838	2.308 642	29.699 118	0.523 008	0.381 594	32.204 208
std	257.353 842	0.486 592	0.836 071	14.526 497	1.102 743	0.806 057	49.693 429
min	1.000 000	0.000 000	1.000 000	0.420 000	0.000 000	0.000 000	0.000 000
25%	223.500 000	0.000 000	2.000 000	20.125 000	0.000 000	0.000 000	7.910 400
50%	446.000 000	0.000 000	3.000 000	28.000 000	0.000 000	0.000 000	14.454 200
75%	668.500 000	1.000 000	3.000 000	38.000 000	1.000 000	0.000 000	31.000 000
max	891.000 000	1.000 000	3.000 000	80.000 000	8.000 000	6.000 000	512.329200

可以看到，乘客的平均年龄为 29.7，最大年龄为 80.0，最小年龄为 0.42。生还人数大约为总体的 38%，票价最贵的为 512.33 美元等。

三、各属性与生还情况的关联。此数据集有 10 个属性，我们主要拿出性别和登船港口两个属性分析生还率，其余属性分析类似。

（1）不同性别的生还情况。

```
import matplotlib.pyplot as plt
%matplotlib inline

# 所有获救的人中，性别为'male'的数量
Survived_m = data.Survived[data.Sex == 'male'].value_counts()
# 所有获救的人中，性别为'female'的数量
Survived_f = data.Survived[data.Sex == 'female'].value_counts()
df = pd.DataFrame({u'男性':Survived_m, u'女性':Survived_f})
df.plot(kind = 'bar', stacked = True)
plt.title(u'按性别看是否生还')
plt.xlabel(u'生还')
plt.ylabel(u'人数')
```

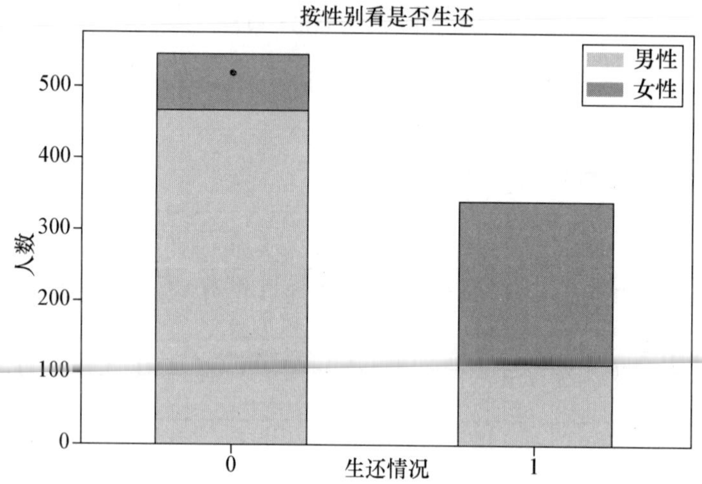

0 代表未生还，1 代表生还。明显可以看出，未生还人员中男性乘客比例较大，而生还人员中女性乘客比例较大。所以很大程度上可以确定性别是预测生还情况的一个重要因素。

（2）不同登船港口乘客的生还情况。

```
Survived_0 = data.Embarked[data.Survived == 0].value_counts()
Survived_1 = data.Embarked[data.Survived == 1].value_counts()
df = pd.DataFrame({u'生还':Survived_1, u'未生还':Survived_0})
df.plot(kind = 'bar', stacked = True)
plt.title(u'各登船港口乘客是否生还')
plt.xlabel(u'登船港口')
plt.ylabel(u'人数')
```

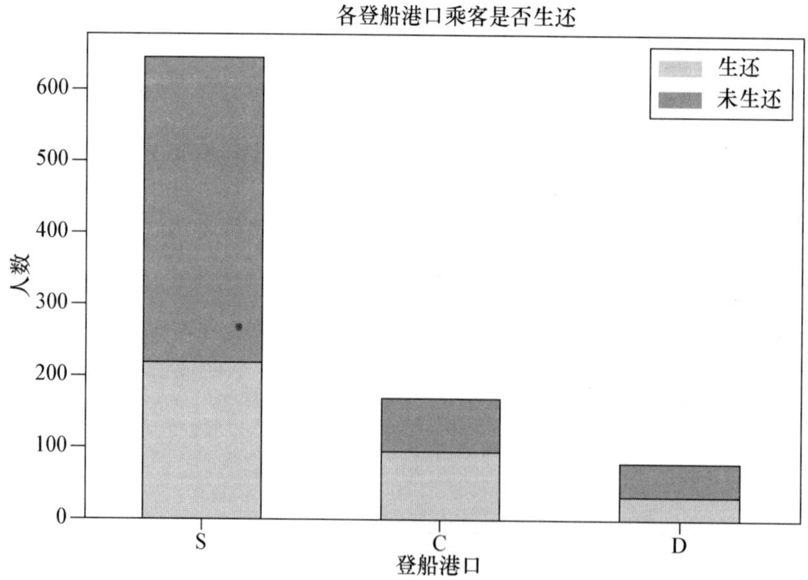

我们把生还人数占各个港口登船总人数的比例看成分析条件，总的来说 C 港口的生还率高一些，S 港口的生还率相对低一些。

四、数据预处理。数据预处理包括无关特征的删除、填充缺失值、编码转换、数据缩放等。

```
# 删除姓名、ID、船票编号、舱位等无关信息,axis = 0 删除行, = 1 删除列
data.drop(['Name', 'PassengerId', 'Ticket', 'Cabin'], axis = 1, inplace = True)
# 用平均值或众数填充缺失数据
data['Age'] = data['Age'].fillna(data['Age'].mean())
data['Fare'] = data['Fare'].fillna(data['Fare'].mean())
data['Embarked'] = data['Embarked'].fillna(data['Embarked'].value_counts().index[0])
# 将性别与登船港口进行独热编码
dumm = pd.get_dummies(data[['Sex', 'Embarked']], drop_first = True)
data = pd.concat([data, dumm], axis = 1)
data.drop(['Sex', 'Embarked'], axis = 1, inplace = True)
# 数据缩放
data[' Age'] = (data['Age'] - data['Age'].min())/(data['Age'].max() - data[' Age'].min())
data[' Fare'] = (data['Fare'] - data['Fare'].min())/( data['Fare'].max() - data['Fare'].min())
```

划分训练集和测试集，即预留一部分数据（30%），用于评价模型。

```
from sklearn.model_selection import train_test_split

X = data.drop('Survived', axis = 1)
y = data.Survived
X_train, X_test, y_train, y_test = train_test_split(X, y, test_size = 0.3)
```

五、模型构建及训练。

（1）创建模型。

```
from sklearn.linear_model import LogisticRegression

LR = LogisticRegression()
```

（2）训练模型。

```
LR.fit(X_train, y_train)
print('训练集准确率:\n', LR.score(X_train, y_train))
print('验证集准确率:\n', LR.score(X_test, y_test))
```

```
训练集准确率:
0.7897271268057785
测试集准确率:
0.832089552238806
```

可以看到，该模型在测试集上的准确率高于训练集上的准确率，没有过拟合，可以考虑增加模型参数或复杂度。逻辑回归模型关于泰坦尼克号乘客生还能达到较好的预测效果。

参考文献

[1] 利用 python 分析泰坦尼克号数据集. https://www.cnblogs.com/mxwbq/p/7106123.html.

[2] 吴恩达机器学习视频. https://zh.coursera.org/learn/machine-learning.

[3] 周志华. 机器学习. 北京：清华大学出版社，2016.

第 8 章 分类评价指标

8.1 混淆矩阵

混淆矩阵是对分类模型进行性能评价的重要工具。它是总结分类模型预测结果的情形分析表，以矩阵形式将数据集中的记录按照真实的类别与分类模型做出的分类判断进行汇总。

以二分类问题为例，数据集本身存在正例和负例两类记录，将学习器预测类别与数据集本身的数据类别进行比较，根据学习器预测结果的对错，将会产生真、假两类判断记录。二分类问题的混淆矩阵是一个 2×2 的情形分析表，显示以下四组记录的数目：正确判断的正例记录（真正例）（ture positive）、错误判断的正例记录（假正例）（false positive）、正确判断的负例记录（真负例）（ture negative）以及错误判断的负例记录（假负例）（false negative）。表 8－1 给出了混淆矩阵的结构。

表 8－1 二分类混淆矩阵

真实情况	预测结果	
	正例	负例
正例	TP（真正例）	FN（假负例）
负例	FP（假正例）	TN（真负例）

以筛检化验为例，真阳性（正例）和假阳性分别是病人和健康人的化验结果呈阳性，而真阴性（负例）和假阴性分别是健康人和病人的化验结果呈阴性。显然，分类模型对在混淆矩阵对角线上的真阳性和真阴性记录做出了正确的分类，而对反对角线上的假阳性和假阴性记录发生了误判。

从混淆矩阵中可以推导出以下信息：

- 数据集中的记录总数＝TP＋FP＋FN＋TN；
- 数据集中正例记录数＝TP＋FN；
- 数据集中负例记录数＝FP＋TN；
- 分类模型判断为正例的记录数＝TP＋FP；
- 分类模型判断为负例的记录数＝FN＋TN；
- 分类模型正确分类的记录数＝TP＋TN；
- 分类模型错误分类的记录数＝FP＋FN。

由混淆矩阵可以计算真正例率、假正例率、真负例率、假负例率、查准率、查全率和 F 指标等各种评价指标。特别是混淆矩阵区分了假正例和假负例两种不同性质的误判，可以用来估计分类模型误判造成的期望损失。

当分类模型返回各记录属于正例类别的概率或评分时，如果指定一个阈值，并将所有概率或评分在阈值以上的记录判断为正例，可以得到一个混淆矩阵。通过连续改变阈值，可以得到多个不同的混淆矩阵，从而可以绘制出 ROC 曲线、期望利润曲线和提升系数曲线，更全面地评价和比较分类模型的性能。

8.2　查准率与查全率、*F*1 分数

查准率（precision，P），又叫准确率。查准率是针对预测结果而言的，它表示的是预测为正的样例中有多少是真正的正样例。

查全率（recall，R），又叫召回率。查全率是针对原来的样本而言的，它表示的是样本中的正例有多少被预测正确。

计算公式分别如下：

$$P=\frac{TP}{TP+FP}$$

$$R=\frac{TP}{TP+FN}$$

查准率和查全率是一对矛盾的度量。一般来说，查准率高时，查全率往往偏低；查全率高时，查准率往往偏低。可以这样理解，在一个分类器中，你想要更高的查准率，那么阈值要设置得更高，只有这样才能有较高的把握确定预测的正例是真正例。但如果把阈值设置高了，那预测出正例的样本数就少了，真正例数就更少了，查不全所有的正样例。例如，若希望将好瓜尽可能多地选出来，则可通过增加选瓜的数量来实现，如果将所有的西瓜都选上，所有的好瓜也必然都被选上，但这样查准率就会比较低；若希望选出的瓜中好瓜的比例尽可能高，则可只挑选最有把握的瓜，但这样难免会漏掉不少好瓜，查全率较低，通常只有在一些简单的任务中，才可能使查全率和查准率都很高。

*F*1 分数是查准率与查全率的调和平均数，其定义为：

$$\frac{1}{F1}=\frac{1}{2}\left(\frac{1}{P}+\frac{1}{R}\right)$$

这样可以避免出现查全率或查准率一个为 1 而另一个为 0 的极端情况，另外 *F*1 分数综合了查准率 P 和查全率 R 的结果，它的取值在 0～1 之间，当 *F*1 较高时说明结果比较理想。*F*1 计算公式为：

$$F1=\frac{2\times P\times R}{P+R}=\frac{2\times TP}{\text{样例总数}+TP-TN}$$

不同应用对查准率和查全率的重视程度有所不同。例如，在商品推荐系统中，为了尽可能少打扰用户，更希望推荐内容确实是用户感兴趣的，此时查准率更重要；而在逃犯信息检索系统中，更希望尽可能少漏掉逃犯，此时查全率更重要。

8.3 ROC 曲线和 AUC

受试者工作特征（receiver operating characteristic，ROC）曲线和该曲线下面积（area under ROC curve，AUC）常作为二分类学习器的性能指标。

8.3.1 ROC 曲线

通常，将测试样本输入二分类器会输出一个实值或概率值作为预测结果，设定一个分类阈值，如果输出值大于阈值则将测试样本分为正类，否则分为负类。若将这些输出值按降序排列，最可能是正类的排在前面或者最可能是负类的排在后面。这样分类过程就相当于在这个排序中以某个截断点将样本分为两部分，前一部分为正例，后一部分为负例。我们可以根据实际任务的不同使用不同的截断点。排序本身的好坏，则体现了综合考虑学习器在不同任务下的“期望泛化性能”。ROC 曲线正是从这个角度出发来研究学习器的泛化性能。

ROC 曲线源于第二次世界大战中对敌机侦查检测的雷达信号分析技术。根据学习器的预测结果对样例进行排序，按照顺序把样例逐个作为阈值截断点，每次计算出两个值，即真正例率（ture positive rate，TPR）和假正例率（false positive rate，FPR），分别以它们为横纵坐标作图，就得到了 ROC 曲线。

真正例率和假正例率分别定义为：

$$TPR=\frac{TP}{TP+FN}$$

$$FPR=\frac{FP}{TN+FP}$$

8.3.2 绘制 ROC 曲线

ROC 曲线的绘制过程很简单：给定 $m+$ 个正例和 $m-$ 个负例，根据学习器预测结果对样例进行排序，然后把分类阈值设定为最大，即把所有样例预测为负例，此时真正例率和假正例率均为 0，在坐标（0，0）处标记一个点。然后，将分类阈值依次设定为每个样例的预测值，即依次将每个样例划分为正例。设前一个标记点坐标为（x，y），当前若为真正例，则对应标记点的坐标为（x，$y+1/m+$）；当前若为假正例，则对应标记点的坐标为（$x+1/m-$，y），然后用线段连接相邻点即得到 ROC 曲线。如图 8-1（来源于周志华《机器学习》一书）所示，（a）图给出一个 ROC 曲线的示意图。现实任务中通常是利用有限个测试样例来绘制 ROC 曲线，此时仅能获得有限个坐标对，无法产生光滑的 ROC 曲线，如（b）图。

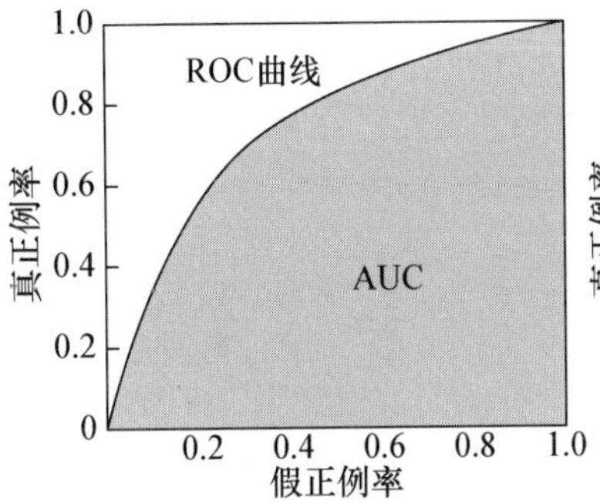

(a) ROC曲线与AUC

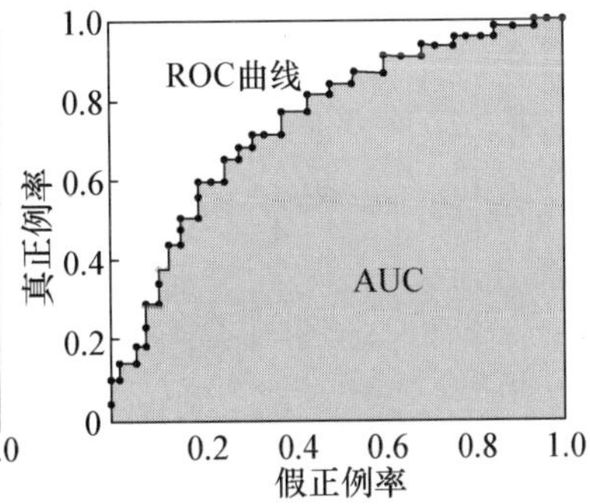

(b) 基于有限样例绘制的ROC曲线与AUC

图 8-1　ROC 曲线与 AUC

8.3.3　ROC 曲线的意义

首先，在具体领域来理解真正例率和假正例率两个指标。例如，在医学诊断中对样本进行判断，尽量把有病的样本判断出来是主要任务，也就是第一个指标 TPR 越高越好，而把没病的样本误诊为有病的，也就是第二个指标 FPR 越低越好。不难发现，这两个指标是相互制约的。如果某个医生对有病的症状比较敏感，微小的症状都判断为有病，那么他的第一个指标应该会很高，但是第二个指标也相应地变高。最极端的情况下，他把所有的样本都判断有病，那么第一个指标达到 1，而第二个指标也为 1。

从图 8-2 我们可以看出，左上角的点（$TPR=1$，$FPR=0$）为完美分类，也就是这个医生医术高明，诊断全对。点 A（$TPR>FPR$）表明医生 A 的判断大体是正确的。中线上的点 B（$TPR=FPR$）表明医生 B 对一半错一半。下半平面的点 C（$TPR<FPR$）表明，如果这个医生说你有病，那么你很可能没病，即医生 C 的话我们要反着听，为真庸医。图中一个阈值得到一个点。现在我们需要一个独立于阈值的评价指标来衡量这个医生的医术如何，也就是遍历所有的阈值，得到 ROC 曲线。

ROC 曲线的作用与优点是：

● 能很容易地查出任意阈值对学习器的泛化性能影响。

● 有助于选择最佳的阈值。ROC 曲线越靠近左上角，模型的查全率就越高。最靠近左上角的 ROC 曲线上的点是分类错误最少的阈值，其假正例和假负例总数最少。

● 可以比较不同学习器的性能。将各学习器的 ROC 曲线绘制在同一坐标中，直观地鉴别优劣，靠近左上角的 ROC 曲线所代表的学习器准确性最高。

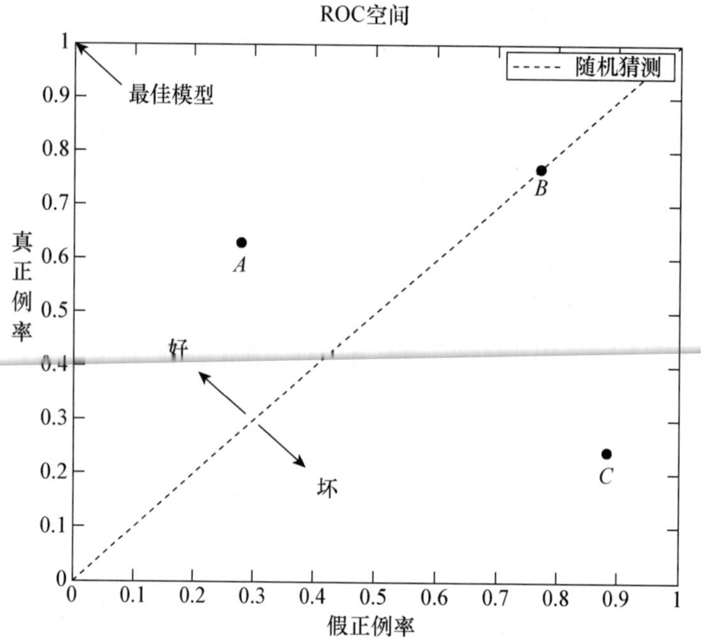

图 8-2 ROC 空间

ROC 曲线将真正例率和假正例率以图示方法结合在一起，可准确反映某种学习器真正例率和假正例率的关系，是检测准确性的综合代表。另外，在实际数据集中经常出现样本类别不平衡，即正负样本比例差距较大，而且测试数据中的正负样本也可能随着时间变化，此时 ROC 曲线有个很好的特性，即当测试集中的正负样本的分布变化时，ROC 曲线能够保持不变。

8.3.4 AUC

进行学习器比较时，若一个学习器的 ROC 曲线被另一个学习器的曲线完全“包住”，则可断言后者性能优于前者；若两个学习器的 ROC 曲线发生交叉，则一般难以断言两者孰优孰劣，此时如果一定要进行比较，则较为合理的是比较 ROC 曲线下的面积，即 AUC。

AUC 可通过对 ROC 曲线下各部分的面积求和而得。假定 ROC 曲线是由坐标的点按序连接而成，如图 8-1（b）所示，则 AUC 可估算为：

$$AUC=\frac{1}{2}\sum_{i=1}^{m-1}(x_{i+1}-x_i)(y_i+y_{i+1})$$

AUC 的物理意义是，从所有正样本中随机选择一个样本，再从所有负样本中随机选择一个样本，然后用学习器对两个随机样本进行预测，把正样本预测为正例的概率定义为 $p1$，把负样本预测为正例的概率定义为 $p2$，则 $p1>p2$ 的概率就等于 $AUC-\frac{1}{2}$。

所以 AUC 反映的是分类器对样本的排序能力。

AUC 值为 ROC 曲线所覆盖的区域面积。显然，AUC 越大，分类器分类效果越好。

- AUC=1，说明是完美分类器，采用这个模型预测时，不管设定什么阈值都能得出完美预测。绝大多数的预测，不存在完美分类器。
- 0.5<AUC<1，说明优于随机猜测。若这个分类器妥善设定阈值的话，模型具有预测价值。
- AUC=0.5，说明跟随机猜测（例如抛硬币）一样，模型没有预测价值。
- AUC<0.5，说明比随机猜测还差；但只要总是反预测而行，就优于随机猜测。

8.4　多分类评价指标

表 8-1 中给出的二分类问题的混淆矩阵结构可以很容易地推广到多分类问题。对于存在 n 个类别的多分类问题，混淆矩阵是个 $n\times n$ 的情形分析表，每一行对应一个真实的类别，而每一列对应分类模型判断的一个类别（混淆矩阵的行和列互换没有实质影响）。多分类的意思就是说标签是多元的，比如 1，2，3，…，k 就是 k 元的，每个整数代表一个类别。

k 元分类的混淆矩阵就是 $k\times k$ 的矩阵。矩阵（i，j）中的数字就是模型预测为类别 j 但实际为类别 i 的样本的个数。如表 8-2 所示，第三行第四列的 6 的意思是说这个模型把 6 个实际上为类别 2 的样本预测为类别 3。

表 8-2　多分类混淆矩阵

类别	预测类别_1	预测类别_2	预测类别_3
真实类别_1	5	2	1
真实类别_2	3	10	6
真实类别_3	0	2	5

前面已经深入讨论了二分类任务的评估，下面看一下多分类问题的评估指标。多分类问题的所有指标基本都来自于二分类指标，但是要对所有类别进行平均。多分类的精度被定义为被正确分类的样本所占的比例。同样，在类别不平衡问题中，精度并不是很好的评估指标。

对于多分类问题中的不平衡数据集，最常用的指标是多分类版本的 F 分数。多分类 F 分数的思路是，对每个类别计算一个二分类 F 分数，其中该类为正类，其他所有类别为负类，然后使用以下策略之一对所有类别的这些 F 分数进行平均。

- 宏平均：计算未加权的类别 F 分数。它对所有的类别给出相同的权重，不考虑类别中的样本量大小。

- 加权平均：以每个类别的支持作为权重来计算所有类别 F 分数的平均值。分类报告中给出的就是这个值。
- 微平均：计算所有类别中假正例、假负例和真正例的总和，然后利用这些来计算查准率、查全率和 F 分数。

如果将每个样例同等看待，那么使用微平均的 $F1$ 分数比较好；如果将每个类别同等看待，那么使用宏平均的 $F1$ 分数比较好。

8.5 案例五：泰坦尼克号乘客生还预测（案例四续）

上一章已经通过建立逻辑回归模型实现了泰坦尼克号乘客生还概率的预测，如何评价这个模型的好坏呢？接下来，我们运用本章学习的内容，对该模型进行具体的评估。下面直接从第六步预测和评价模型开始，前面的代码见上一章。

六、预测测试数据。

```
y_pred = LR.predict(X_test)
```

七、绘制混淆矩阵。Scikit-learn 中的 metrics 模块中提供了有关各种评价指标的计算函数，包括混淆矩阵（confusion_matrix）和分类报告（classification_report）等。

```
from sklearn import metrics
print(metrics.confusion_matrix(y_test, y_pred))
print(metrics.classification_report(y_test, y_pred))
```

```
array([[150,  25],
       [ 31,  62]],dtype = int64)
```

上面混淆矩阵的含义如下所示：

	预测 0	预测 1
实际 0	150	25
实际 1	31	62

我们可以看到真正例的个数是 62，真负例的个数是 150。

由混淆矩阵可以计算得出许多评价指标，如下所示。

```
print(metrics.precision_score(y_test, y_pred))
print(metrics.recall_score(y_test, y_pred))
print(metrics.f1_score(y_test, y_pred))
print(metrics.accuracy_score(y_test, y_pred))
```

```
0.7126436781609196
0.6666666666666666
0.6888888888888889
0.7910447761194029
```

当然，还可以使用分类报告的形式显示出所有类别的查准率、查全率和 $F1$ 分数等。

```
print(metrics.classification_report(y_test, y_pred))
```

	precision	recall	f1-score	support
0	0.83	0.86	0.84	175
1	0.71	0.67	0.69	93
micro avg	0.79	0.79	0.79	268
macro avg	0.77	0.76	0.77	268
weighted avg	0.79	0.79	0.79	268

八、绘制 ROC 曲线，并计算 AUC。

绘制 ROC 曲线需要分类器输出预测每个样例属于正类的概率值。

```
y_pred_prob = LR.predict_proba(X_test)
```

计算 ROC 曲线，即真正例率、假正例率、分类阈值等。

```
fpr,tpr,thresholds = metrics.roc_curve(y_test, y_pred_prob[:, 1])
```

计算 AUC 值。

```
print(metrics.auc(fpr, tpr))
```

```
0.8227342549923196
```

绘制 ROC 曲线。

```
import matplotlib.pyplot as plt
%matplotlib inline
```

```
plt.plot(fpr, tpr, lw=2, label='ROC curve (area={:.2f})'.format(auc))
plt.plot([0, 1], [0, 1], 'r--')
plt.xlabel('False Positive Rate')
plt.ylabel('True Positive Rate')
plt.title('Receiver operating characteristic example')
plt.legend(loc='lower right')
```

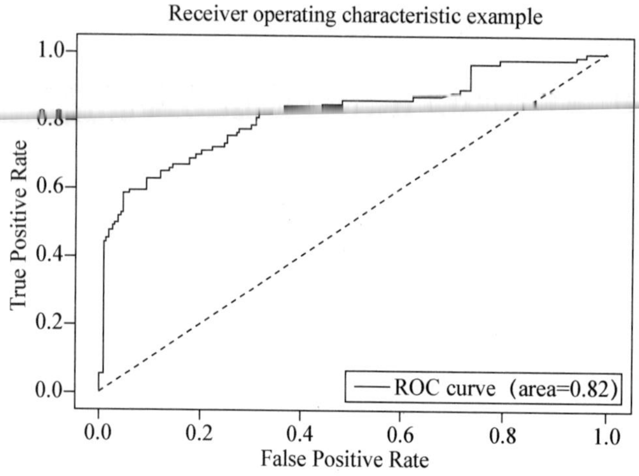

参考文献

[1] 吴恩达机器学习视频. https://zh.coursera.org/learn/machine-learning.
[2] 周志华. 机器学习. 北京：清华大学出版社，2016.

第 9 章 朴素贝叶斯

9.1 贝叶斯定理

贝叶斯定理是概率统计中最经典的定理之一，其公式如图 9-1 所示。该定理提供了一个计算后验概率 $P(C \mid X)$ 的方法，即基于 $P(C)$，$P(X)$ 和 $P(X \mid C)$ 来计算。

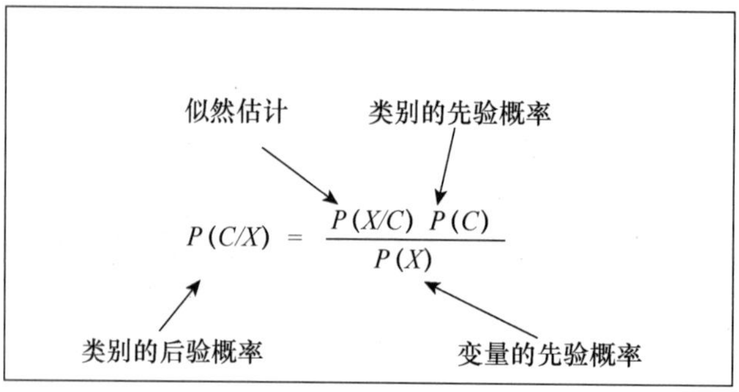

图 9-1　贝叶斯定理

下面来了解各个成分的含义：

- $P(C \mid X)$，是给定某个对象 X，它属于类别 C 的后验概率。
- $P(C)$，是类别 C 的先验概率。
- $P(X \mid C)$，是给定类别 C 的条件下，它是对象 X 的条件概率。
- $P(X)$，是对象 X 的先验概率。

例如，在疾病诊断中，X 表示各个生化指标的检测结果，C 表示诊断的类别，它有两个值，分别是有病和没病。$P(C \mid X)$ 就表示给定当前生化指标的检测结果，有病和没病的概率分别是多少，对其预测是一件非常困难的事情，于是可以利用一些先验概率来计算和比较。$P(X)$ 表示生化指标检测结果发生的先验概率。$P(C)$ 表示有病或没病的先验概率，比如 1 000 个人里面，100 个人有病，900 个人没病，那么 $P(C=$有病$)=0.1$，$P(C=$没病$)=0.9$。$P(X \mid C)$ 表示在有病或者没病的情况下，具有生化指标检测结果 X 的概率是多少。$P(X \mid C=$有病$)$ 表示有病情况下，出现 X 检测结果的概率是多少，$P(X \mid C=$没病$)$ 表示没病情况下，出现 X 检测结果的概率是多少。

假设现在只需检测一项生化指标，它的取值范围是 $[0, 100]$，根据经验把它划分成 $[0, 20)$，$[20, 50)$ 和 $[50, 100]$ 三个区间。根据历史数据，可以分别计算出 $P(X\in[0, 20) \mid C=$没病$)$，$P(X\in[20, 50) \mid C=$没病$)$ 和 $P(X\in[50, 100] \mid C=$没病$)$，以及 $P(X\in[0, 20) \mid C=$有病$)$，$P(X\in[20, 50) \mid C=$有病$)$ 和 $P(X\in[50,

100] | C=有病）的值。

如果一个人的该生化指标检测结果为 35，那么他是有病还是没病？可以分别计算这个人有病和没病的后验概率，然后看哪个概率值更大。根据贝叶斯定理，可以如下计算两个概率值：

$$P(C=\text{有病}|X=35)=P(X=35|C=\text{有病})\times P(C=\text{有病})\ /\ P(X=35)$$
$$P(C=\text{没病}|X=35)=P(X=35|C=\text{没病})\times P(C=\text{没病})\ /\ P(X=35)$$

注意 $P(C=\text{有病}|X=35)$和 $P(C=\text{没病}|X=35)$的展开式都包含分母项 $P(X=35)$，由于只是比较 $P(C=\text{有病}|X=35)$和 $P(C=\text{没病}|X=35)$的大小关系，所以相同的分母项无须计算，即只需要计算如下两个值，并比较它们的相对大小即可：

$$P(X=35|C=\text{有病})\times P(C=\text{有病})$$
$$P(X=35|C=\text{没病})\times P(C=\text{没病})$$

当然，在实际的化验结果中，不会只检测一个生化指标。如果有多个生化指标，即 X 是一个向量时，该如何计算 $P(X|C)$的值？这是我们下面要讨论的问题。

9.2　朴素贝叶斯分类器

朴素贝叶斯分类器是基于贝叶斯定理的机器学习算法。它有一个基本假设，各个特征变量之间是相互独立的，即所谓的朴素假设。特征变量间相互独立，即某个变量出现的概率和另外一个变量出现的概率是无关的，那么 $P((x_1,x_2,\cdots,x_n)|C)=P(x_1|C)\times P(x_2|C)\times\cdots\times P(x_n|C)$。

例如，现在有一个数据集，它表达了不同天气条件（特征变量）与是否出去玩（目标类别）的映射关系。现在的问题是，在给定的天气条件下是否出去玩？

这个问题的解决步骤如下：

(1) 首先，对训练数据集进行预处理，构造一个频率表（frequency table）。

(2) 在此基础上，创建一个似然表（likelihood table），把不同天气条件下出去玩的概率计算出来。如图 9-2 所示。比如，阴天（Overcast）的概率为 0.29，出去玩的概率为 0.64 等。

(3) 利用贝叶斯定理计算不同天气条件下各个类别（出去玩或者不出去玩）的后验概率。条件概率最高的类别，就是分类器的类别输出。

比如，晴天要不要出去玩呢？就可以用上述公式，来计算各个类别的后验概率，然后选择概率最高的类别。

由于 $P(\text{Sunny}|\text{Yes})=3/9=0.33$，$P(\text{Sunny})=5/14=0.36$，$P(\text{Yes})=9/14=$

Weather	Play
Sunny	No
Overcast	Yes
Rainy	Yes
Sunny	Yes
Sunny	Yes
Overcast	Yes
Rainy	No
Rainy	No
Sunny	Yes
Rainy	Yes
Sunny	No
Overcast	Yes
Overcast	Yes
Rainy	No

Frequency Table

Weather	No	Yes
Overcast		4
Rainy	3	2
Sunny	2	3
All	5	9

Likelihood Table

Weather	No	Yes		
Overcast		4	4/14	0.29
Rainy	3	2	5/14	0.36
Sunny	2	3	5/14	0.36
All	5	9		
	5/14	9/14		
	0.36	0.64		

图 9-2　频率表和似然表

0.64。根据贝叶斯定理，$P(\text{Yes}|\text{Sunny})=P(\text{Sunny}|\text{Yes})\times P(\text{Yes})/P(\text{Sunny})$，即 $P(\text{Yes}|\text{Sunny})=0.33\times0.64/0.36=0.60$。

另外，由于 $P(\text{Sunny}|\text{No})=2/5=0.4$，$P(\text{Sunny})=5/14=0.36$，$P(\text{No})=5/14=0.36$。根据贝叶斯定理，$P(\text{No}|\text{Sunny})=P(\text{Sunny}|\text{No})\times P(\text{No})/P(\text{Sunny})$，即 $P(\text{No}|\text{Sunny})=0.4\times0.36/0.36=0.40$。

由于 $0.60>0.40$，所以晴天情况下出去玩的概率更大。

朴素贝叶斯分类器具有如下优点：

(1) 原理简单，容易实现。

(2) 很容易进行模型训练，适合各种规模的数据集。

(3) 运行速度快，除二分类问题之外，它在多分类问题上也表现良好。由于运行速度快，可以利用朴素贝叶斯分类器进行实时预测，这在需要实时处理的场景中是非常有用的。

（4）如果各变量之间确实是相互独立的，那么朴素贝叶斯分类器和其他分类器如逻辑回归模型相比，有时候分类的准确性更好，而且需要更少的训练数据。

（5）即便模型包含无关的输入变量，模型的表现（分类准确性）也很好。

朴素贝叶斯分类器也存在一些缺点：

（1）它假设变量之间是相互独立的，而这在实际中往往不成立。

（2）如果某个类别变量的取值在测试数据集中出现，但是在训练集中没有出现过，那么分类器给一个为 0 的概率，导致整个计算结果是 0，就无法进行正确预测了。零概率问题可以通过平滑技术来处理，拉普拉斯平滑技术是常见的一种方法。

（3）对于数值型变量，一般假设是正态分布，这是一个较强的假设，有时候实际情况并非如此。

9.3　不同的朴素贝叶斯模型

Scikit-learn 库实现了朴素贝叶斯算法，使得我们可以很方便地建立朴素贝叶斯模型。对于不同类型的特征变量，我们对其概率分布有不同的假设，这个库提供了三种类型的朴素贝叶斯分类器，即高斯分布（Gaussian）、贝努利分布（Bernoulli）和多项式分布（Multinomial）等三种朴素贝叶斯模型。

高斯模型适用于连续数值型变量，假设变量值符合正态分布。

贝努利模型适用于二值变量，如取值为 0 或者 1。这样的模型也称为二项式模型（Binomial model）。当我们采用词袋模型表示文本时，每个文本表示为一个向量，向量的每个分量代表字典表中的一个单词，用 0 和 1 表示文本里到底有没有这个单词，1 表示有，0 表示没有，则可以使用该类型的朴素贝叶斯分类器进行分类。

多项式模型适用于变量具有多个离散取值的情况。例如在文本分类中，不是用 0/1 表示文本中是否包含某个单词，而是用一个数值表示文本中某个单词出现的频率，则可以使用该类型的朴素贝叶斯分类器。

9.4　文本分类

朴素贝叶斯分类器容易创建，能够处理大数据集。虽然它的原理很简单，但是有时候却能取得超过更加复杂的分类器的性能（分类准确性）。于是它被应用到很多的业务领域，例如文本分类。具体的文本分类任务包括垃圾邮件过滤、情感分析等。垃圾邮件分类，就是把邮件分为两个类别：垃圾邮件或者正常邮件；情感分析，一般根据文本内容，把文本划分为正面情感和负面情感两个类别。

本节给出一个文本分类的实例，通过这个实例，读者可以深入了解利用朴素贝叶斯分类器对文本进行分类的原理。

假设现在要建立一个分类器，实现文本的分类，类别标签是“Sports”和“not Sports”，也就是把文本分为关于体育的和不是关于体育的。现在有 5 个句子作为训练数据，每个句子已经经过人工标注，如表 9-1 所示。

表 9-1　文本及其标签

文本	标签
“A great game”	Sports
“The election was over”	not Sports
“Very clean match”	Sports
“A clean but forgettable game”	Sports
“It was a close election”	not Sports

现在有一个新的句子，“A very close game”，那么它是不是关于体育的？也就是它属于“Sports”类还是“not Sports”类？

我们使用朴素贝叶斯分类器来完成这个分类任务，即分别计算“A very close game”句子属于“Sports”类和“not Sports”类的概率，哪个概率大，就认为这个句子属于哪一类。P(Sports |“a very close game”) 表达了给定句子“A very close game”其类别为“Sports”的概率有多大；P(not Sports|“a very close game”)表达了给定句子“A very close game”其类别为“not Sports”的概率有多大。

要训练这样的分类模型，首先需要确定一件事情，即使用什么样的特征。在这里特征是从文本中提取的信息，目的是作为模型的输入，以期望模型能够给出一个正确的文本分类。比如，当我们想要对一个人的健康状况进行分类时，需要了解这个人的年龄、身高、体重、性别以及一些常规检查的生化指标。同时要避免一些对于模型的预测没有多大作用的特征，比如一个人的姓名及其喜欢的颜色等。在文本分类任务中，我们需要从文本中提取与分类相关的特征，把文本对象转换成一组数值特征，从而作为机器学习算法的输入。最简单的文本特征是词项频率，也就是忽略文本中单词之间的前后关系，把每个文本看作词项的一个集合，然后数一数文本里每个词项出现的次数。

我们使用朴素贝叶斯分类模型计算两个类别概率的公式如下：

$$P(\text{Sports} \mid \text{“a very close game”}) = P(\text{“a very close game”} \mid \text{Sports}) \times P(\text{Sports})$$

$$P(\text{not Sports} \mid \text{“a very close game”}) = P(\text{“a very close game”} \mid \text{not Sports}) \times P(\text{not Sports})$$

接下来，将每个句子视作一个单词的集合，每个单词是一个特征。按照朴素贝叶

斯里面的“朴素”假设，我们假设在给定类别的条件下，一个句子里各个单词之间是相互独立的。这就意味着可以查看每个单词，而不是查看整个句子，也不考虑单词的前后关系，“this was a fun party”和“this party was fun”以及“party fun was this”是一样的。基于上述假设，我们有 P(“a very close game”|C)=P(“a”|C)×P(“very”|C)×P(“close”|C)×P(“game”|C)。

条件独立性假设并不符合实际情况，但是这个简化假设使得概率的计算成为可能。即便只有少量的数据，或者有些数据有标注错误，朴素贝叶斯分类器都运行得非常好。

使用了上述独立性假设后，我们得到如下式子：

P(“a very close game” | Sports) = P(“a” | Sports) × P(“very” | Sports) × P(“close” | Sports) × P(“game” | Sports)

P(“a very close game” | not Sports) = P(“a” | not Sports) × P(“very” | not Sports) × P(“close” | not Sports) × P(“game” | not Sports)

现在要计算每个类别中每个单词出现的概率，即 P(“a”| Sports)，P(“very”| Sports)，P(“close”| Sports)，P(“game”| Sports)和 P(“a”| not sports)，P(“very”| not Sports)，P(“close”| not Sports)，P(“game”| not Sports)。这些单词在训练集中出现过，所以可以用最大似然法估算出这些条件概率。例如，为了计算 P(“games”| Sports)这个概率，可以数一数“game”单词出现在“Sports”的文本中多少次（2），然后除以 Sports 文本的总单词数量（11），最后得到 P(“games”| Sports)=2/11。

这时有一个问题需要解决。假如“close”从来没有出现在 Sports 文本中，则 P(“close”| Sports)=0，而这将导致最后总的概率也是 0。解决零概率问题的办法是使用平滑技术，例如拉普拉斯平滑，即给所有为 0 的计数都加上 1，这样就避免了零概率问题。在上述这个分类任务中，我们的字典表包括如下单词['a', 'great', 'very', 'over', 'it', 'but', 'game', 'election', 'clean', 'close', 'the', 'was', 'forgettable', 'match']，总共 14 个单词。基于这些信息，我们计算了“a very close game”文本中各单词在不同类别下的条件概率（使用了拉普拉斯平滑处理技术），得到表 9-2 所示的条件概率。其中，分母中的 9 表示类别为 not Sports 的文本中所有单词的个数，11 表示类别为 Sports 的文本中所有单词的个数，14 表示字典表的大小。

表 9-2　各个单词的条件概率

word	P(word | Sports)	P(word | not Sports)
a	(2+1) / (11+14)	(1+1) / (9+14)
very	(1+1) / (11+14)	(0+1) / (9+14)
close	(0+1) / (11+14)	(1+1) / (9+14)
game	(2+1) / (11+14)	(0+1) / (9+14)

有了这张表，就可以计算如下两个概率，即“a very close game”分别属于“Sports”类和“not Sports”类的概率：

P(“a”|Sports)×P(“very”|Sports)×P(“close”|Sports)×P(“game”|Sports)×P(Sports)=2.76×10^{-5}=0.000 027 6

P(“a”| not sports)×P(“very”| not Sports)×P(“close”| not Sports)×P(“game”| not Sports)×P(not Sports) =0.572×10^{-5}=0.000 005 72

经过计算，发现属于“Sports”类的概率更大，所以分类器把文本“A very close game”划分到“Sports”类别。

9.5 案例六：垃圾邮件识别

本节给出一个垃圾邮件识别的具体程序，该程序把邮件分为垃圾邮件和正常邮件两类。

所有的数据保存在一个 csv 文件中，该文件包含两列，分别是 Message 和 Category，Message 列保存邮件文本，Category 列保存邮件的类别，包括 spam（表示垃圾邮件）或者 ham（表示正常邮件）。

一、首先装载必要的 Python 库。

```
import pandas as pd
from sklearn.model_selection import train_test_split
from sklearn.feature_extraction.text import TfidfVectorizer
from sklearn.naive_bayes import MultinomialNB
from sklearn.metrics import accuracy_score, confusion_matrix, f1_score
```

二、读取 csv 文件，把 csv 文件读到一个 Pandas 的 DataFrame 对象里。然后对数据里面的 NULL 值，用空字符串，即''来代替。

```
df1 = pd.read_csv("spamham.csv")
df = df1.where((pd.notnull(df1)), '')
```

三、对 Category 列进行变换，将取值 ham 和 spam 分别改成 1 或者 0，以便进行后续机器学习模型的训练。

```
df.loc[df["Category"] == 'ham', "Category"] = 1
df.loc[df["Category"] == 'spam', "Category"] = 0
```

四、把 Message 列作为 x，Category 列作为 y。

```
df_x = df['Message']
df_y = df['Category']
```

五、把 x 和 y 划分成训练集和测试集，分别占原有数据集的 80%和 20%。

```
x_train, x_test, y_train, y_test = train_test_split(df_x, df_y, test_size = 0.2)
```

六、把 Message 数据列，也就是 x 的文本转换成机器学习的特征值。在这里采用文本的 TF-IDF 特征①，TF 表示单个文档里的某个词项的频率，IDF 表示整个文集中词项的逆文档频率。IDF 把在很多文档中都出现的但对于文档的类别划分没有太多贡献的词项的重要性降低。

```
tfvec = TfidfVectorizer(min_df = 1, stop_words = 'english', lowercase = True)
x_trainFeat = tfvec.fit_transform(x_train)
x_testFeat = tfvec.transform(x_test)
```

七、创建朴素贝叶斯分类模型，对其进行训练，并且利用模型对测试集进行预测。

```
y_trainGnb = y_train.astype('int')
classifierModel = MultinomialNB()
classifierModel.fit(x_trainFeat, y_trainGnb)
y_pred = classifierModel.predict(x_testFeat)
```

八、把测试集的 y 转换成整数形式，对上述模型的预测值进行比较，显示分类器的精度、$F1$ 分数，以及混淆矩阵。

```
y_test = y_test.astype('int')
print("Accuracy Score: {0:.4f}".format(accuracy_score(y_test, y_pred) * 100))
print("F1 Score:{0: .4f}".format(f1_score(y_test, y_pred, average = 'macro') * 100))
print("Confusion matrix:")
print(confusion_matrix(y_test, predResult))
```

```
Accuracy Score:95.6951
F1 Score:90.4870
Confusion matrix:
[[121  47]
 [1  946]]
```

可以从两个方面改善上述模型，进一步提高分类器的分类准确率：

(1) 词形还原。把一个单词的不同词形还原为基本形式。比如 election，elections，elected 等，应该还原成 elect，从而把它们看作相同的单词，有利于文本的正确分析。

(2) 使用 N-Gram 作为文本分类的特征（分类器的输入）。连在一起的两个单词称为 2-Gram；连在一起的三个单词称为 3-Gram，它们携带了语句中单词的前后关系。

① 关于 TF-IDF 的进一步信息，请参考相关资料。

可以使用连在一起的两个单词，比如“clean match”“close election”的频率作为文档特征。

参考文献

[1] https://www.analyticsvidhya.com/blog/2017/09/naive-bayes-explained/.
[2] http://blog.aylien.com/naive-bayes-for-dummies-a-simple-explanation/.
[3] https://monkeylearn.com/blog/practical-explanation-naive-bayes-classifier/.
[4] https://github.com/the-fang/Spam-mail-filtering.

第 10 章 支持向量机

10.1 什么是支持向量机

我们通过一个简单实例来了解支持向量机（support vector machine，SVM）的工作原理。假设在二维空间里（平面上）有两类数据点，如图 10-1 的三角形点和圆形点。每个数据点有两个特征，分别是 x 坐标和 y 坐标。

现在要找到一个分类器，对于给定的任何一对 $<x, y>$ 坐标，能输出这个数据点属于哪个类别，也就是属于三角形类别还是圆形类别。已经有标记的数据点，称为训练数据。

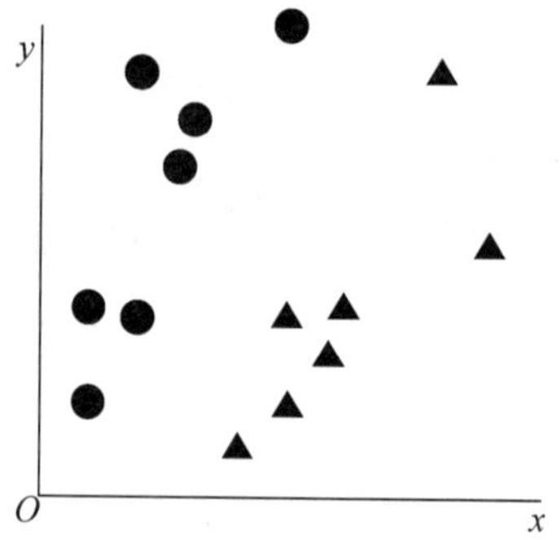

图 10-1　训练数据（有标记的数据）

以使用上述训练数据，训练一个支持向量机为例。支持向量机接受这些数据点，输出一个超平面（在二维空间就是一条直线），把两类数据点以最优方式分开。该平面/直线称为决策边界（也称为最优超平面，在二维平面上表现为一条直线，在三维空间中表现为一个平面）。落入一侧的数据点被划分到圆形类别，落入另外一侧的数据点被划分到三角形类别。如图 10-2 所示。

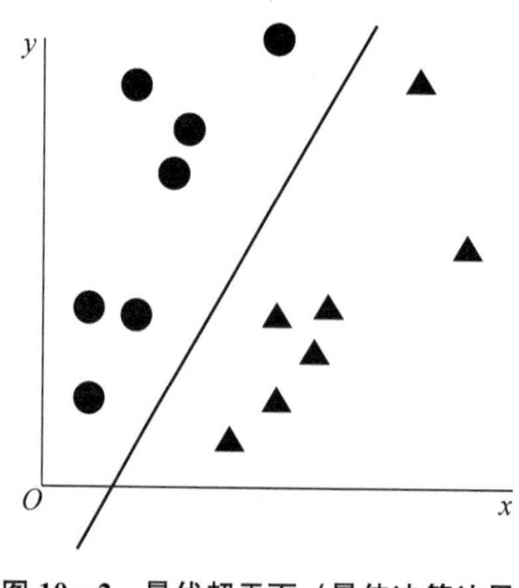

图 10-2　最优超平面（最佳决策边界）

最优超平面的“最优”，指的是它到两类数据点的距离都最远。换句话说，这个超平面到两类数据点的最近数据点的距离，都达到最大化，即最大化间隔（margin）。

在图 10－3 中，实线超平面（直线）到两类数据点的间隔都较大，而虚线超平面（直线）到两类数据点的间隔都较小。很显然，实线直线比起虚线直线，在划分两类数据点方面更好。

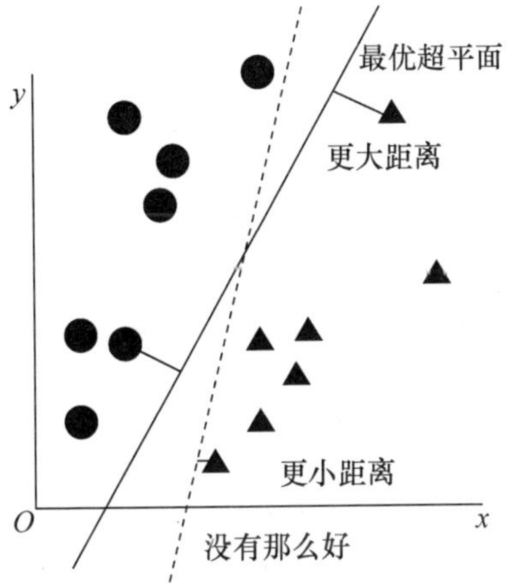

图 10－3　最大化间隔

10.2　核函数

上节实例中的两类数据点是很好分开的，也就是说它们是线性可分的，即可以画出一条直线把圆形数据点和三角形数据点分开。但在实际应用中情况没有这么简单，比如图 10－4 所示的两类数据点（圆形和三角形）。

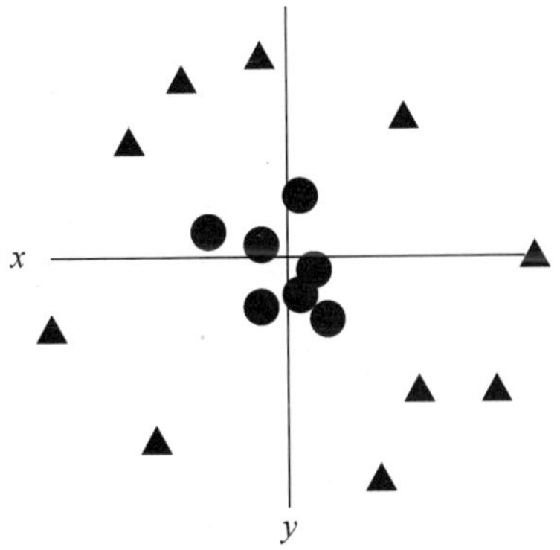

图 10－4　一个复杂的数据集（两类数据点）

观察图 10-4 很容易发现，显然不能用一条直线来把两类数据点分开，也就是对于这个数据集，找不到一个线性的决策边界，但这两类数据点又是清清楚楚分离的。我们可以采用如下办法把两类数据点分开。目前每个数据点有两个维度，分别是 x 和 y，现在给每个数据点增加一个维度 z（第三个维度）。z 的计算方式是 $z=x^2+y^2$（注意到这是圆的表达公式）。

每个数据点经过扩展之后，从二维空间的 $<x, y>$ 坐标，提升到三维空间的 $<x, y, z>$ 坐标。现在以垂直于 xOy 平面的角度来观察这些数据点，得到如图 10-5 所示的效果。在图 10-5 里面，两类数据点很容易通过一个平面划分开来。最优超平面如图 10-6 所示。

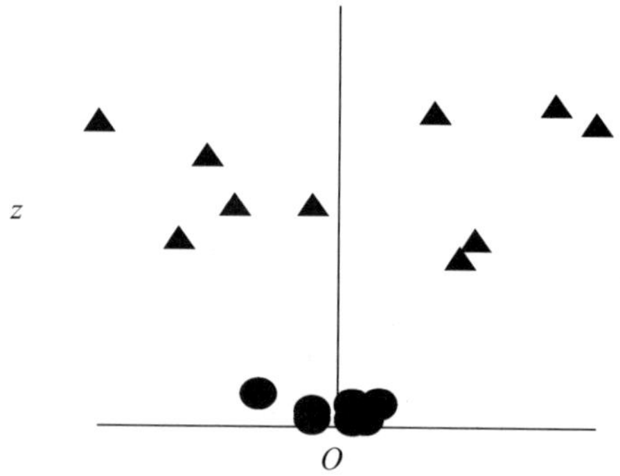

图 10-5　数据的升维与线性可分

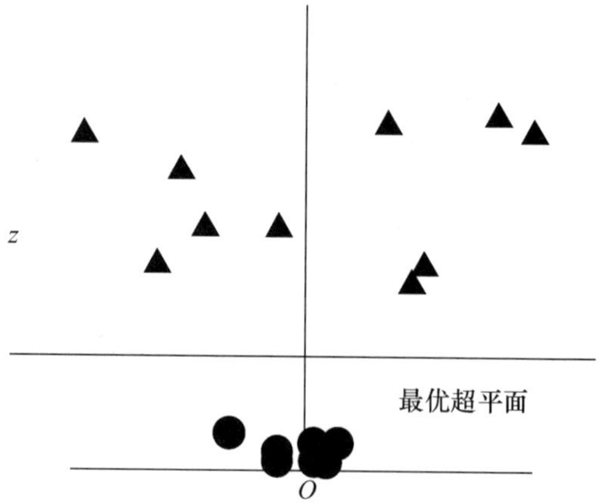

图 10-6　数据的升维和最优超平面

注意图 10-5 和图 10-6 是以垂直于 xOy 平面的角度观察的，最优超平面不是一条直线了，而是一个平行于 xOy 平面的平面（即 $Z=1$）。这个超平面映射回二维空间后的结果如图 10-7 所示。我们看到这是一个圆形，很好地把两类数据点分开了。

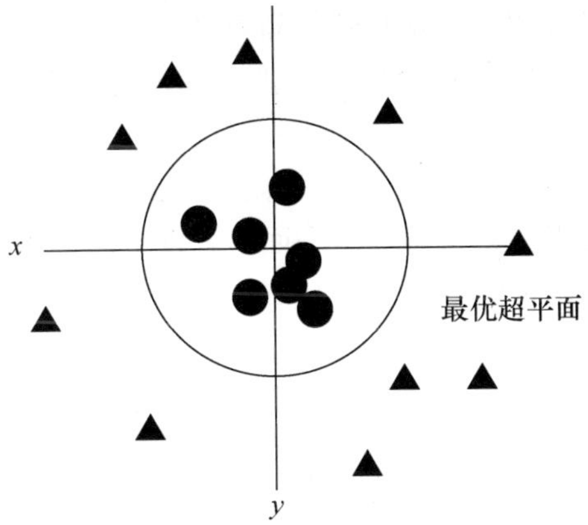

图 10－7　从高维空间映射回低维空间的最优超平面

上述处理办法称为核函数技巧（kernel trick）。我们找到了一种办法，很聪明地把非线性可分的数据很好地进行划分，即把数据映射到高维空间，在高维空间里面对其进行线性划分。

将数据从低维空间映射到高维空间的过程非常耗时，计算量很大。对低维空间的每个数据点（向量）进行这样的转换代价太大，需要寻找更加简单的处理办法。

支持向量机模型，并不需要高维空间里的实际向量来进行最优平面的寻找，实际上，它仅仅需要向量之间的点积。这样就可以避免对数据进行实际的升维，想办法计算两个向量在高维空间中的点积即可。

回到上述例子，我们要求的第三维是 $z=x^2+y^2$。那么两个向量的点积计算具体如下：

$$a \cdot b = x_a \cdot x_b + y_a \cdot y_b + z_a \cdot z_b$$

由于有

$$z = x^2 + y^2$$

所以

$$a \cdot b = x_a \cdot x_b + y_a \cdot y_b + (x_a^2 + y_a^2) \cdot (x_b^2 + y_b^2)$$

支持向量机可以基于该点积计算结果，来确定最优超平面。这就是核函数技巧。

一般来讲，如果核函数是一个线性函数，我们得到一个线性的分类器；如果使用非线性的核函数，就得到一个非线性的分类器。不管怎样，无须把所有的数据点（向量）真正地转换到高维空间，需要做的只是改变向量点积的计算公式而已。

在实际应用中，具体问题有不同的特点，有必要根据数据特点对核函数进行选择。在上述实例中，数据分布在一系列同心圆上，所以核函数的选择适配到了这个特点。

对于自然语言处理的应用场景，什么核函数的效果较好呢？应该使用线性核函数，还是非线性核函数？研究表明，线性核函数是最好的选择。自然语言处理的分类器对文本进行分类（比如将邮件划分为正常邮件和垃圾邮件等），使用成千上万的特征，如果使用非线性核函数，有可能使得分类器过拟合到训练数据上，泛化能力差。在实际应用中，人们已经发现，使用线性的核函数能够获得很好的分类效果。

关于非线性核函数，可通过另一个实例来进一步感受它的作用。某些数据集有时无法通过一条直线（二维空间）或者一个平面（三维空间）来干净地划分两类数据点。如图 10－8 所示的方形和圆形数据点。

现在，利用高斯径向基核函数来对数据进行升维。它的三维图形就像一个帽子。我们看到，在高维空间里数据很容易用一个平面来进行划分。高斯径向基核函数和上述实例里面的 $z=x^2+y^2$ 核函数一样，都是非线性核函数。

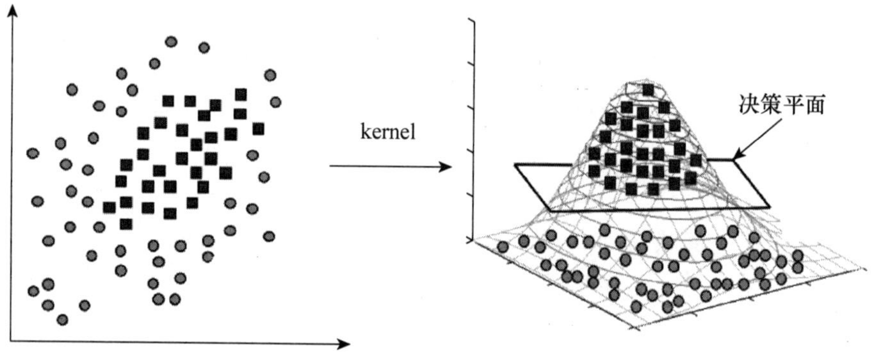

图 10－8　高斯径向基核函数示例

10.3　支持向量机的参数优化

支持向量机模型有两个重要的参数：正则化参数 C 和径向基核函数的 gamma 参数。具体介绍如下。

10.3.1　正则化参数 C

正则化参数 C，是错误项的惩罚系数，即对误差的宽容度。C 越大，说明越不能容忍出现误差，容易过拟合；C 越小，越容易欠拟合。C 过大或过小，泛化能力均变差。选取恰当的 C 值，会对决策边界的平滑度和分类器对数据点分类的正确性进行折中平衡。

当采用更大的 C 时，分类器能够对更多的数据点进行正确分类，也就是对数据点的拟合程度更好，当然分类的决策边界也越来越曲里拐弯了，不是那么平滑。

如图 10－9 所示，两类数据点（方形和圆形）之间，可以绘制一系列的决策边界。直线的分类决策边界相对简单，带来的问题是有两个数据点分类错误。这样的数据点称为离群点（outliers）。也可以绘制另外一条（曲里拐弯的）分类决策边界。这个时候，所有的数据点没有分类错误。这样的分类决策边界对训练数据适配得很好，但是可能存在泛化问题，也就是在测试集上以及新的数据上的分类效果不好。

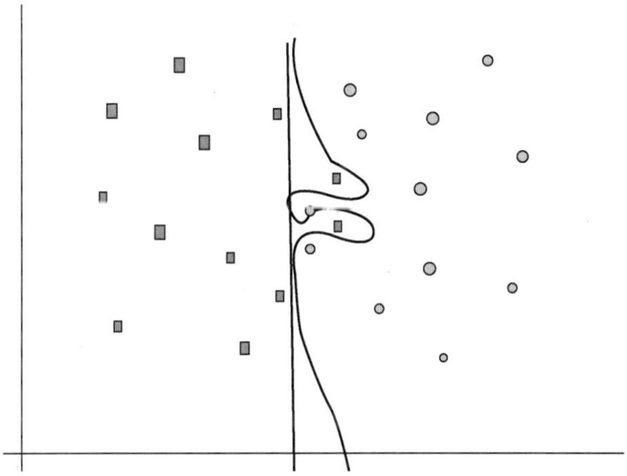

图 10－9 正则化参数 *C* 的作用

所以需要对参数 C 进行选择，以便在平滑的决策边界和分类正确性之间折中。可以通过实验，在现有的数据集上获得更平滑的分类决策边界，避免过拟合，同时又达到较高的分类正确率。

10.3.2 gamma 参数

gamma 是选择径向基核函数之后，该函数自带的一个参数，隐含地决定了数据映射到新的特征空间后的分布。gamma 值越大，支持向量越少；gamma 值越小，支持向量越多。

gamma 参数定义了在确定决策边界时，各个数据点的影响力到底有多远。如果 gamma 参数的值较小，则意味着每个数据点产生较远的影响，如果 gamma 参数的值较大，意味着每个数据点产生较近距离的影响。

换句话说，如果 gamma 的值较大，那么决策边界依赖于决策边界附近的数据点，距离较远的数据点的影响力降低，甚至被直接忽略掉。由于更接近决策边界的数据点的权重更大，导致决策边界表现出曲里拐弯的特点。如果 gamma 参数的值较小，那么在确定决策边界的时候，把较远的数据点也考虑进来，分类的决策边界变得更加平滑。

10.4 案例七：垃圾邮件识别（案例六续）

为了把文本进行向量化，首先建立一个字典表，字典表的大小为 N。然后针对每个文本，把它转换成 N 维向量，向量的每个分量根据文本里出现单词的频率来决定。出现某个单词，相应的分量就记为单词的频率，如果不出现，相应的分量就记为 0。这种方法把每个文本看作 a Bag of Words（称为 BOW 方法），对于每个出现的单词，都看作文本的一个特征，每个特征的具体取值为单词的频率。比如，对于句子“All monkeys are primates but not all primates are monkeys”，单词 monkeys 出现的频率为 2/10，单词 but 出现的频率为 1/10。

使用词频表示每个单词会带来一系列问题，更为合理的是 TF-IDF 表示法，即不仅考虑单词在文档中出现的频率，还用逆文档频率来衡量每个单词的重要程度。

为了提高分类器的正确率、召回率等关键指标，有时候需要对文本进行预处理，包括剔除停用词、词干分析、词根分析、使用 n-gram 特征等，更加详细的信息请读者参考相关资料。

现在每个文本被转换成一个向量，这个向量具有成千甚至上万个分量，每个分量表示文本中出现某个单词的频率。一系列的文本经过这种转换后，形成了一系列的样本，加上文本的标注信息，比如文本是否垃圾邮件、文本是正面情感还是负面情感等，就可以用来训练支持向量机分类模型。

我们以上一章的垃圾邮件识别案例为例，前六步的数据处理部分与上一章相同，下面展示从第七步开始的模型创建、训练与预测和评价部分。

七、创建支持向量机模型，对其进行训练，并且利用模型对测试集进行预测。

```
y_trainSvm = y_train.astype('int')
classifierModel = LinearSVC()
classifierModel.fit(x_trainFeat, y_trainSvm)
predResult = classifierModel.predict(x_testFeat)
```

八、把测试集的 y 转换成整数形式，对上述模型的预测值进行比较，显示分类器的精度、$F1$，以及混淆矩阵。

```
y_test = y_test.astype('int')

print("Accuracy Score:{0:.4f}".format(accuracy_score(y_test, predResult) * 100))
```

```
print("F1 Score:{0: .4f}".format(f1_score(y_test, predResult, average='macro') * 100))

cmMNb = confusion_matrix(y_test, predResult)
print("Confusion matrix:")
print(cmMNb)
```

```
Accuracy Score: 98.4753
F1 Score: 96.9068
Confusion matrix:
[[152  16]
 [  1 946]]
```

可以看到，在这个垃圾邮件识别任务中，支持向量机模型获得了比朴素贝叶斯模型更好的预测效果。

10.5 总　结

支持向量机的特点，总结如下：

（1）支持向量机可以对线性可分的数据集进行分类。

（2）如果数据集不是线性可分的，可以使用核函数技巧，设法使得数据集线性可分。

相对于神经网络方法，支持向量机的主要优势是速度更快，以及在有限的样本上性能更好。神经网络特别是深度神经网络，需要大量的样本进行训练，训练的时间也很长。这点使得支持向量机算法非常适合文本分类，因为经过标记的文本数据集一般都不大，也就是上千个样本的规模。

参考文献

[1] https://monkeylearn.com/blog/introduction-to-support-vector machines-svm/.

[2] https://towardsdatascience.com/https-medium-com-pupalerushikesh-svm-f4b42800e989.

[3] https://www.analyticsvidhya.com/blog/2017/09/understaing-support-vector-machine-example-code/.

[4] https://www.hackerearth.com/blog/machine-learning/simple-tutorial-svm-parameter-tuning-python-r/.

第 11 章 决策树

决策树是一种最基本的分类与回归方法，与其他模型相比，决策树的原理浅显易懂，计算复杂度较小，而且具有可解释性，在现实中应用广泛。

11.1　什么是决策树

决策树，顾名思义，是一种树形结构，非常接近人类做决策的思考过程。例如，我们根据当天的天气状况决定是否去打网球的决策过程可能是：

如果阴天（Overcast），就去打网球。

如果晴天（Sunny），则看湿度（Humidity），湿度正常（Normal）就去打；湿度太大（High）就不去。

如果下雨（Rain），则看风速（Wind），风很大（Strong）就不去；风不大（Weak）就去打。

这些规则可以表示成图 11－1 中的一棵决策树。

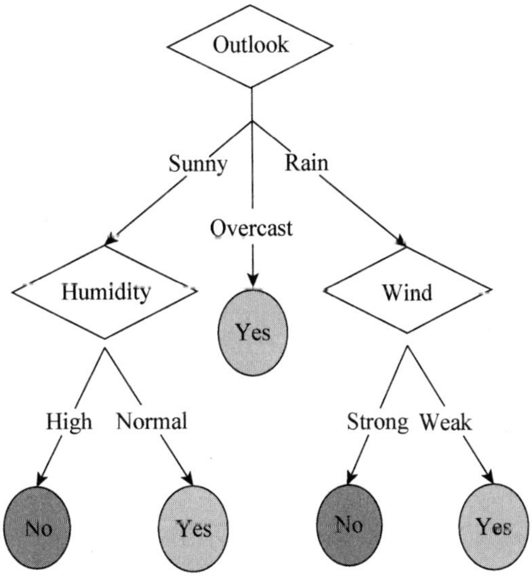

图 11－1　分类决策树示例

决策树最顶层的节点称为根节点，下面没有任何分叉的节点称为叶节点，形似一棵倒着生长的树。树中每个非叶节点，即图 11－1 中的菱形框，表示一个测试条件，通常是测试观察到的数据中的某个属性值（如天气、湿度或风速等），每个分支表示测试条件的一种可能取值。每个叶节点，如图 11－1 中的圆形框，给出了决策树的输出值。如果是分类决策树，则输出值为类别，例如，图 11－1 中只有“Yes”（打网球）和“No”（不打网球）两种类别。如果是回归决策树，则输出一个连续数值，如图 11－2

中的决策树是一棵回归决策树，它使用喜马拉雅山脉的高度和坡度来预测某一位置的降水量，叶节点输出具体的降水量，如 55.42 英寸等。

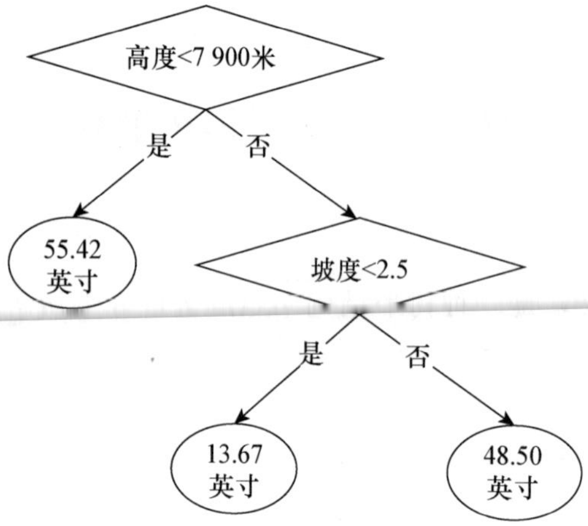

图 11-2 回归决策树示例

使用决策树做预测的过程是：从根节点出发，测试节点上的条件，选择相应的分支，逐层往下，直到叶节点为止，输出此叶节点的值（类别或连续数值），即为预测结果。

决策树中每条从根到叶节点的路径构成一条决策规则，路径上的所有非叶节点是规则的条件部分（If），叶节点给出了规则的结果（Then）。因而一棵决策树表示了一组 If-Then 规则。决策树模型的学习过程其实就是从训练数据中归纳出一组规则，并表示成一棵决策树。

11.2 构建决策树

给定一组训练数据，如表 11-1 所示，我们希望从中学习一棵符合训练数据并具有较好泛化能力的决策树。也就是说，它能使用尽量少的规则对训练数据进行尽可能准确的分类或回归预测。决策树模型的训练过程就是构建决策树的过程。

表 11-1 打网球分类任务训练数据

Day	Outlook	Temperature	Humidity	Wind	Play Tennis
D1	Sunny	Hot	High	Weak	No
D2	Sunny	Hot	High	Strong	No
D3	Overcast	Hot	High	Weak	Yes

续表

Day	Outlook	Temperature	Humidity	Wind	Play Tennis
D4	Rain	Mild	High	Weak	Yes
D5	Rain	Cool	Normal	Weak	Yes
D6	Rain	Cool	Normal	Strong	No
D7	Overcast	Cool	Normal	Strong	Yes
D8	Sunny	Mild	High	Weak	No
D9	Sunny	Cool	Normal	Weak	Yes
D10	Rain	Mild	Normal	Weak	Yes
D11	Sunny	Mild	Normal	Strong	Yes
D12	Overcast	Mild	High	Strong	Yes
D13	Overcast	Hot	Normal	Weak	Yes
D14	Rain	Mild	High	Strong	No

决策树的构建通常采用局部最优策略，自顶向下逐步生成树中所有的节点。每个节点的测试条件事实上会将数据集划分成多个子集，每个子集对应一个分支。决策树的构建就是选择恰当的测试条件逐步划分数据集，直到叶节点能产生准确的预测结果为止。其基本的构建流程如下：

（1）初始化根节点，包含训练集中的所有数据。

（2）在所有可能的测试条件中，选择一个最优条件生成一个判断节点，并将数据集划分成多个子集。

（3）对划分后得到的每个子集重复步骤（2），直到

a. 该集合中的所有样例都属于同一类别；

b. 达到预先设定的停止条件，如达到树的最大深度、可分裂的最少样例数、叶节点的最少样例数等。

（4）最后，给出每个叶节点的预测值。分类任务使用集合中样例个数最多的类别作为预测结果；回归任务则使用集合中所有样例的平均值作为预测结果。

决策树的构建中最关键的是如何为当前数据集选择最优的划分条件。一般而言，随着划分的不断进行，我们希望决策树的分支节点所包含的样例尽可能属于同一个类别，即节点的纯度（purity）越来越高。所以划分条件的选择应该尽可能增大划分后节点的纯度，或者尽可能减少划分前的不纯度（impurity）。对每个测试条件，计算出用其划分节点可以减少的不纯度（划分前的不纯度减去划分后的不纯度），然后选择不纯度减少量最大的条件作为最优条件。

对不纯度的度量有不同的方法，下面我们介绍几种常见的度量方法：分类误差率、熵和基尼指数。

11.2.1 分类误差率

分类误差率是指集合中任一样例被分错类别的概率。它是不纯度最直接的度量方法。

给定决策树中的一个节点 t，它预测的类别应该是 t 中包含样例个数最多的类别。因为 t 中所有的样例都被预测为出现概率最大的那个类别，所以 t 的分类误差率，记为 $Error(t)$：

$$Error(t)=1-\max_{i}[p(i|t)]$$

式中，$p(i \mid t)$ 为集合 t 中任一样例属于类别 i 的概率。当 t 中所有样例都属于同一类别，即最纯时，$Error(t)$ 取最小值 0；当 t 中各类别分布均匀，即各类别包含的样例个数相等时，$p(i \mid t)=1/n$ $(i=1, 2, \cdots, n)$，$Error(t)$ 取最大值 $(1-1/n)$。

如图 11－3 所示，当前待划分的节点 T 包含 8 个类别为“Yes”（打网球）的样例和 2 个类别为“No”（不打网球）的样例。它的分类误差率为：

$$Error(T)=1-8/12=0.3333$$

测试条件“Temperature>= Mild”，可以将其划分为两个子集。如图 11－3 所示，划分后的左子集 T_1 包含 2 个“Yes”样例和 2 个“No”样例；右子集 T_2 包含 6 个“Yes”样例和 2 个“No”样例。它们的分类误差率分别为：

$$Error(T_1)=1-2/4=0.5$$

$$Error(T_2)=1-6/8=0.25$$

这样，用测试条件“Temperature>= Mild”划分节点 T 后，总的分类误差率减少了：

$$\begin{aligned}&Error(T)-(4/12)\times Error(T_1)-(8/12)\times Error(T_2)\\&=0.3333-(4/12)\times 0.5-(8/12)\times 0.25\\&=0\end{aligned}$$

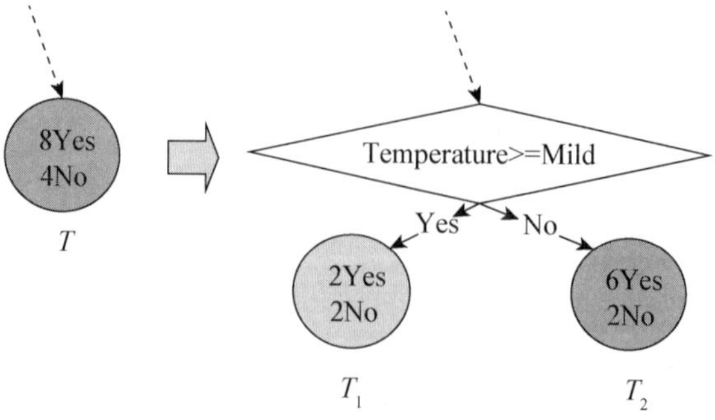

图 11－3　节点分裂示例：节点分裂前后

在此例中，如果使用测试条件“Temperature>=Mild”划分当前节点 T，分类误差率不会减少，则无须使用该条件进行划分，可以尝试其他测试条件。如果没有其他测试条件可用，则节点 T 停止进一步分裂，作为叶节点输出预测结果。由此可以看出，分类误差率对分类概率的改变不够敏感，导致生成低效的决策树。

实际中更常用的度量不纯度的方法是熵和基尼指数。例如在当前流行的决策树构建算法中，ID3 和 C4.5 都是基于熵的，而分类与回归树（classification and regression tree，CART）使用基尼指数度量节点的不纯度。

11.2.2 熵

熵（entropy），最初由德国物理学家克劳修斯于 1865 年提出。它是热力学中的一个概念，用于衡量一个系统的无序度（或混乱度），一个系统越无序混乱，它的熵越大。熵的概念在很多领域具有广泛的应用。在信息论中，熵是对随机变量不确定性的度量，熵的取值越大，随机变量的不确定性就越大，即它的信息量越大（确定的事情发生了，其信息量为零）。

设随机变量 X 有 n 个可能的取值 $x_i(i=1, 2, \cdots, n)$，每个取值的概率是 $p_i(i=1, 2, \cdots, n)$，则 X 的熵 $H(X)$ 为：

$$H(X)=-\sum_{i=1}^{n} p_i \log_2 p_i$$

给定决策树中的一个节点 t，其包含 n 个类别的样例，每个类别出现的概率是 $p(i \mid t)$ $(i=1, 2, \cdots, n)$，则节点 t 的熵 $Entropy(t)$ 的计算公式如下：

$$Entropy(t)=-\sum_{i=1}^{n} p(i \mid t) \log_2 p(i \mid t)$$

类似于分类误差率，当节点中的所有样例都属于同一类别时，节点的熵取最小值 0；当节点中各类别分布均匀，即各类别包含的样例个数相等时，节点的熵最大，等于 $\log_2 n$。

例如，图 11-3 中 T 的熵是：

$$Entropy(T)=-(8/12)\times\log_2(8/12)-(4/12)\times\log_2(4/12)=0.9183$$

分裂后得到的 T_1 和 T_2 的熵分别是：

$$Entropy(T_1)=-(2/4)\times\log_2(2/4)-(2/4)\times\log_2 2(2/4)=1.0000$$

$$Entropy(T_2)=-(6/8)\times\log_2(6/8)-(2/8)\times\log_2(2/8)=0.8113$$

则分裂后熵减少了：

$$\begin{aligned}&Entropy(T)-(4/12)\times Entropy(T_1)-(8/12)\times Entropy(T_2)\\&=0.9183-(4/12)\times 1.0000-(8/12)\times 0.8113\\&=0.0441\end{aligned}$$

熵的减少不为0，则 T 可以继续分裂下去。

11.2.3 基尼指数

基尼指数（Gini index），又称基尼系数，是国际上通用的衡量一个国家或地区居民收入分配不平等程度的常用指标。基尼指数是0～1之间的一个比值，其值越大，表示不平等程度越高。用基尼指数来衡量一个节点不纯度的计算方法如下。

给定决策树中的一个节点 t，其包含 n 个类别的样例，每个类别出现的概率是 $p(i|t)(i=1, 2, \cdots, n)$，则节点 t 的基尼指数 $Gini(t)$ 的计算公式如下：

$$Gini(t)=\sum_{i=1}^{n} p(i \mid t)[1-p(i \mid t)]=1-\sum_{i=1}^{n} p(i \mid t)^2$$

即节点 t 的基尼指数，等于从 t 中随机抽取两个样例，其类别不一样的概率。因而 t 的基尼指数越小，表明其纯度越高，当 t 中所有样例的类别都一样时，基尼指数达到最小值0；而 t 的基尼指数越高，表明其不纯度越高，当 t 中所有类别都包含相同个数的样例时，基尼指数达到最大值（$1-1/n$）。

例如，图11-3中 T 的基尼指数是：

$$Gini(T)=1-(8/12)\times(8/12)-(4/12)\times(4/12)=0.4444$$

分裂后得到的 T_1 和 T_2 的基尼指数分别是：

$$Gini(T_1)=1-(2/4)\times(2/4)-(2/4)\times(2/4)=0.5$$
$$Gini(T_2)=1-(6/8)\times(6/8)-(2/8)\times(2/8)=0.375$$

则分裂后基尼指数减少了：

$$\begin{aligned}&Gini(T)-(4/12)\times Gini(T_1)-(8/12)\times Gini(T_2)\\&=0.4444-(4/12)\times0.5-(8/12)\times0.375\\&=0.0278\end{aligned}$$

基尼指数的减少不为0，T 也可以继续分裂下去。

以二分类为例，图11-4给出了三种度量指标——基尼指数、熵之半（即熵值的1/2）和分类误差率的关系。在二分类问题中，只有两个类别，其概率值设为 p 和 $1-p$。图11-4的横坐标是概率值 p，取值为0～1；纵坐标是三种度量指标的值，峰值在 p 等于0.5处，即集合中两种类别的出现概率相等时。可以看出，基尼指数和熵之半的曲线很接近，并且由于它们是曲线而不是平坦的直线，曲度使得子节点的平均熵或基尼指数会低于父节点的熵或基尼指数，从而使分裂可以继续，直到叶节点纯了为止。

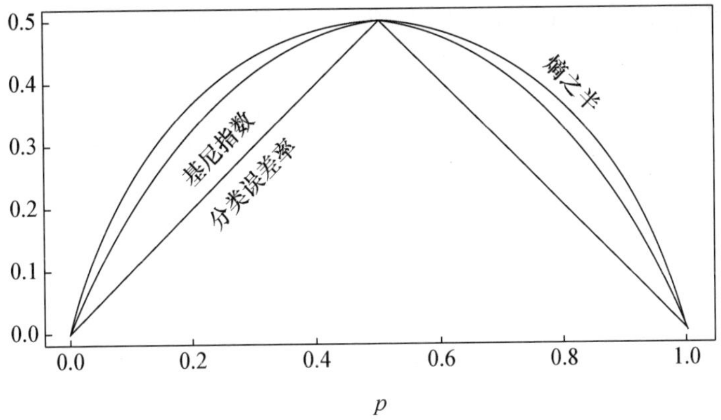

图 11－4　二分类中基尼指数、熵之半、分类误差率的关系

11.3　修剪决策树

在决策树学习中，为了尽可能正确预测训练样例，节点划分过程将不断重复，直至叶节点纯了为止，这样通常会造成对训练数据的过拟合，导致学习出的决策树泛化能力较低。解决决策树过拟合问题的主要方法是剪枝。

决策树剪枝的基本策略有预剪枝（pre-pruning）和后剪枝（post-pruning）。

11.3.1　预剪枝

预剪枝是在决策树构建过程中，依据预先设定的条件，提前终止树的生长，从而控制树的复杂度。

以 Scikit-learn 库中实现的决策树算法为例，预剪枝可以预先设定的条件有：

- 决策树的最大深度（max_depth）；
- 决策树的最大叶子数（max_leaf_nodes）；
- 可分裂节点应包含的最少样例数（min_samples_split）；
- 叶节点应包含的最少样例数（min_samples_leaf）；
- 不纯度减少的最小量（min_impurity_decrease）。

预剪枝使得决策树的很多分支都没有展开，不仅降低了过拟合的风险，还显著减少了决策树的训练时间。但另一方面，预剪枝可能会产生欠拟合。

11.3.2　后剪枝

后剪枝则是在决策树构建完成之后进行剪枝，得到一棵简化的树。

较简单的做法是，自底向上考察每个非叶节点，如果将其子树剪去，成为一个叶节点，能带来决策树泛化性能提升，则将该子树替换为叶节点。那如何判断决策树泛化性能是否提升呢？可以使用留出法，即预留一部分数据用作“验证集”来评估模型的泛化性能。这种最基本的后剪枝方法称为错误率降低剪枝（reduced-error pruning，REP）。

Scikit-learn 库从其 0.22 版本开始，实现了一种称为代价复杂度剪枝（cost-complexity，CCP）的后剪枝策略。其中，代价指在剪枝过程中一个非叶节点（子树）被替换为一个叶节点而带来的预测错误的增加；复杂度具体指子树中所包含的叶节点的个数。剪枝算法定义了一个参数 α 来衡量剪枝的代价和复杂度降低之间的关系。α 的具体计算公式如下：

$$\alpha=\frac{C(t)-C(T_t)}{|T_t|-1}$$

式中，T_t 为以 t 为根节点的子树；$|T_t|$ 为子树中叶节点的个数；$C(T_t)$ 和 $C(t)$ 分别为剪枝前后该子树的预测错误（Scikit-learn 中具体使用所有叶节点的不纯度之和来代替预测错误）。Scikit-learn 中实现的后剪枝算法首先计算决策树中每个非叶节点的 α 值，然后循环剪掉具有最小 α 值的子树，直到最小 α 值大于用户预先给定的参数值 ccp_alpha 为止。

后剪枝决策树通常比预剪枝决策树保留了更多的分支。一般情形下，后剪枝决策树的欠拟合风险很小，泛化性能往往优于预剪枝决策树。但后剪枝过程是在生成完全决策树之后进行的，并且要自底向上地逐一考察树中的所有非叶节点，因此其训练时间比未剪枝和预剪枝决策树都要多得多。

11.4 决策树的优缺点和使用方法

决策树模型的主要优点在于：

- 可解释；
- 可以处理任何类型的数据，包括数值数据或类别数据；
- 几乎不需要做数据预处理和缩放。

其主要缺点是：

- 非常容易过拟合，导致泛化能力不强。

Scikit-learn 库中实现的决策树算法是优化的 CART 算法。分类决策树的类是 DecisionTreeClassifier，回归决策树的类是 DecisionTreeRegressor。它们的使用步骤大概是：

（1）导入分类器或回归器的类，如：

```
from sklearn.tree import DecisionTreeClassifier
```

（2）创建该类的一个对象，如：

```
dtc = DecisionTreeClassifier(criterion = 'gini', max_features = 10, max_depth = 5)
```

（3）拟合训练数据，如：

```
dtc.fit(X_train, y_train)
```

（4）预测数据，如：

```
y_predict = dtc.predict(X_test)
```

DecisionTreeClassifier 和 DecisionTreeRegressor 的调用参数几乎完全相同，几个主要的参数设置如表 11－2 所示：

表 11－2　决策树模型参数列表

criterion	划分条件选择标准 DecisionTreeClassifier 的缺省值是“gini”，即用基尼指数作为衡量指标，也可以是“entropy”，即使用熵作为衡量指标； DecisionTreeRegressor 的缺省值是“mse”，即使用均方误差作为衡量指标，也可以是“mae”，即使用平均绝对值误差作为衡量指标。
splitter	划分条件选择策略 缺省值是“best”，即选取最优划分条件，也可以是“random”，表示随机选取划分条件。
max_depth	决策树的最大深度 缺省值没有深度限制。设置树的最大深度是为了防止过拟合。
min_samples_split	节点可分裂的最少样例数 缺省值是 2。一个节点可以进一步分裂必须最少包含 min_samples_split 个样例。为了防止过拟合，可以增大此值。
min_samples_leaf	叶子节点的最少样例数 缺省值是 1。一个叶子节点必须最少包含 min_samples_leaf 个样例。如果增大此值，可以及早停止过于细分叶子节点，防止过拟合。
max_features	选择划分条件可考虑的最大特征数 缺省值没有最大特征数的限制，即可以考虑数据集中的所有特征。减少考虑的特征数，一来可以减少决策树的生成时间；二来可以增大决策树的随机性，有利于提升随机森林等集成学习模型的效果。
max_leaf_nodes	最大叶节点个数 缺省值是不限制叶节点的个数。它和树的最大深度类似，可以防止过拟合。
min_impurity_decrease	最小不纯度减少量 如果用某一划分条件划分节点带来的不纯度的减少量小于这个阈值，则不用此划分条件划分该节点。
ccp_alpha	最小代价复杂度剪枝方法中的 α 参数值 非负小数，缺省值 0.0，即不进行后剪枝。

11.5 案例八：泰坦尼克号乘客生还预测

本节中，我们使用决策树来建模泰坦尼克号乘客生还的预测问题。

一、读入数据。泰坦尼克号乘客生还预测的训练数据集可以从 Kaggle 竞赛的网站上获得（https://www.kaggle.com/c/titanic/data），它被存储为一个 csv 文件，可以使用 Pandas 库中的输入输出工具 read_csv 读入。

```
import pandas as pd
# 读入数据，假设数据存放在当前目录下的 titanic.csv 文件中
data = pd.read_csv("titanic.csv")
```

二、分析数据。在使用数据训练模型之前我们需要先了解数据，包括查看数据的基本信息，如包含多少行和多少列、每列的数据类型和值的分布等。

```
# 显示前 5 行数据
data.head()
```

	PassengerId	Survived	Pclass	Name	Sex	Age	SibSp	Parch	Ticket	Fare	Cabin	Embarked
0	1	0	3	Braund, Mr. Owen Harris	male	22.0	1	0	A/5 21171	7.2500	NaN	S
1	2	1	1	Cumings, Mrs. John Bradley (Florence Briggs Th…)	female	38.0	1	0	PC 17599	71.2833	C85	C
2	3	1	3	Heikkinen, Miss. Laina	female	26.0	0	0	STON/O2. 3101282	7.9250	NaN	S
3	4	1	1	Futrelle, Mrs. Jacques Heath (Lily May Peel)	female	35.0	1	0	113803	53.1000	C123	S
4	5	0	3	Allen, Mr. William Henry	male	35.0	0	0	373450	8.0500	NaN	S

```
# 显示行数和列数
data.shape
```

(891, 12)

可以看到训练集中一共有 891 名乘客的信息，每名乘客由 12 列特征来描述，其中 PassengerId 是乘客编号；Survived 表示该乘客是否生还，0 表示未生还，1 表示生还，是此分类任务中的目标列；其余各列是该乘客的个人信息：Name 是乘客姓名，Sex 是性别，Age 是年龄，SibSp 是乘客在船上的兄弟姐妹及配偶数量，Parch 是乘客在船上的父母和子女数量，Ticket 是船票编号，Fare 是票价，Carbin 是舱位，Pclass 是船舱等级，Embarked 是登船港口。

可以使用 info 方法来显示所有列的数据类型，非空值的个数等。

```
# 显示所有列的数据类型等信息
data.info()
```

```
<class 'pandas. core. frame. DataFrame'>RangeIndex: 891 entries, 0 to 890
Data columns (total 12 columns):
PassengerId891 non-null int64
Survived              891 non-null int64
Pclass                891 non-null int64
Name                  891 non-null object
Sex                   891 non-null object
Age                   714 non-null float64
SibSp                 891 non-null int64
Parch                 891 non-null int64
Ticket                891 non-null object
Fare                  891 non-null float64
Cabin                 204 non-null object
Embarked              889 non-null object
dtypes: float64 (2), int64 (5), object (5)
memory usage: 83.6 + KB
```

可以看到，12 列中有 7 列是数值型特征（其中 PassengerId，Survived，Pclass，SibSp，Parch 是整数类型，Age 和 Fare 是小数类型），5 列是非数值型特征（即 Name，Sex，Ticket，Cabin 和 Embarked）。一些列，即 Age，Cabin 和 Embarked，有值项的个数小于 891，说明这些列中存在缺失值。Age 列和 Cabin 列的缺失值较多，Embarked 列只有两个缺失值。

对于数值型特征（整数或小数），可以使用 describe 方法显示每列的基本描述统计信息，如最大最小值、均值、标准差和计数等。

```
# 显示数值型特征列的描述统计信息
data.describe()
```

```
     PassengerId     Survived     Pclass     Age     SibSp     Parch     Fare
```

count	891.000 000	891.000 000	891.000 000	714.000 000	891.000 000	891.000 000	891.000 000
mean	446.000 000	0.383 838	2.308 642	29.699 118	0.523 008	0.381 594	32.204 208
std	257.353 842	0.486 592	0.836 071	14.526 497	1.102 743	0.806 057	49.693 429
min	1.000 000	0.000 000	1.000 000	0.420 000	0.000 000	0.000 000	0.000 000
25%	223.500 000	0.000 000	2.000 000	20.125 000	0.000 000	0.000 000	7.910 400
50%	446.000 000	0.000 000	3.000 000	28.000 000	0.000 000	0.000 000	14.454 200
75%	668.500 000	1.000 000	3.000 000	38.000 000	1.000 000	0.000 000	31.000 000
max	891.000 000	1.000 000	3.000 000	80.000 000	8.000 000	6.000 000	512.329 200

如上显示，乘客中年龄最大的是 80 岁，最小的不满半岁。

对于类别特征（即取离散值，可以编码成数值或者字符串），可以使用 value_counts 方法查看一个特征列所有不同取值的个数。例如，下面显示 Embarked 特征列有三种不同的取值“S”“C”“Q”，它们出现的次数分别是 644 次、168 次和 77 次。

```
# 显示类别型特征列的所有取值及出现次数
data.Embarked.value_counts()
```

```
S     644
C     168
Q      77
Name: Embarked, dtype: int64
```

除了用以上方法概览数据的一些基本信息之外，还可以使用可视化技术对数据进行更深入的探索性分析，发现数据中的模式、异常或关系等。分析结果可用作进一步处理数据和特征选择的依据。更详细的探索性分析可以查看第 15 章。

三、处理数据。经过初步的数据分析，选择使用 Pclass，Sex，Age 和 Embarked 四个特征来预测乘客是否生还。在正式训练模型之前，还需对数据做一些预处理。常见的预处理包括：异常值处理、缺失值处理、特征编码转换、特征缩放、特征创建等。

本例中，Age 和 Embarked 列存在缺失值，分别使用均值和最频繁的值填充两列。

```
# 用均值填充 Age 列的缺失值
data.Age.fillna(data.Age.median(), inplace = True)
# 用最频繁的值'S'填充 Embarked 列的缺失值
data.Embarked.fillna('S', inplace = True)
```

大部分机器学习模型只能处理数值型数据，所以非数值型特征需要转换为可供模型计算的数值型编码。另外，对于数值型编码的类别特征，为了使模型中计算的距离更合理，一般应该将其转换为独热编码（one-hot encoding）。一个有 N 种不同取值的类别特征列，转换为独热编码后将生成 N 个二值特征列（取值为 0 或 1），每个二值特征列对应一种取值。

本例中，Sex 和 Embarked 是非数值型特征，将它们转换为相应的数值型编码，便于模型的高效计算。注意，Embarked 特征有三个不同取值：“C”“Q”“S”，转换为独热编码后，生成了三个二值特征列 Embarked_C，Embarked_Q 和 Embarked_S，可以去掉第一列，因为它是冗余的。再把新生成的两列 Embarked_Q 和 Embarked_S 拼接到原数据集中，则原数据集变成了 14 列。

```
# 将 Sex 列的值转换为 0 和 1
data.Sex = data.Sex.map({'female':0, 'male':1})
```

```
# 将 Embarked 列的值转换为独热编码
embarked_d = pd.get_dummies(data.Embarked, prefix = 'Embarked', drop_first = True)
# 将独热编码后的多个列,即 embarked_d,拼接到原数据中
data = pd.concat([data, embarked_d], axis = 1)
```

不同的特征通常具有不同的取值范围，例如 Age 通常不超过 100 岁，而 Fare 可以是几万、几十万甚至几百万。在计算距离时，取值范围大的特征会主导距离的计算结果，因而需要将各特征的取值范围缩放到相近的范围。特征缩放对一些基于距离计算的机器学习模型非常关键，如使用径向基核函数的支持向量机模型和 K 近邻模型等。使用决策树模型，一般无须对特征进行缩放。

除了选择数据中已有的特征列做预测，还可以创建一些对预测有帮助的新特征。在本例中，我们没有创建任何新的特征。

处理好数据之后，我们抽取出 Pclass，Sex，Age，Embarked_Q 和 Embarked_S 列作为机器学习模型的特征输入，Survived 列是模型预测的目标列。

```
# 生成 X 和 y
feature_cols = ['Pclass', 'Sex', 'Age', 'Embarked_Q', 'Embarked_S']
X = data[feature_cols]
y = data.Survived
```

四、训练和选择模型。先导入分类决策树模型的类 DecisionTreeClassifier，然后创建该类的一个对象，创建决策树对象有许多参数可以选择，具体参见第 11.4 节。这里我们创建一棵最大深度等于 3 的分类决策树。

```
from sklearn.tree import DecisionTreeClassifier

treeclf = DecisionTreeClassifier(max_depth = 3, random_state = 1)
```

模型创建好之后，需要用给定的数据集进行训练。最基本的，我们用全部给定的数据（即 X 和 y）进行训练。

```
treeclf.fit(X, y)
```

在创建决策树时，有很多参数可以设置，设置不同的参数值可以训练得到不同的决策树。因而存在模型选择问题，即如何从多个不同模型中选出最优的模型。

如果按照模型在训练数据集上的表现来评估模型，则只能得到拟合训练数据最好，而不是预测未知数据效果最好的模型，即发生过拟合。为了防止过拟合，通常是将给定的数据集划分为训练集和测试集，在训练集上训练模型，然后用测试集来评估模型。Scikit-learn 库中提供了划分训练集和测试集的方法：train_test_split。

不同的划分可能导致不同的测试结果，所以更准确的评估模型的方法是交叉验证(cross-validation)。交叉验证的方法是将数据集进行多次不同的划分，形成多个不同的训练集和测试集对，用它们分别训练模型并评估，取这多个评估结果的平均值作为该模型的评估结果。Scikit-learn 库中实现的最简单的交叉验证的方法是 cross_val_score。

有了模型的评估方法，可以通过设置不同的参数值逐一生成相应的模型，并得到评估结果，然后从中选出最优的模型。Scikit-learn 库中提供了一些方法可以自动化这一过程，如带交叉验证的网格搜索 GridSearchCV。给定多个参数的多个取值，GridSearchCV 自动为每种可能的参数值组合生成相应的模型，并用交叉验证的方法训练和评估该模型，然后选出一个最优的模型，及其对应的参数值组合。所以 GridSearchCV 可以对模型的超参数进行自动调优。

11.5.1 可视化决策树

最终训练得到的决策树可以用 export_graphviz 方法导出成 Graphviz 格式，然后存成外部的 pdf 文件，或者直接在 Jupyter Notebook 中显示。可视化决策树需要先安装 python-graphviz 库，使用 conda 安装的命令如下：

```
conda install python-graphviz
```

下面代码将上面训练得到的决策树直接可视化在 Jupyter Notebook 中，也可以调用 render 方法，将决策树存入外部的 pdf 文件中。如 graph. render(“titanic_tree”)将导出的决策树存入外部文件 titanic_tree. pdf 中。

```
import graphviz
from sklearn import tree

dot_data = tree.export_graphviz(treeclf, out_file = None,
                    feature_names = feature_cols,
                   class_names = "Survived",
                   filled = True, rounded = True,
                   special_characters = True)
graph = graphviz.Source(dot_data)
graph
```

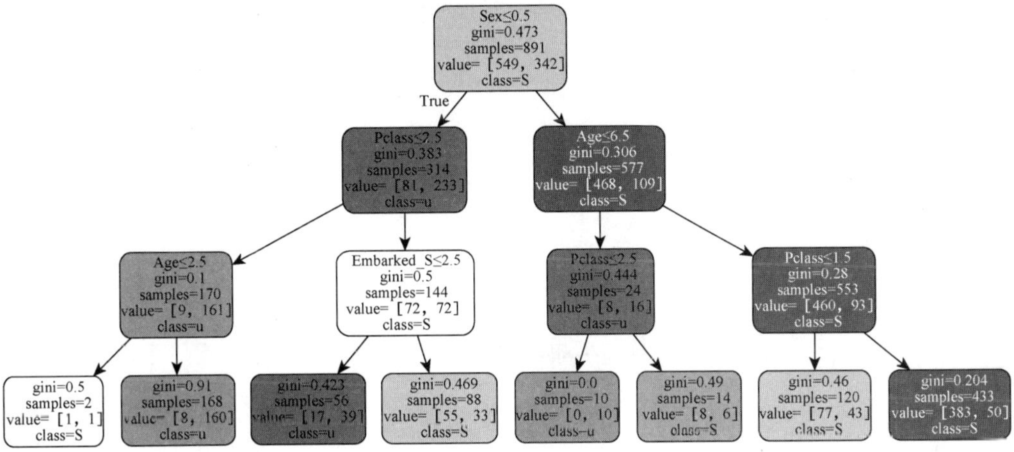

从上面显示的决策树中可以看到，决策树的非叶节点中包含的信息有：

- samples：分裂前该节点包含的样例个数；
- gini：该节点的基尼指数；
- rule：用于分裂该节点的判断条件（为真走左子树，为假走右子树），例如，根节点中的“Sex≤0.5”；
- value：该节点包含正例的个数和负例的个数；
- class：该节点预测的类别（S 表示生还，u 表示没有生还）。

决策树的叶节点中包含的信息有：

- samples：该节点包含的样例个数；
- value：该节点包含正例的个数和负例的个数；
- gini：该节点的基尼指数；
- class：该节点预测的类别（S 表示生还，u 表示没有生还）。

注意最右下的分裂，两个子节点预测的是相同的类。该分裂没有减少分类错误率，但是它提高了类别的纯度，这样可以提高分类预测准确的概率。

11.5.2　特征重要度

训练好的决策树还可以给出每个特征的重要性。对分类越重要的特征，重要性得分越高。特征重要性的计算是基于特征所带来的不纯度减少量，又称基尼重要性。具体地，决策树的每个节点都是关于一个特征的判断条件，这个判断条件造成节点的分裂，并且分裂后的基尼不纯度低于分裂前的基尼不纯度，即造成基尼不纯度的减少。一个特征在树中可能有多次出现，将所有出现带来的基尼不纯度的减少量加起来，就是该特征的基尼重要性。

```
pd.DataFrame({'feature':feature_cols, 'importance':treeclf.feature_importances_})
```

	feature	importance
0	Pclass	0.242 664
1	Sex	0.655 584
2	Age	0.064 494
3	Embarked_Q	0.000 000
4	Embarked_S	0.037 258

可以看到，在泰坦尼克号生还预测中，性别（Sex）是最重要的特征，其次是船舱等级（Pclass），年龄（Age）也有一定重要性。

第 12 章 集成学习

在做重要决策时，我们通常会听取多个专家而不是一个人的意见。综合多个不同专家的意见通常好过只听一个人的意见，即所谓的“群智”。类似地，在机器学习中，可以训练多个学习器来完成预测任务（分类或回归），然后通过结合多个学习器的预测结果得到最终的结果，这就是集成学习（ensemble learning）。集成学习采用多个学习器对数据集进行预测，从而提高整体学习器的泛化能力。与单一学习器相比，集成学习可以获得更好的预测结果。因而，集成学习在许多著名的机器学习比赛（如 Netflix，KDD Cup 和 Kaggle 比赛）中被广泛使用，并能取得很好的名次。

如图 12－1 所示，假设给定一个预测任务，训练了多个不同的学习器（1，2，…，m）。它们可以是同一种模型，例如都是决策树；也可以是不同种模型，例如学习器 1 是逻辑回归，学习器 2 是支持向量机，学习器 3 是决策树，学习器 4 是 K 近邻，等等。给定一个待预测样例 X，每个学习器会产生一个预测结果，系统使用某种结合策略将这多个结果结合成一个最终结果 y 输出。

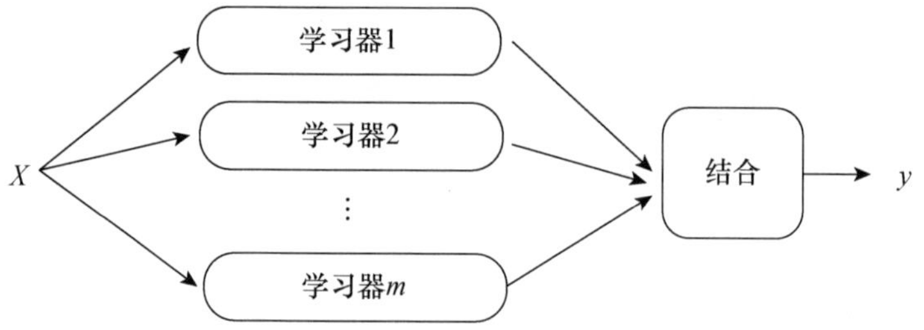

图 12－1　集成学习示意图

对于回归问题（数值预测），最常见的结合方法是简单平均法，即取多个学习器输出值的平均值作为最终结果。

对于分类问题（类别预测），最简单的结合方法是多数投票法，即每个分类器预测出一个类别标签，相当于投该类别一票，得票最多的类别作为最终结果。这种使用类别标签的投票又称硬投票（hard voting）。有些类型的分类器可以输出类别的概率值，使用类别概率值的投票称软投票（soft voting）。虽然分类器估计出的类别概率值一般不准确，但基于类别概率值的软投票往往比硬投票的性能更好，因为它相当于给分类器更确信的类别更大的权重。

这样一种将多个学习器结合在一起的集成学习器常常会获得比最好的单一学习器更好的性能。而且即使每个学习器都是弱学习器（即性能只比随机预测稍好的学习器），将它们集成起来却可以得到一个强学习器（即预测精度非常高的学习器），只要集成足够多的弱学习器，并且这些弱学习器之间的差异足够大，就像俗语说的“三个臭皮匠顶个诸葛亮”。可以用抛硬币的实验来简单类比。假设抛一枚有点儿偏斜的硬币，它落下来是正面的概率为 51%，负面的概率为 49%。也就是说，抛 1 000 次一般会得到大约 510 次正面和 490 次反面，正面占多数。事实上，重复抛 1 000 次硬币，正面占多数的概率接近 75%，而且抛的次数越多，正面占多数的概率就越大，例如重复抛 10 000 次，正面占多数的概率将超过 97%。这是由于大数定律：抛硬币的次数越来越多时，正面出现的次数比例就越来越接近它的概率（51%）。类似地，假设你集成了 1 000 个弱分类器，每个弱分类器的正确率是 51%（即比随机猜测好一点点），用多数投票的结合方法，得到的集成学习器将达到 75%的精度！但前提是各个学习器之间是完全独立的。因为所有学习器都是为解决同一个问题训练出来的，所以它们不可能完全独立。而要获得最佳的集成性能需要多个学习器尽可能相互独立或者说有差异，因而，集成学习的一个关键问题就是如何构建多个有差异的学习器。

如何构建一组有差异的学习器？一种方法是训练不同的机器学习模型，如决策树、K 近邻、逻辑回归和支持向量机等。另外一种方法是训练同一种机器学习模型，但使用不同的数据集、不同的特征选择，或者不同的参数等，从而生成多个差异性学习器。

- 不同的数据集。在原有数据集上采用抽样技术获得多个训练数据集，从而生成多个差异性学习器。流行的方法有袋装（bagging）和提升（boosting）。
- 不同的特征选择。对训练数据抽取不同的输入特征子集分别进行训练，从而构建具有差异性的学习器。
- 不同的参数。通过改变一个模型的参数来生成有差异性的学习器，比如改变神经网络的网络拓扑结构就可以构建出不同的学习器。

下面主要讨论袋装、提升和堆叠（stacking）三种最流行的集成学习方法。

12.1　袋　装

12.1.1　什么是袋装

袋装是并行式集成学习方法最著名的代表，它的名字来源于 Bootstrapped Aggregation 的缩写。

如图 12-2 所示，首先，它使用自助采样法（bootstrapped sampling，一种有放回的采样法）从原数据集中采样得到多个不同的数据子集。给定包含 n 个样例的数据集，每次从中随机抽取一个样例放入采样集中，并将其放回原数据集，这样下次采样时该样例仍有可能被抽到。重复随机抽取 n 次之后，就得到一个和原数据集一样大的数据集，其中有些样例重复出现多次，而有些样例则从未出现，去除重复出现的样例，新数据集包含原数据集中大约 63.2%的样例。因为在包含 n 个样例的数据集中，每个样例被随机抽到的概率是 $1/n$，不被抽到的概率为 $1-1/n$，则在 n 次采样中都没被抽到的概率是 $(1-1/n)^n$。当 n 足够大时，$(1-1/n)^n$ 值接近 $1/e$，约等于 0.368。也就是说，n 次采样之后，原数据集中大约有 36.8%的样例没被抽到。所以用自助采样法得到的数据集只包含原数据集中大约 2/3 的样本。重复这一过程，由于是随机抽样，就可以得到多个不同的数据子集。

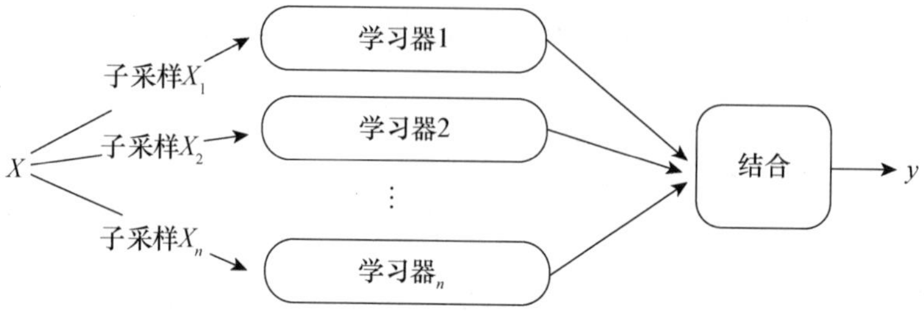

图 12-2　Bagging 集成学习示意图

然后，用每个数据子集训练一个学习器，再将这些学习器结合起来。Bagging 集成学习方法结合多个学习器的预测结果时，对分类任务一般采取多数投票法，对回归任务一般采取简单平均法。

由于只用 2/3 的数据进行训练，每个基学习器的偏差会比使用整个数据集训练的单一学习器的偏差大，但是将这多个“较差”的学习器结合起来会降低整体的偏差和方差。一般地，Bagging 集成学习器的偏差和用整个数据集训练单一学习器的偏差接近，方差则更小。从偏差-方差的角度来看，Bagging 主要关注降低方差。因而它用在不剪枝决策树和神经网络等易受数据扰动的高方差的学习器上效果更为明显。

另外，因为多个基学习器在各数据子集上的训练互不相干，可以并行执行，而采样与投票/平均所花费的时间很少，所以训练一个 Bagging 集成学习器与训练一个单一学习器的时间代价差不多。因而，Bagging 是一个很高效的集成学习方法，在实际中广泛使用。

12.1.2　Bagging 的使用方法

Scikit-learn 库中实现了 Bagging 集成学习算法。用于分类任务的类是 BaggingClassifier，用于回归任务的类是 BaggingRegressor。它们的使用步骤如下：

1. 导入分类器或回归器的类，如：

```
from sklearn.ensemble import BaggingClassifier
from sklearn.tree import DecisionTreeClassifier
```

2. 创建该类的一个对象，如：

```
bag_clf = BaggingClassifier(
          DecisionTreeClassifier(), n_estimators = 500,
          max_samples = 100, bootstrap = true, n_jobs = -1)
```

3. 拟合训练数据，如：

```
bag_clf.fit(X_train, y_train)
```

4. 预测数据，如：

```
y_predict = bag_clf.predict(X_test)
```

BaggingClassifier 和 BaggingRegressor 的调用参数几乎完全相同，几个主要的参数设置如表 12－1 所示。

表 12－1　袋装模型参数列表

base_estimator	基学习器 在采样得到的数据子集上训练的基学习器。 缺省值是 None。等于 None 时，则使用决策树做基学习器。
n_estimators	基学习器个数 用于集成的基学习器的个数。 缺省值是 10。
max_samples	最大样例个数 从训练集中随机抽取的，用于训练每个基学习器的样例数目。 缺省值是 1.0。整数值表示抽取样例的个数；小数值表示抽取样例数占训练集的总样例数的比重。
max_features	最大特征数 从训练集中随机抽取的，用于训练每个基学习器的特征数目。 缺省值是 1.0。整数值表示抽取特征的个数；小数值表示抽取特征数占训练集的总特征数的比重。
bootstrap	自助采样抽取样例 缺省值是 True。
bootstrap_features	自助采样抽取特征 缺省值是 False。
oob_score	是否使用袋外样例评估学习器的泛化错误 缺省值是 False。
n_jobs	并行运行的作业个数 缺省值是 1。等于－1 时，并行的作业个数设置为 CPU 的核数。

值得注意的是，自助采样还给 Bagging 集成学习带来一个额外的好处：袋外评估（out-of-bag evaluation）。由于采用自助采样法，每个基学习器只使用了大约 63.2%的样例做训练，剩下约 36.8%的样例未使用（称为袋外样例），因而可以用来评估该学习器的泛化性能，无须再划分验证集或者做交叉验证等。把所有基学习器的袋外评估分数取平均值就是整个集成学习器的袋外评估分数。

在 Scikit-learn 中，如果创建一个 BaggingClassifier 对象时，设置参数 oob_score 等于 True，则系统会在训练时自动计算出整个集成学习器的袋外评估分数，存放在集成学习器的 oob_score_变量中。

12.1.3　随机森林

随机森林是一种以决策树为基学习器的 Bagging 集成学习模型。它先用 Bagging 的随机抽样方法生成多个不同的训练数据集，然后在每个训练数据集上训练一棵决策树，再将多棵决策树的预测结果结合起来作为最终结果。与一般的决策树训练不同的是，它在决策树训练中引入了更大的随机性，因而获得了比一般的 Bagging 集成模型更好的性能。

由上面的讨论可知，Bagging 集成学习主要通过采用随机抽样技术获得多个不同的训练数据集来生成多个有差异的学习器。但这些学习器之间并不完全独立，因为数据集是相关联的。随机森林对此所做的改进是，在决策树的构建中引入更多随机性，从而增大各个决策树之间的差异（或者独立性）。具体而言，一般决策树在考虑每个节点的划分条件时，是从所有特征中选择一个最优的条件；而随机森林中的决策树在考虑每个节点的划分条件时，是先从所有特征中随机抽取出一个特征子集，然后从这个特征子集中选择一个最优的条件。如果所有特征的个数是 m，则随机选取的特征个数，对分类任务一般是 $\sqrt{m}$，对回归任务一般是介于 $m/3$ 和 m 之间的数。这样做会产生更多样的决策树。试想一下，如果数据集中存在一个非常强大的特征，那么大部分决策树的构建都会以此特征为根节点，导致很多相似的决策树，而结合多个相似决策树的预测结果并不能有效地降低方差。将每次最优分裂特征的选取限定在一个随机选取的特征子集中可以产生较大差异的决策树，虽然每棵决策树的偏差增大了，但将它们结合起来会更大地降低整体方差，从而能得到更好的性能。

12.1.4 随机森林的使用方法

Scikit-learn 库中实现了随机森林学习算法。用于分类任务的类是 RandomForestClassifier，用于回归任务的类是 RandomForestRegressor。它们的使用步骤如下：

（1）导入分类器或回归器的类，如：

```
from sklearn.ensemble import RandomForestClassifier
```

（2）创建该类的一个对象，如：

```
rc = RandomForestClassifier(n_estimators = 100, max_features = 10)
```

（3）拟合训练数据，如：

```
rc.fit(X_train, y_train)
```

（4）预测数据，如：

```
y_predict = rc.predict(X_test)
```

RandomForestClassifier 同时具有 DecisionTreeClassifier 和 BaggingClassifier 的调用参数，除了少数几个例外，例如没有 max_samples（固定为 1.0）和 base_estimator（固定为 DecisionTreeClassifier）了。其中来自 DecisionTreeClassifier 的调用参数主要控制决策树的构建过程，来自 BaggingClassifier 的调用参数主要控制集成方法。RandomForestRegressor 的调用参数类似。几个主要的参数设置如表 12-2 所示。

表 12-2　随机森林模型参数列表

n_estimators	基学习器个数 森林中树的个数。 缺省值是 10。
criterion	分裂条件选择标准 RandomForestClassifier 的缺省值是“gini”，即用基尼指数作为衡量指标，也可以是“entropy”，即使用熵作为衡量指标； RandomForestRegressor 的缺省值是“mse”，即使用均方差作为衡量指标，也可以是“mae”，即使用平均绝对值误差作为衡量指标。
max_features	选择分裂条件时考虑的最大特征数 有以下多种可能的取值： ● 整数，即可考虑的特征的最多个数； ● 小数，即可考虑的特征的最多个数占总的特征数的比重； ● “auto”，即最多考虑（$\sqrt{总的特征数}$）个特征； ● “log2”，即最多考虑（$\log_2$ 总的特征数）个特征； ● “sqrt”，即最多考虑（$\sqrt{总的特征数}$）个特征； ● “none”，即最多考虑所有特征。 缺省值是“auto”。 直到找到一个有效的分裂为止，即使需要考虑多于 max_features 个特征。
max_depth	决策树的最大深度 缺省值是 None。如果为 None，则节点会一直分裂下去直到每个叶节点都纯了或者叶节点包含的样例个数少于 min_samples_split。
min_samples_split	节点可分裂的最少样例数 一个节点可以进一步分裂必须最少包含的样例数。如果是小数，表示最少样例数占总样例数的比重。 缺省值是 2。
min_samples_leaf	叶节点的最少样例数 一个叶节点必须最少包含的样例数。如果是小数，表示最少样例数占总样例数的比重。 缺省值是 1。
max_leaf_nodes	最大叶节点个数 用最佳优先方式生长出最多包含 max_leaf_nodes 个叶节点的树。最佳优先指按不纯度降低量从大到小选择要分裂的节点。 缺省值是 None，即不限制叶节点的个数。
min_impurity_decrease	最小不纯度减少量 如果用某一测试条件划分节点带来的不纯度的减少量小于这个阈值，则不用此测试条件划分该节点。 缺省值是 0。
boostrap	自助采样 创建决策树时，是否使用自助采样得到的样例。 缺省值是 False。
oob_score	是否使用袋外样例评估学习器的泛化错误 缺省值是 False。
n_jobs	并行运行的作业个数 缺省值是 1。等于−1 时，并行的作业个数设置为 CPU 的核数。

12.1.5 超随机森林

随机森林模型在决策树的构建过程中引入了随机性，即每个节点分裂条件的选择是从随机抽取的特征子集（而不是全部特征）中选择最优的条件。这样做增大了决策树的多样性。超随机森林模型比随机森林更进一步，在决策树构建中引入了更大的随机性，即每个节点是随机选择分裂条件而不是选择最优的分裂条件。这样几乎完全随机生成的决策树必然会有更大偏差，但是具有更小的方差。不过无法断言超随机森林一定比随机森林性能更好或更坏。一般地，比较两者性能好坏的唯一方法是实际应用并通过交叉验证等方法来比较。另外，超随机森林模型比随机森林模型的训练更快，因为寻找最优条件更耗时。

Scikit-learn 库中实现了超随机森林学习算法。用于分类任务的类是 ExtraTrees-Classifier，用于回归任务的类是 ExtraTreesRegressor。它们的使用方法与随机森林的使用方法完全一样。

12.2 提 升

提升是一类将弱学习器提升为强学习器的集成学习方法。它源于弱可学习和强可学习的等价性证明。瓦利安特（Valiant）和卡恩斯（Kearns）首先提出了弱可学习和强可学习的概念，即在概率近似正确（probably approximately correct，PAC）学习框架中，一个概念（或类）如果存在一个多项式时间内的学习算法能够学习它，并且正确率很高，那么称这个概念是强可学习的；如果正确率不高，仅比随机猜测略好，那么就称这个概念是弱可学习的。同时，瓦利安特和卡恩斯提出了 PAC 学习框架中弱可学习和强可学习的等价性问题，即一个概念是强可学习的充要条件是这个概念是弱可学习的。如果二者等价，那么任意给定仅比随机猜测略好的弱学习算法就可以将其提升为强学习算法，而不必寻找很难获得的强学习算法。1990 年，夏皮罗（Schapire）最先构造出一种多项式级的算法，对该问题做了肯定的证明，这就是最初的 Boosting 算法。之后又有很多 Boosting 算法被提出。当前最流行的两种 Boosting 算法是 AdaBoost（Adaptive Boosting）和梯度提升（Gradient Boosting）。大部分 Boosting 算法的基本思路都是依次训练一系列的弱学习器，每个弱学习器力图纠正前面学习器所犯的错误。

12.2.1 AdaBoost

AdaBoost 是最具代表性的 Boosting 算法。它通过调整训练集中样本的权重，使得下一个弱学习器的训练更多地关注被前面学习器预测错的样本，从而达到纠正错误的目的。

如图 12-3 所示，先用初始训练集训练出一个弱学习器；然后在训练集上做预测；增大预测错的样本的权重，使得这些样本在训练下一个弱学习器中得到更多的重视；接着用调整过样本权重的训练集训练下一个弱学习器等，如此重复下去，直到训练得到的弱学习器个数达到预先设定的数目 M。最后将这 M 个弱学习器加权结合。

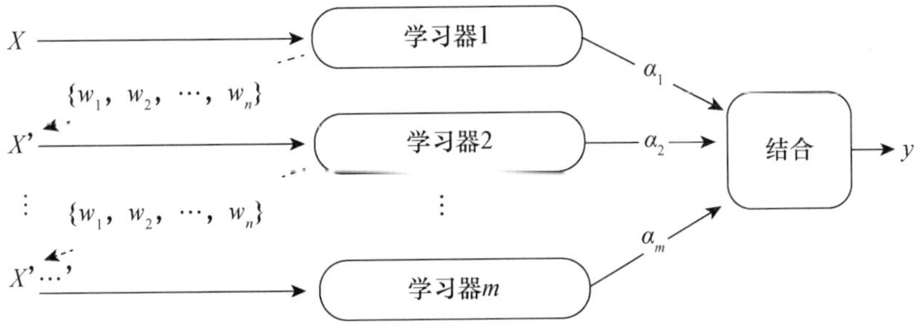

图 12-3　AdaBoost 集成学习示意图

图 12-4 给出了用 AdaBoost 解决一个二分类问题的简单示例。子图 1 显示训练数据具有二维特征 x_1 和 x_2，分别属于两个类别（三角形和圆形）。一开始所有样例的权重都相同。基于此训练集，我们训练了一个弱学习器，例如一个决策树桩（最大深度为 1 的决策树），即图中的虚线。它将训练集中的样例分成两类，其中左下角两个样例被错误地分到三角形类别中，所以我们增大它们的权重，如子图 2 所示，然后训练

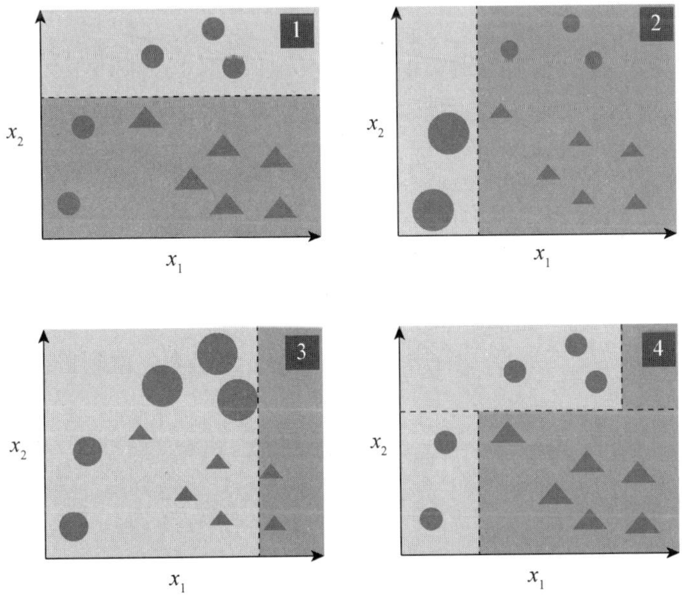

图 12-4　二分类 AdaBoost 示例

出下一个决策树桩，即子图 2 中的虚线。它把右上角三个圆形类别中的样例分错类了，所以在子图 3 中，这三个被分错类的样例被赋以更大权重，使得训练第三棵决策树桩时它们能得到更多的关注。假设预先设定只集成三个决策树桩，则最后将训练好的三棵树桩用加权投票法结合在一起，如子图 4 所示，得到了最终的集成学习器。

下面用伪码方式给出 AdaBoost 更细节的算法流程，如何计算弱学习器的投票权重，以及如何修改样例的训练权重等。

（1）给定包含 n 个样本的训练集 $\{x_1, x_2, \cdots, x_n\}$，初始化每个样本的权重 $w_i = 1/n$（$i=1, 2, \cdots, n$）。

（2）分别设 $m=1, 2, \cdots, M$，重复下面的步骤 a）～f）：

a）在当前训练集上训练一个弱学习器：$C^{(m)}$。

b）用训练出的弱学习器预测训练集中每个样例的类别：$C^{(m)}(x_i)$。

c）计算该弱学习器的加权错误率：

$$err^{(m)} = \frac{\sum_{i=1}^{n} w_i I(C^{(m)}(x_i) \neq y_i)}{\sum_{i=1}^{n} w_i}$$

式中，$I(C^{(m)}(x_i) \neq y_i)$为指示函数，当 $C^{(m)}(x_i) \neq y_i$ 成立时，值为 1，否则为 0。

d）计算该弱学习器的权重值：

$$\alpha^{(m)} = \eta \log \frac{(1-err^{(m)})}{err^{(m)}}$$

式中，η 为学习率，是一个可以调节的超参数（具体见 12.2.2AdaBoost 的使用方法）。可以看到一个弱学习器在最终集成学习器中投票所占的权重和它的错误率有关。它的错误率越大，投票权重则越小；反之，错误率越小，即预测越精准，它的投票权重则越大。

e）修改训练集中每个样例的权重：$w_i = w_i \exp(\alpha^{(m)} I(C^{(m)}(x_i) \neq y_i))$，$i=1, 2, \cdots, n$。

f）归一化 w_i：$w_i = w_i / \sum_{i=1}^{n} w_i$。

（3）将 M 个训练好的弱学习器用加权投票法结合起来，得到最终的集成学习器 C：

$$C(x) = \underset{k}{\operatorname{argmax}} \sum_{m=1}^{M} \alpha^{(m)} I(C^{(m)}(x) = k)$$

式中，k 为分类类别；$\underset{k}{\operatorname{argmax}}$ 表示选择得票最多的类别 k。

12.2.2 AdaBoost 的使用方法

Scikit-learn 库中实现了 AdaBoost 集成学习算法。用于分类的类是 AdaBoostClassifier，

用于回归的类是 AdaBoostRegressor。它们的使用步骤大概是：

（1）导入分类器或回归器的类，如：

```
from sklearn.ensemble import AdaBoostClassifier
from sklearn.tree import DecisionTreeClassifier
```

（2）创建该类的一个对象，如：

```
ada_clf = AdaBoostClassifier(
            DecisionTreeClassifier(max_depth = 1),
            n_estimators = 200, learning_rate = 0.1)
```

（3）拟合训练数据，如：

```
ada_clf.fit(X_train, y_train)
```

（4）预测数据，如：

```
y_predict = ada_clf.predict(X_test)
```

AdaBoostClassifier 和 AdaBoostRegressor 的调用参数大多相同，几个主要的参数设置如表 12－3 所示，其中“algorithm”仅用于 AdaBoostClassifier，“loss”仅用于 AdaBoostRegressor。

表 12－3　AdaBoost 模型参数列表

base_estimator	基学习器 缺省值是使用决策树做基学习器。要求基学习器支持样本加权。
n_estimators	基学习器个数 集成的基学习器的最大个数。或者说算法的最大迭代次数，如果已经完美拟合数据了，则会提前停止。 缺省值是 50。
learning_rate	学习率 缺省值是 1.0。一般设为 0～1 之间的值，收缩每个基学习器对最终结果的贡献量，也即每个基学习器的权重缩减系数。它和 n_estimators 之间存在一个折中，一起来决定算法的拟合效果。如果要达到一定的拟合效果，更小的学习率意味着要训练更多的弱学习器。
algorithm	AdaBoost 分类算法（仅用于 AdaBoostClassifier） 可能取值：“SAMME”或“SAMME.R”，缺省值是“SAMME.R”。 Scikit-learn 中实现的 AdaBoost 分类算法实际是一个被称作 SAMME 的多分类算法版本，当只有两个类别时，SAMME 就等同于 AdaBoost。如果基学习器可以估算类别概率值（即它们有一个 predict_prob()方法），则可以使用 SAMME 的一个变体 SAMME.R（R 表示“real”，即实数），它基于类别概率值而不是类别标签来计算弱学习器的权重。通常它比 SAMME 算法收敛更快，且测试错误率更低，但要求基学习器必须支持类别概率值的计算。
loss	损失函数（仅用于 AdaBoostRegressor） 可能取值：“linear”“square”或“exponential”，缺省值是“linear”。 每一轮调整样本权重时需要用到的损失函数，用于计算每一轮训练出的弱学习器在训练集中每个样本上的预测值与真实值之间的误差，可以是线性误差、平方误差或指数误差。

12.2.3 梯度提升

另一个当前最流行的提升算法是梯度提升算法。与 AdaBoost 类似，梯度提升算法也是串行地训练多个弱学习器，每个弱学习器力图纠正前面学习器的错误，最后将多个弱学习器加权结合起来。不同的是，AdaBoost 通过修改样本的权重，使每一步训练的弱学习器更多关注被前面学习器预测错误的样本，以实现纠正错误的目的。梯度提升算法中每一步训练的弱学习器是去拟合前面学习器的残差（residual errors），以使结合起来的学习器误差更小。而为了消除残差，可以在残差减少的梯度（gradient）方向上拟合一个新的模型。

下面更详细地给出梯度提升算法的基本思路。

和 AdaBoost 类似，梯度提升算法也是考虑下面这样一种加性模型：

$$F(x)=\sum_{m=1}^{M}\gamma_m h_m(x)$$

式中，$h_m(x)$ 是基学习器，在 Boosting 集成中它们都是弱学习器；最终集成学习器 $F(x)$是由 m 个弱学习器加权求和得到的；γ_m 是每个弱学习器的权重。

类似于其他 Boosting 方法，梯度提升算法也是使用前向分步方式来构建加性模型的，即每一步训练一个弱学习器，累加到总的学习器上，如下所示：

$$F_m(x)=F_{m-1}(x)+\gamma_m h_m(x)$$

每一步弱学习器 $h_m(x)$ 的训练目标是减少当前模型的预测值 $F_{m-1}(x)$和目标值 y 之间的差距，即使得 $F_{m-1}(x)+h_m(x)$尽可能接近 y，更一般地，即最小化损失函数 $L(y, F_{m-1}(x)+h_m(x))$：

$$h_m(x)=\underset{h_m}{\operatorname{argmin}}\sum_{i=1}^{n}L(y_i,F_{m-1}(x_i)+h_m(x_i))$$

如果损失函数是平方误差（回归问题最常见的损失函数），即 $L(y_i,F_{m-1}(x_i)+h_m(x_i))=(y_i-F_{m-1}(x_i)-h_m(x_i))^2$，最小化此损失函数即使 $h_m(x_i)$尽可能等于 $y_i-F_{m-1}(x_i)$，而 $y_i-F_{m-1}(x_i)$正是前 $m-1$ 个学习器拟合后的残差。

然而对于任意损失函数 L 而言，没有通用的方法求解其最小化问题而得到最优的 h 函数。因而，梯度提升算法采用最速下降法来数值化地近似求解最小化问题。最速下降方向即损失函数在当前模型 F_{m-1} 下的负梯度，则

$$F_m(x)=F_{m-1}(x)-\gamma_m\sum_{i=1}^{n}\nabla_{F_{m-1}}L(y_i,F_{m-1}(x_i))$$

即每一步沿损失函数在当前模型的负梯度方向前进一定距离 γ_m，以使得损失函数进一步减少。损失函数在当前模型的负梯度值可以被视为残差的近似值，称为伪残差（pseudo residuals)。因而对于任意可微的损失函数，梯度提升算法选择 h 函数去拟合伪残差，即使 $h_m(x_i)$ 尽可能地等于 $-\nabla_{F_{m-1}}L(y_i, F_{m-1}(x_i))$，然后 γ_m 可以用线搜索方法通过下面公式计算出来：

$$\gamma_m = \underset{\gamma}{\operatorname{argmin}}\sum_{i=1}^{n}L(y_i, F_{m-1}(x_i) - \gamma\sum_{i=1}^{n}\nabla_{F_{m-1}}L(y_i, F_{m-1}(x_i)))$$

下面用伪码方式给出梯度提升算法的基本流程。

(1) 初始化弱学习器为一个常数值：

$$F_0(x) = \underset{\gamma}{\operatorname{argmin}}\sum_{i=1}^{n}L(y_i, \gamma))$$

(2) 分别设 $m=1, 2, \cdots, M$，重复下面的步骤 a)～d)：

a) 计算伪残差，即损失函数在当前模型 $F_{m-1}(x)$ 下的负梯度：

$$r_{im} = -\left[\frac{\partial L(y_i, F(x_i))}{\partial F(x_i)}\right]_{F(x)=F_{m-1}(x)} \qquad i=1,2,\cdots,n$$

b) 训练一个弱学习器 $h_m(x)$ 拟合伪残差，即用训练集 $\{(x_i, r_{im})\}_{i=1}^{n}$ 训练。

c) 求解下面的一维优化问题得到 γ_m：

$$\gamma_m = \underset{\gamma}{\operatorname{argmin}}\sum_{i=1}^{n}L(y_i, F_{m-1}(x_i) - \gamma\sum_{i=1}^{n}\nabla_{F_{m-1}}L(y_i, F_{m-1}(x_i)))$$

d) 更新模型：

$$F_m(x) = F_{m-1}(x) + \gamma_m h_m(x)$$

(3) 输出最终模型：$F_M(x)$。

1. 损失函数

提升算法的基本思想是“知错就改”，每一步训练的弱学习器都是去纠正前面学习器所犯的错误，这样逐步迭代，最终将多个弱学习器结合起来得到一个很强的学习器。在这样一个基本思想下，梯度提升算法考虑任意的损失函数，采用通用的梯度下降方法使损失函数逐步减少，每一步训练的弱学习器是去拟合损失函数在梯度方向上减少的部分，最后将多个弱学习器加权结合起来得到一个损失很小的模型。与其他 Boosting 算法相比，梯度提升算法适用于任意可微的损失函数，因而可以广泛用于分类、回归、排序等各种应用中。下面我们列出一些常见的损失函数。

对于分类，常见的损失函数有指数损失和对数似然损失，其中对数似然损失又分为二项对数似然损失和多项对数似然损失，分别用于二分类和多分类的情况。二分类问题，即 y 只有两种取值：-1 和 1；多分类问题，假设有 K 个类别，则 y 有 K 个可能的取值：1，2，…，K。

(1) 指数损失：$L(y, f(x)) = \exp(-yf(x))$

（2）二项对数似然损失：$L(y, f(x))=\log(1+\exp(-yf(x)))$

（3）多项对数似然损失：

多分类器一般会输出 x 属于 K 个类别的概率值，可以用下面的公式将 K 个分类器的输出值归一化为概率值：

$$p_k(x)=\frac{\exp(f_k(x))}{\sum_{l=1}^{K}\exp(f_l(x))}$$

则多项对数似然损失：

$$\begin{aligned}L(y,p(x))&=-\sum_{k=1}^{K}I(y=k)\log(p_k(x))\\&=-\sum_{k=1}^{K}I(y=k)f_k(x)+\log(\sum_{l=1}^{K}\exp(f_l(x)))\end{aligned}$$

二项对数似然损失比指数损失对离群值更具鲁棒性。AdaBoost 使用的是指数损失函数，所以它对离群点更敏感。

对于回归，常见的损失函数有平方损失、绝对损失、Hubber 损失和分位数损失。

（1）平方损失：$L(y,f(x))=(y-f(x))^2$

（2）绝对损失：$L(y,f(x))=|y-f(x)|$

（3）Hubber 损失：它是平方损失和绝对损失两者的折中，即对目标值附近的点用平方损失，对远离目标值的点采用绝对损失。因为平方损失虽然可以被高效计算，但由于对误差的惩罚力度大，对离群值较敏感、不稳定，Hubber 损失更具鲁棒性。

$$L(y,f(x))=\begin{cases}(y-f(x))^2, & |y-f(x)|\leqslant\alpha\\2\alpha|y-f(x)|-\alpha^2, & |y-f(x)|>\alpha\end{cases}$$

（4）分位数损失：它是分位数回归的损失函数，其中 α 是分位数，需要预先指定。分位数损失同样为了使回归更鲁棒，少受异常点的影响。

$$L(y,f(x))=\sum_{y\geqslant f(x)}\alpha\,|\,y-f(x)\,|+\sum_{y<f(x)}(1-\alpha)\,|\,y-f(x)\,|$$

2. 正则化

为了避免过拟合，需要对梯度提升模型进行正则化，主要有两种方式。

第一种是使用学习率（learning rate）来缩减每个弱学习器的贡献，即

$$F_m(x)=F_{m-1}(x)+\eta\gamma_m h_m(x)$$

式中，η 为学习率，取值 0～1 之间，用来调节每一步梯度下降的步长。

第二种是子采样（subsample），即在训练每个弱学习器时只取部分数据做训练。使用部分数据而不是全部数据训练弱学习器的梯度提升算法称为随机梯度提升（stochastic gradient boosting)，它是梯度提升和 Bagging 集成方法两者的结合，但不同于 Bagging 的是，子采样使用的是无放回的随机抽样，而 Bagging 使用的是有放回的随机抽样。

图 12－5 来源于 Scikit-learn 网站上有关集成学习的文档。横坐标是提升算法的迭代次数，纵坐标是整个系统在测试集上的偏差。可以看到，通过学习率缩减每个弱学习器的贡献显然优于没有缩减；再使用子采样，会更进一步提高系统的精度；但是只使用子采样反而会降低系统的精度。

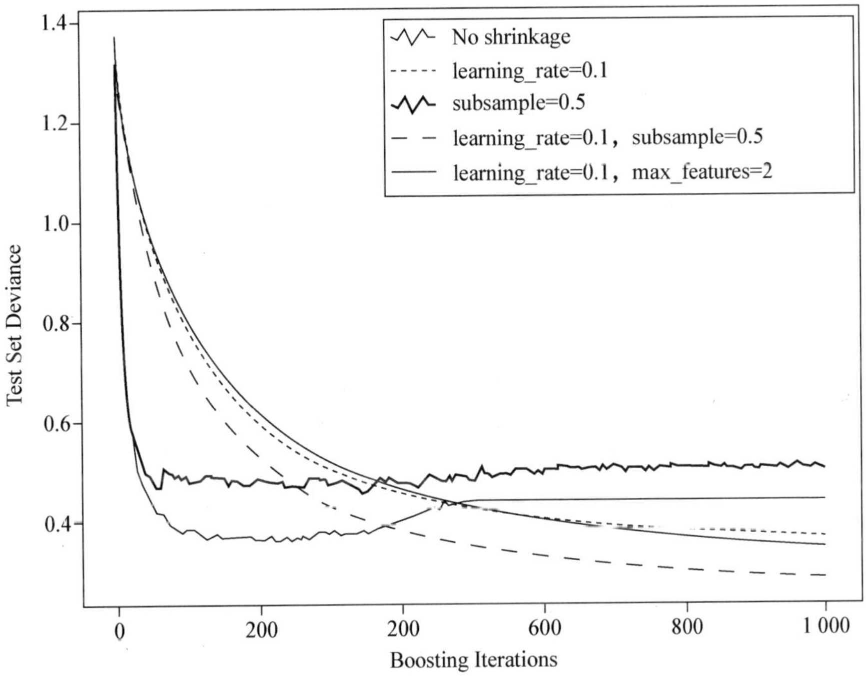

图 12－5　梯度提升算法正则化的测试性能

12.2.4　梯度提升树的使用方法

使用固定大小的决策树（一般是 CART 回归决策树）作为弱学习器的梯度提升算法称为梯度提升树（Gradient Boosting Decison Tree，GBDT）算法，它还有一些其他名称，如 GBT（Gradient Boosting Tree），GTB（Gradient Tree Boosting），GBRT（Gradient Boosting Regression Tree），MART（Multiple Additive Regression Tree）等，指的都是同一种算法。

Scikit-learn 库中实现了梯度提升树算法。用于分类任务的类是 GradientBoostingClassifier，用于回归任务的类是 GradientBoostingRegressor。它们的使用步骤大概是：

（1）导入分类器或回归器的类，如：

```
from sklearn.ensemble import GradientBoostingClassifier
```

（2）创建该类的一个对象，如：

```
gbc_clf = GradientBoostingClassifier(
        learning_rate = 0.1, max_features = 1,
        subsample = 0.5, n_estimators = 200)
```

（3）拟合训练数据，如：

```
gbc_clf.fit(X_train,y_train)
```

（4）预测数据，如：

```
y_predict = gbc_clf.predict(X_test)
```

GradientBoostingClassifier 和 GradientBoostingRegressor 的调用参数大多相同，重要参数可以分为两类，一类是关于 Boosting 集成学习的参数，另一类是关于弱学习器（即 CART 回归决策树）的重要参数。

关于 Gradient Boosting 集成学习的参数设置具体如表 12－4 所示。

表 12－4　Gradient Boosting 模型参数列表

loss	损失函数 分类和回归的损失函数不同。 对于分类，可以是对数似然损失“deviance”或者指数损失“exponential”，缺省值是“deviance”。使用“exponential”则等同于 AdaBoost 算法。 对于回归，可以是平方损失“ls”、绝对损失“lad”、Huber 损失“huber”或分位数损失“quantile”，缺省值是“ls”。一般来说，如果数据的噪声点不多，用默认的“ls”比较好。如果噪声点较多，则推荐使用抗噪声的“huber”损失函数。如果需要对训练集进行分段预测，则采用“quantile”损失函数。
n_estimators	基学习器个数 集成的基学习器的个数。或者说算法的迭代次数。 缺省值是 100。
learning_rate	学习率 缺省值是 0.1。一般设为 0～1 之间的值，缩减每个基学习器对最终结果的贡献量，即每个基学习器的权重缩减系数，也称步长。它和 n_estimators 之间存在一个折中，一起来决定算法的拟合效果。如果要达到一定的拟合效果，更小的学习率意味着要训练更多的弱学习器。
subsample	子采样 用于训练每个基学习器的样本数量占整个训练集的比例。 缺省值是 1.0，即用全部数据训练基学习器。小于 1.0 则是随机梯度提升。小于 1.0 的值会降低系统的方差，防止过拟合，但会增大系统的偏差。
init	基学习器 初始的基学习器。 缺省值是 None。用于计算算法初始时的预测值的基学习器需要具有 fit 和 predict 方法。如果为 None 的话，则使用损失函数中自带的初始基学习器。

续表

loss	损失函数 分类和回归的损失函数不同。 对于分类，可以是对数似然损失“deviance”或者指数损失“exponential”，缺省值是“deviance”。使用“exponential”则等同于 AdaBoost 算法。 对于回归，可以是平方损失“ls”、绝对损失“lad”、Huber 损失“huber”或分位数损失“quantile”，缺省值是“ls”。一般来说，如果数据的噪声点不多，用默认的“ls”比较好。如果噪声点较多，则推荐使用抗噪声的“huber”损失函数。如果需要对训练集进行分段预测，则采用“quantile”损失函数。
alpha	分位数 只适用于 GradientBoostingRegressor。 Hubber 损失或分位数损失函数中的 alpha 分位数。 缺省值是 0.9。

关于 CART 决策树的重要参数和 DecisionTreeClassifier 和 DecisionTreeRegressor 的参数基本类似。具体设置如表 12－5 所示。

表 12－5　CART 决策树模型参数列表

max_depth	决策树的最大深度 每个基学习器，即一棵 CART 回归决策树的最大深度。 缺省值是 3。
criterion	分裂条件选择标准 衡量一个分裂条件质量的函数。可以是 Friedman 改进的均方误差“friedman_mse”、均方误差“mse”或者平均绝对误差“mae”。 缺省值是“friedman_mse”。
min_samples_split	节点可分裂的最少样例数 一个节点可以进一步分裂必须最少包含的样例数。如果是小数，表示最少样例数占总样例数的比例。 缺省值是 2。
min_samples_leaf	叶节点的最少样例数 一个叶节点必须最少包含的样例数。如果是小数，表示最少样例数占总样例数的比例。 缺省值是 1。
max_features	选择分裂条件时考虑的最大特征数 有以下多种可能的取值： 整数，即可考虑的特征的最多个数； 小数，即可考虑的特征的最多个数占总的特征数的比例； “auto”，即最多考虑（$\sqrt{总的特征数}$）个特征； “log2”，即最多考虑（$\log_2$ 总的特征数）个特征； “sqrt”，即最多考虑（$\sqrt{总的特征数}$）个特征。 缺省值是 None，即考虑所有的特征。减少考虑的特征数会降低方差，增大偏差。
max_leaf_nodes	最大叶节点个数 缺省值是不限制叶节点的个数。它和树的最大深度类似，可以防止过拟合。

续表

max_depth	决策树的最大深度 每个基学习器，即一棵 CART 回归决策树的最大深度。 缺省值是 3。
min_impurity_decrease	最小不纯度减少量 如果用某一测试条件划分节点带来的不纯度的减少量小于这个阈值，则不用此测试条件划分该节点。
ccp_alpha	最小代价复杂度剪枝方法中的 α 参数值 非负小数，缺省值 0.0，即不进行后剪枝。

12.3 堆　叠

12.3.1 什么是堆叠

Bagging 和 Boosting 集成学习方法主要着力于如何生成多个有差异的基学习器，然后再用投票法（分类）或平均法（回归）把多个基学习器的预测结果结合起来得到最终的结果。与它们不同，Stacking 集成学习方法的着眼点不在基学习器的生成上，而在如何结合多个基学习器的结果上。它不是使用简单的函数（如投票或平均），而是训练一个机器学习模型（又称元学习器）来聚集多个基学习器的输出结果。

图 12-6 给出了一个 Stacking 集成学习器预测数据的示例。对于要预测的样例，m 个基学习器分别给出它们的预测结果；元学习器再将这些预测结果作为输入特征值(可以拼接或不拼接原输入特征值)，输出最终的结果。

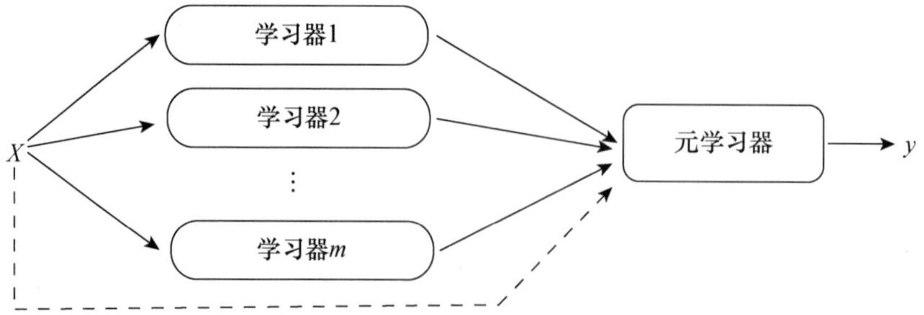

图 12-6　Stacking 集成学习器的预测过程示例

Stacking 集成学习中的基学习器和元学习器都可以使用各种类型的机器学习模型，如逻辑回归、支持向量机、随机森林等。它们的训练是分成两阶段进行的：先训练基学习器，再用基学习器的输出训练元学习器。

(1) 首先将训练集划分成两个子集。

（2）用第一个子集训练每个基学习器。

（3）对第二个子集中的每个样例应用各基学习器，产生 m 个预测值（假设总共有 m 个基学习器）。将这 m 个预测值作为该样例新的特征向量（可以再拼接上原来的特征向量），保留原来的目标值，这样得到一个新的训练集。

（4）用上一步构造的训练集训练元学习器，即以各个基学习器的输出值作为输入，产生给定的输出。

事实上，可以训练多个不同的元学习器，这样就得到一层元学习器。类似地，可以进一步堆叠出很多层来。图 12－7 显示了一个三层的 Stacking 集成学习模型。训练三层堆叠模型时需要把初始的训练集划分成三个子集：第一个子集用来训练第一层的基学习器，第二个子集用于训练第二层的元学习器，第三个子集用于训练最后一层的元学习器。训练完整个模型之后，给定一个待预测样例，可以让它依次经过每一层学习器，最后得到最终的预测值。

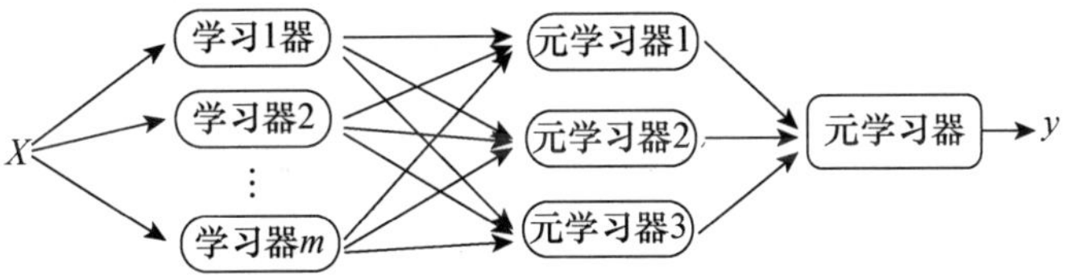

图 12－7　多层 Stacking 集成学习器

12.3.2　Stacking 的使用方法

Scikit-learn 库从其 0.22 版本开始，实现了 Stacking 集成学习算法。用于分类的类是 StackingClassifier，用于回归的类是 StackingRegressor。它们的使用步骤大概是：

（1）导入分类器或回归器的类，如：

```
from sklearn.ensemble import StackingClassifier
from sklearn.linear_model import LogisticRegression
```

（2）创建该类的一个对象，如：

```
st_clf = StackingClassifier(estimators = estim_list, final_estimator = LogisticRegression())
```

（3）拟合训练数据，如：

```
st_clf.fit(X_train, y_train)
```

（4）预测数据，如：

```
y_predict = st_clf.predict(X_test)
```

StackingClassifier 和 StackingRegressor 的调用参数几乎完全相同，几个主要的参数设置如表 12-6 所示：

表 12-6　Stacking 模型参数列表

estimators	(字符串，学习器) 列表 要堆叠的所有基学习器的列表。列表中的每个元素是由一个字符串（基学习器的名字）和一个基学习器构成的二元组。
final_estimator	元学习器 用于集成所有基学习器的元学习器。 缺省的分类元学习器是逻辑回归模型。 缺省的回归元学习器是岭回归模型。
cv	交叉验证的划分参数 可能取值为： ● None，使用缺省的 5 折交叉验证； ● 整数，(分层) KFold 划分的折数； ● 一个交叉验证生成器对象； ● 一个产生训练集和测试集划分的迭代器。 缺省值是 None。
stack_method	每个基学习器的调用方法 只适用于 StackingClassifier。 可能取值： ●“auto”，则对每个基学习器，按如下顺序试着调用其“predict _ proba”，“decision _ function”或者“predict”方法； ●“predict _ proba”，“decision _ function”或者“predict”，则对每个基学习器调用该方法。如果某个基学习器没有实现此方法，则报错。 缺省值是 auto。
passthrough	是否使用原训练数据 如果是 Flase，则只使用基学习器的预测值来训练元学习器；如果是 True，则使用基学习器的预测值以及原训练数据来训练元学习器。 缺省值是 False。

12.4　案例九：泰坦尼克号乘客生还预测（案例八续）

第 11 章的最后一节介绍了泰坦尼克号乘客生还预测任务，本节将使用各种集成学习模型来预测泰坦尼克号乘客的生还问题。前面有关数据读入、分析和预处理部分的代码不再重复，直接从模型训练和选择开始。

四、训练和选择模型。我们将主要对比以下五种模型的使用和预测效果。

● 决策树；

- 随机森林；
- AdaBoost；
- 梯度提升树；
- 投票聚合。

每种模型都使用带交叉验证的网格搜索（GridSearchCV）方法自动选择最优的超参数组合，并训练出该参数组合下的最优模型，然后在预先留出的测试数据集上评测其性能。

为了方便下面比较各种不同模型的泛化能力，先使用 Scikit-learn 提供的训练集和测试集划分方法，预留出一部分数据作为比较不同模型的测试数据。

```
# 划分训练集和测试集
from sklearn.model_selection import train_test_split

X_train, X_test, y_train, y_test = train_test_split(X, y, test_size=0.30)
```

12.4.1 决策树

先导入带交叉验证的网格搜索类 GridSearchCV 和分类决策树模型的类 DecisionTreeClassifier。决策树模型有很多可调节的参数，具体参见第 11.4 节，这里只调节决策树的最大深度。

```
# 用 GridSearchCV 方法训练决策树模型,并选择最优的决策树深度
from sklearn.model_selection import GridSearchCV
from sklearn.tree import DecisionTreeClassifier

parameters = {'max_depth':[1, 3, 5, 10, 15, 20, 30]}
tree_clf = GridSearchCV(DecisionTreeClassifier(), param_grid=parameters, scoring='accuracy')
tree_clf.fit(X_train, y_train)
```

```
GridSearchCV(cv=None, error_score='raise',
    estimator=DecisionTreeClassifier(class_weight=None, criterion='gini',
                max_depth=None, max_features=None, max_leaf_nodes=None,
                min_impurity_decrease=0.0, min_impurity_split=None,
                min_samples_leaf=1, min_samples_split=2,
                min_weight_fraction_leaf=0.0, presort=False,
                random_state=None, splitter='best'),
     fit_params=None, iid=True, n_jobs=1,
     param_grid={'max_depth': [1, 3, 5, 10, 15, 20, 30]},
     pre_dispatch='2*n_jobs', refit=True, return_train_score='warn',
     scoring='accuracy', verbose=0)
```

再显示网格搜索得到的最优参数值（即最佳决策树的最大深度）和最佳得分。

```
# 显示网格搜索到的最佳决策树深度和得分
print(tree_clf.best_params_)
print(tree_clf.best_score_)
```

```
{'max_depth': 3}
0.818619582665
```

由此可以看到，训练出最佳的决策树模型的最大深度为 3，该决策树在训练集上交叉验证的得分是 0.818 6。

最后，使用该模型预测预留出的测试数据，并输出其在测试集上的预测精度、查全率、查准率、F1 分数等。

```
# 用上面得到的最佳决策树预测测试数据
y_pred = tree_clf.predict(X_test)
```

```
# 输出对测试数据预测的精度、查准率、查全率和 F1 分数
from sklearn.metrics import accuracy_score
from sklearn.metrics import classification_report

print(accuracy_score(y_test, y_pred))
print(classification_report(y_test, y_pred))
```

```
0.753731343284
             precision    recall  f1-score   support

          0       0.79      0.80      0.79       159
          1       0.70      0.69      0.69       109
avg / total       0.75      0.75      0.75       268
```

该决策树模型在测试集上的预测精度是 0.753 7。

12.4.2 随机森林

下面我们实验随机森林模型。先导入随机森林分类器的类 RandomForestClassifier，同样使用 GridSearchCV 调节随机森林的主要超参数。这里我们只调节决策树的个数。

```
# 用 GridSearchCV 方法训练随机森林模型,并选择最优的决策树个数
from sklearn.ensemble import RandomForestClassifier

parameters = {'n_estimators':[20, 30, 50, 100, 150, 200, 300, 400]}
forest_clf = GridSearchCV (RandomForestClassifier(oob_score = True),
                        param_grid = parameters, scoring = 'accuracy')
forest_clf.fit(X_train, y_train)
```

```
GridSearchCV(cv = None, error_score = 'raise',
    estimator = RandomForestClassifier(bootstrap = True, class_weight = None,
                criterion = 'gini', max_depth = None, max_features = 'auto',
                max_leaf_nodes = None, min_impurity_decrease = 0.0,
                min_impurity_split = None, min_samples_leaf = 1,
                min_samples_split = 2, min_weight_fraction_leaf = 0.0,
                n_estimators = 10, n_jobs = 1, oob_score = True,
                random_state = None, verbose = 0, warm_start = False),
    fit_params = None, iid = True, n_jobs = 1,
    param_grid = {'n_estimators': [20, 30, 50, 100, 150, 200, 300, 400]},
    pre_dispatch = '2 * n_jobs', refit = True, return_train_score = 'warn',
    scoring = 'accuracy', verbose = 0)
```

训练结束后，显示网格搜索得到的最优参数值（即最佳森林中决策树的个数）和最佳得分，以及最佳森林的袋外错误率（out-of-bag error）。

```
# 显示网格搜索到的最佳森林的决策树个数、得分和袋外错误率
print(forest_clf.best_params_)
print(forest_clf.best_score_)
print(forest_clf.best_estimator_.oob_score_)
```

```
{'n_estimators': 300}
0.813804173355
0.799357945425
```

由此可以看到，训练出的最佳森林中包含 300 棵决策树，该森林在训练集上交叉验证的得分是 0.813 8，袋外错误率为 0.799 4。

最后，使用该模型预测预留出的测试数据，并输出其在测试集上的预测精度、查全率、查准率、$F1$ 分数等。

```
# 用上面得到的最佳森林预测测试数据
y_pred = forest_clf.predict(X_test)
```

```
# 输出对测试数据预测的精度、查准率、查全率和 F1 分数
print(accuracy_score(y_test, y_pred))
print(classification_report(y_test, y_pred))
```

```
0.80223880597
             precision    recall    f1-score    support

          0       0.82      0.86        0.84        159
          1       0.77      0.72        0.75        109
avg / total       0.80      0.80        0.80        268
```

该随机森林模型在测试集上的预测精度是 0.802 2。与前面的决策树模型相比，虽然随机森林在训练集上的验证精度稍低（0.813 8，决策树是 0.818 6），但它的测试精

度却明显高于决策树模型（0.802 2，决策树是 0.753 7），说明随机森林可以避免过拟合，泛化性能较好。另外可以看到，随机森林在训练过程中得到的“副产品”袋外错误率（0.799 4）比较接近最后在测试集上得到的预测精度，因此可以使用袋外错误率较准确地估计其泛化性能。

12.4.3 AdaBoost

类似地，我们实验两种 Boosting 模型：Adaboost 模型和梯度提升树。先导入 Adaboost 分类器的类 AdaBoostClassifier，同样使用 GridSearchCV 调节 Adaboost 的主要超参数，即决策树的个数和学习率。这里固定基学习器为最大深度等于 3，每次分裂可考虑的最大特征数为 3 的决策树。

```
# 用 GridSearchCV 方法训练 AdaBoost 模型,并选择最优的决策树个数和学习率
from sklearn.ensemble import AdaBoostClassifier

parameters = {'n_estimators':[20, 50, 100, 200, 300, 400],
              'learning_rate':[0.1, 0.01, 0.001]}
ada_clf = GridSearchCV(AdaBoostClassifier(DecisionTreeClassifier(max_depth = 3, max_features = 3)),
                       param_grid = parameters, scoring = 'accuracy')
ada_clf.fit(X_train, y_train)
```

```
GridSearchCV(cv = None, error_score = 'raise',
  estimator = AdaBoostClassifier(algorithm = 'SAMME.R',
            base_estimator = DecisionTreeClassifier(class_weight = None,
                     criterion = 'gini', max_depth = 3,
                       max_features = 3, max_leaf_nodes = None,
                       min_impurity_decrease = 0.0,
                       min_impurity_split = None, min_samples_leaf = 1,
                       min_samples_split = 2,
                       min_weight_fraction_leaf = 0.0,
                       presort = False, random_state = None,
                       splitter = 'best'),
            learning_rate = 1.0, n_estimators = 50, random_state = None),
  fit_params = None, iid = True, n_jobs = 1,
  param_grid = {'n_estimators': [20, 50, 100, 200, 300, 400],'learning_rate': [0.1, 0.01,
0.001]},
  pre_dispatch = '2 * n_jobs', refit = True, return_train_score = 'warn',
  scoring = 'accuracy', verbose = 0)
```

训练结束后，显示网格搜索得到的最优参数值（即最佳决策树的个数和学习率）和最佳模型的得分。

```
# 显示网格搜索到的最佳 AdaBoost 模型的决策树个数、学习率和得分
print(ada_clf.best_params_)
print(ada_clf.best_score_)
```

```
{'learning_rate': 0.01, 'n_estimators': 50}
0.829855537721
```

由此可以看到，训练出的最佳 AdaBoost 模型中包含 50 棵决策树，是按照 0.01 的学习速率迭代地学习到的。其在训练集上交叉验证的得分是 0.829 9。

最后，使用该模型预测预留出的测试数据，并输出其在测试集上的预测精度、查全率、查准率、$F1$ 分数等。

```
# 用上面得到的最佳 AdaBoost 模型预测测试数据
y_pred = ada_clf.predict(X_test)
```

```
# 输出对测试数据预测的精度、查准率、查全率和 F1 分数
print(accuracy_score(y_test, y_pred))
print(classification_report(y_test, y_pred))
```

```
0.783582089552
             precision    recall    f1-score    support

          0      0.78      0.88      0.83        159
          1      0.79      0.64      0.71        109
avg / total      0.78      0.78      0.78        268
```

该 AdaBoost 模型在测试集上的预测精度是 0.783 6，明显高于单棵决策树模型（0.753 7），但低于前面的随机森林模型（0.802 2）。

12.4.4　梯度提升树

先导入梯度提升树分类器的类 GradientBoostingClassifier，同样使用 GridSearchCV 调节梯度提升树的主要超参数：决策树个数、学习率和子采样，以及单棵决策树的最大深度和最大特征数。

```
# 用 GridSearchCV 方法训练梯度提升树模型，并选择最优的决策树个数、学习率、子采样、决策树的最大深度、最大特征数
from sklearn.ensemble import GradientBoostingClassifier

parameters = {'n_estimators':[20, 50, 100, 200, 300, 400],
              'learning_rate':[0.1, 0.01, 0.001],
              'subsample':[0.5, 0.6, 0.8],
              'max_depth':[1, 2, 3],
              'max_features':[3, 4, 5]}
gtb_clf = GridSearchCV(GradientBoostingClassifier(), param_grid = parameters, scoring = 'accuracy')
gtb_clf.fit(X_train, y_train)
```

```
GridSearchCV(cv = None, error_score = 'raise',
    estimator = GradientBoostingClassifier(criterion = 'friedman_mse', init = None,
                learning_rate = 0.1, loss = 'deviance', max_depth = 3,
                max_features = None, max_leaf_nodes = None,
                min_impurity_decrease = 0.0, min_impurity_split = None,
                min_samples_leaf = 1, min_samples_split = 2,
                min_weight_fraction_leaf = 0.0, n_estimators = 100,
                presort = 'auto', random_state = None, subsample = 1.0, verbose = 0,
                warm_start = False),
    fit_params = None, iid = True, n_jobs = 1,
    param_grid = {'n_estimators': [20, 50, 100, 200, 300, 400], 'learning_rate': [0.1, 0.01,
0.001], 'subsample': [0.5, 0.6, 0.8], 'max_depth': [1, 2, 3], 'max_features': [3, 4, 5]},
    pre_dispatch = '2 * n_jobs', refit = True, return_train_score = 'warn',
    scoring = 'accuracy', verbose = 0)
```

训练结束后，显示网格搜索得到的最佳模型的参数值和得分。

```
# 显示网格搜索到的最佳梯度提升树模型的参数和得分
print(gtb_clf.best_params_)
print(gtb_clf.best_score_)
```

```
{'learning_rate': 0.1, 'max_depth': 2, 'max_features': 3, 'n_estimators': 300, 'subsample': 0.5}
0.836276083467
```

由此可以看到，训练出的最佳梯度提升树模型中包含 300 棵决策树，是使用 0.5 的子采样率（即每棵决策树只使用 50%的数据进行训练），按照 0.1 的学习速率迭代地学习到的。每棵树的最大深度是 2，分裂条件考虑的最大特征个数是 3。其在训练集上交叉验证的得分是 0.836 3。

最后，使用该模型预测预留出的测试数据，并输出其在测试集上的预测精度、查全率、查准率、*F*1 分数等。

```
# 用上面得到的最佳梯度提升树模型预测测试数据
y_pred  =  gtb_clf.predict(X_test)
```

```
# 输出对测试数据预测的精度、查准率、查全率和 F1 分数
print(accuracy_score(y_test, y_pred))
print(classification_report(y_test, y_pred))
```

```
0.798507462687

              precision    recall    f1-score    support

          0     0.80        0.90       0.84        164
          1     0.80        0.64       0.71        104
avg / total     0.80        0.80       0.79        268
```

该梯度提升树模型在测试集上的预测精度是 0.798 5，明显高于单棵决策树模型

(0.753 7)，也高于前面的 AdaBoost 模型 (0.783 6)。

12.4.5 投票聚合

Scikit-learn 中提供了一种简单的投票聚合模型，可以将多个不同模型（可以是不同种类的模型）的结果用投票（硬投票或软投票）方式聚合成一个最终结果，进一步提高性能。

下面将前面训练得到的最佳随机森林模型和梯度提升树模型用软投票方式聚合在一起，并测试该聚合模型在测试数据集上的性能。

```
# 将前面训练得到的最佳随机森林模型和梯度提升树模型用软投票方式聚合在一起
from sklearn.ensemble import VotingClassifier

vote_clf = VotingClassifier(estimators=[('rf', forest_clf.best_estimator_),
                            ('gtb', gtb_clf.best_estimator_)], voting='soft')
vote_clf.fit(X_train, y_train)
```

```
VotingClassifier(estimators=[('rf', RandomForestClassifier(bootstrap=True,
            class_weight=None, criterion='gini',
            max_depth=None, max_features='auto', max_leaf_nodes=None,
            min_impurity_decrease=0.0, min_impurity_split=None,
            min_samples_leaf=1, min_samples_split=2,
            min_we...      presort='auto', random_state=None,
            subsample=0.5, verbose=0, warm_start=False))],
    flatten_transform=None, n_jobs=1, voting='soft', weights=None)
```

```
# 用投票聚合模型预测测试数据
y_pred = vote_clf.predict(X_test)
```

```
# 输出对测试数据预测的精度、查准率、查全率和 F1 分数
print(accuracy_score(y_test, y_pred))
print(classification_report(y_test, y_pred))
```

```
0.813432835821

             precision    recall  f1-score   support

          0       0.81      0.91      0.86       164
          1       0.82      0.66      0.73       104

avg / total       0.81      0.81      0.81       268
```

该投票聚合模型在预留出的测试数据上的预测精度是 0.813 4，高于它聚合的随机森林模型和梯度提升树模型。

第 13 章 聚 类

13.1　什么是聚类

与有监督学习不同的是，无监督学习的样本标签是未知的。因此无监督学习的目标是学习每个样本潜在的性质及规律，利用这些隐式特征做进一步的数据分析。聚类便是这类任务中应用最广泛的算法之一。具体来讲，聚类的目标是寻找数据内在的分布，推导出数据的隐式标签，利用隐式标签对数据分组，使得每个组内数据具有相似的分布，而组间的数据分布不同。

假设样本 $D=\{x_1, x_2, \cdots, x_N\}$ 包含 N 个无标记样本，则聚类算法的目标是将样本集 D 划分为 K 个不相交的簇 $\{C_k \mid k=1, 2, \cdots, K\}$，其中任意两个簇的样本没有交集，并且所有簇的样本组合成全部样本集 D。用 $\lambda_n \in \{1, 2, \cdots, K\}$ 表示样本 x_n 的"簇标签"，即 $x_n \in C_{\lambda_n}$，于是，聚类的结果可用包含 N 个元素的簇标签向量 $\lambda=(\lambda_1, \lambda_2, \cdots, \lambda_N)$ 表示。

13.2　K-means 算法

K-means 算法是聚类算法中最基础同时也是最重要的方法。它的大致过程如下：

(1) 随机选取 K 个样本点作为 K 个初始簇的质心（centroid）。

(2) 计算其他每个样本点到这 K 个质心的距离。对于每一个样本 x_n，找到离它最近的质心 λ_n，将 x_n 划分到第 λ_n 个簇中，并将 x_n 的簇标签置为 λ_n。

(3) 当所有样本所属的簇都更新完毕之后，对于更新后的每个簇计算其包含的所有样本的平均向量（中心点），作为新的质心。

(4) 重复上面的 (2) (3) 步，迭代至所有质心都不变化为止。

图 13-1 给出了一个简单的例子，所有样本由两个特征来描述，即收入和年龄，因而可以表示成二维空间中的点，图中演示了如何用 K-means 算法将所有数据点聚成两个簇（即 $K=2$）的过程：

(a) 初始时，随机选择两个点作为两个簇的质心，即图中深灰色和浅灰色的方形点。

(b) 其他样本点按照离这两个聚簇质心距离的远近分别被聚到深灰色的簇和浅灰色的簇。

(c) 因为簇内成员发生了变动，重新计算得到两个簇的新质心。

(d) 因为簇质心发生了改变，对每个样本点重新计算其分别到两个簇质心的距离，并依此重新确定其归属哪个簇。

（e）重新计算两个簇新的质心。

如此迭代下去，直到不再变化为止，即算法收敛到一个稳定态，就得到了一个聚簇结果。

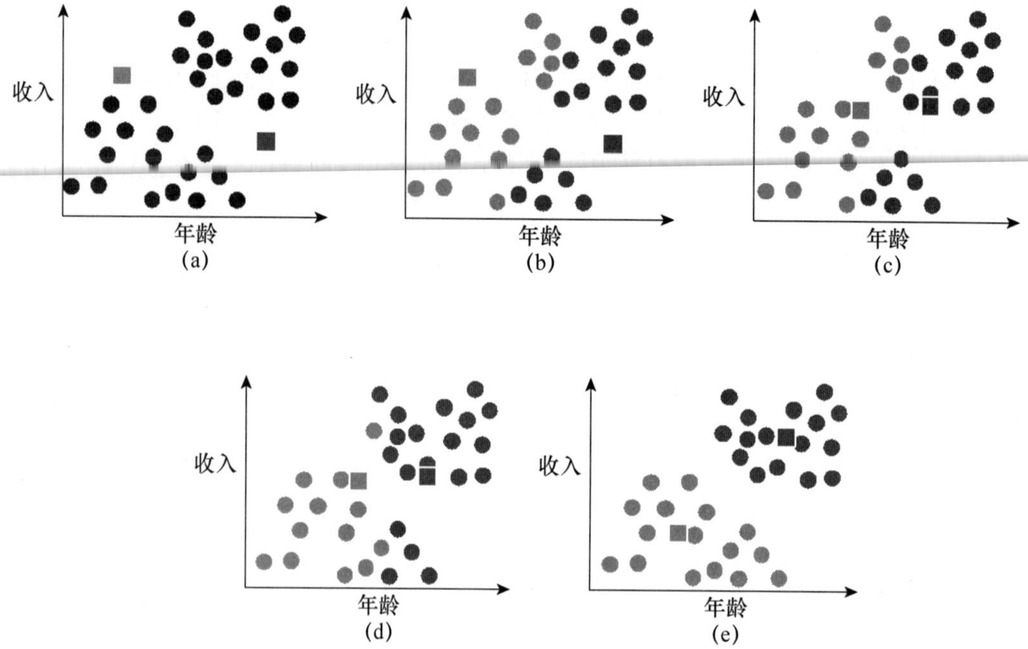

图 13－1　用 K-means 算法为特征为（年龄，收入）的样本点进行 $K=2$ 的聚类

13.3　聚类结果的评价

我们需要通过某种性能指标来评价聚类的好坏。聚类的性能度量大致有两类：一类是将聚类结果与参考模型（baseline model）进行比较，称为外部指标（external index）；另一类是直接评估聚类结果而不利用任何参考模型，称为内部指标（internal index）。本书仅介绍两种常用的内部指标。

一种是 Inertia：

$$\sum_{n=1}^{N}(x_n - C_k)^2$$

该指标表示每个数据点 x_n 距离其聚簇中心 C_k 的距离平方和。该指标值越小，表示聚簇越紧密。

另外一种是轮廓系数（silhouette coefficient）。一般为每个样本点分别计算以下指标：

$$SC=\frac{b-a}{\max(a,b)}$$

式中，a 为该样本点到其所属聚簇中的所有其他点的平均距离；b 为该样本点到下一个距离最近的聚簇中所有点的平均距离。轮廓系数的取值范围在 -1（最坏情况）到 1（最好情况）之间。将所有样本点的轮廓系数平均起来可以得到关于整个聚类结果的总体评分。

13.4　不同的距离指标

通常，属性分为连续属性（continuous attribute）和离散属性（categorical attribute），连续属性也称有序属性（ordinal attribute），在定义域范围内有无穷多取值；离散属性也称无序属性（non-ordinal attribute），在定义域范围内只有有限个取值。因此，根据属性的不同，距离指标可分为有序属性距离指标、无序属性距离指标和混合属性距离指标。

对于有序属性可以采用闵可夫斯基距离（Minkowski distance）：

$$dist_{\mathrm{mk}}(x_i,x_j)=\left\|\sum_{u=1}^{d}|x_{iu}-x_{ju}|^p\right\|^{\frac{1}{p}}$$

在上式中，当 $p=2$ 时，闵可夫斯基距离即为欧氏距离（Euclidean distance）：

$$dist_{\mathrm{ed}}(x_i,x_j)=\|x_i-x_j\|_2=\sqrt{\sum_{u=1}^{d}|x_{iu}-x_{ju}|^2}$$

当 $p=1$ 时，闵可夫斯基距离即为曼哈顿距离（Manhattan distance）：

$$dist_{\mathrm{mh}}(x_i,x_j)=\|x_i-x_j\|_1=\sum_{u=1}^{d}|x_{iu}-x_{ju}|$$

对于无序属性可以采用 VDM（Value Difference Metric）作为距离评价指标：

$$VDM_p(a,b)=\sum_{k=1}^{K}\left|\frac{m_{u,a,k}}{m_{u,a}}-\frac{m_{u,b,k}}{m_{u,b}}\right|^p$$

式中，$m_{u,a}$ 表示在属性 u 上取值为 a 的样本数；$m_{u,a,k}$ 为第 k 个样本簇中在属性 u 上取值为 a 的样本数；K 为样本簇数。

对于混合属性采用将闵可夫斯基距离和 VDM 结合起来的方式作为其距离度量的指标：

$$MinkoVDM_p(x_i,x_j)=\left(\sum_{u=1}^{n_c}|x_{iu}-x_{ju}|^p+\sum_{u=n_c+1}^{d}VDM_p(x_{iu},x_{ju})\right)^{\frac{1}{p}}$$

13.5 聚合式层次聚类

作为聚类算法的一种，层次聚类（hierarchical clustering）通过计算不同类别数据点之间的相似度形成一棵具有层次结构的树。树的聚集有自底向上聚合策略，也有自顶向下分裂策略。

层次聚类算法多采用自底向上的聚合策略，如图 13－2 所示。

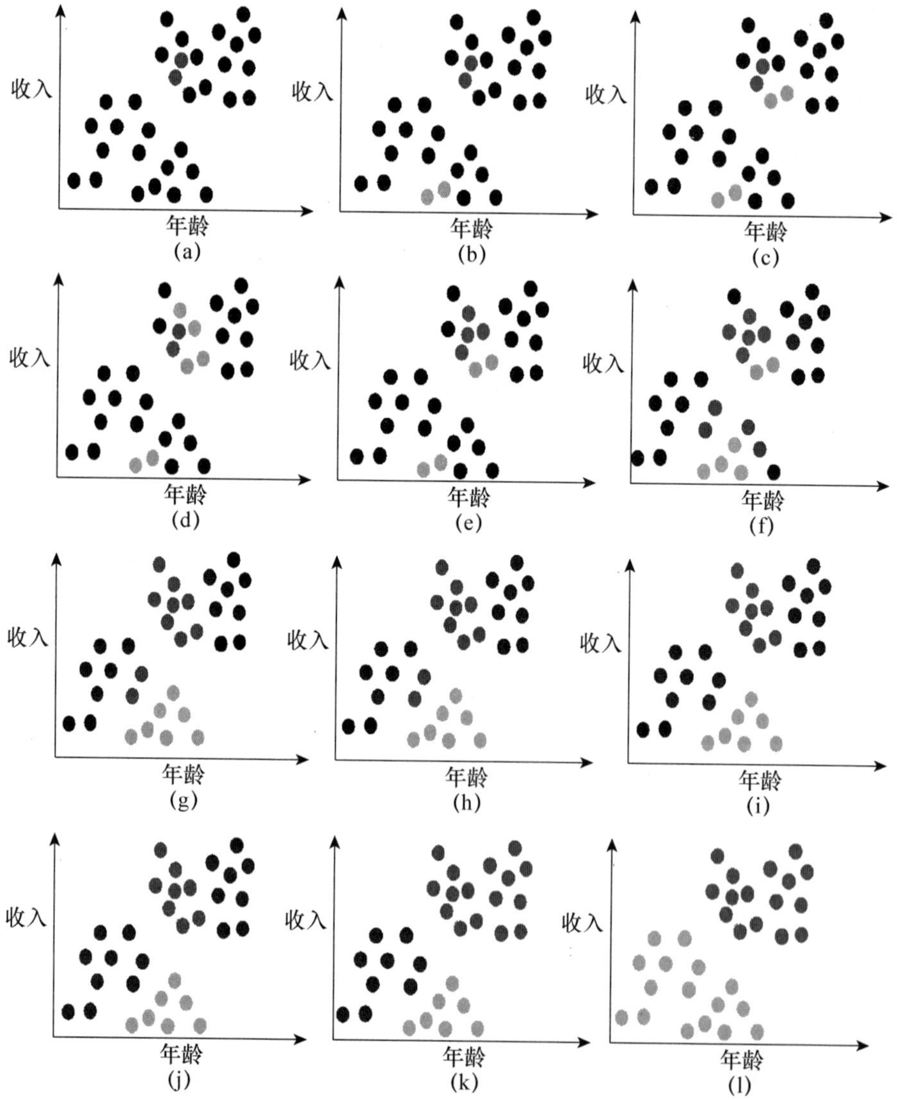

图 13－2 用层次聚类算法为特征为（年龄，收入）的样本点进行聚类

所有样本由两个特征来描述，即收入和年龄，被表示成二维空间中的点，(a) 表示初始时将每个样本看作一个聚簇；从 (b)～(l) 的每一步，找出距离最近的两个聚簇（两个聚簇之间的距离有多种不同的定义，具体见后）进行合并。不断重复该过程，直至达到预设的聚簇个数，或者最终合成一个大簇（即包含所有样本点的簇）。从图中可以看出，随着算法的进行，合并而成的聚簇越来越大，聚簇的个数越来越少，例如 (j) 中有四个簇，(k) 中有三个簇，(l) 中只有两个簇，算法停止。也可以选择当聚簇间距离的最小值达到预设的值时停止算法。

两个聚簇 C_i 与 C_j 之间的距离有四种定义方式：

(1) 最小距离：$d_{\min}(C_i, C_j) = \min_{x \in C_i, z \in C_j} dist(x, z)$。

(2) 最大距离：$d_{\max}(C_i, C_j) = \max_{x \in C_i, z \in C_j} dist(x, z)$。

(3) 平均距离：$d_{\text{avg}}(C_i, C_j) = \frac{1}{|C_i||C_j|} \sum_{x \in C_i} \sum_{x \in C_j} dist(x, z)$。

(4) Ward 链接：每次选择合并会导致最佳 Inertia 指标的两个簇进行合并。

最小距离由两个簇的最近样本决定，最大距离由两个簇的最远样本决定，平均距离由两个簇的所有样本共同决定。

13.6　案例十：商场客户聚类

给定一个啤酒的数据集，每条数据是一种啤酒，包含它的卡路里、钠、酒精含量以及价格。目标是对所给啤酒进行聚类。具体操作为：

一、读入数据。

```
import pandas as pd
beer = pd.read_csv('beer.txt', sep = '')
beer
```

	name	calories	sodium	alcohol	cost
0	Budweiser	144	15	4.7	0.43
1	Schlitz	151	19	4.9	0.43
2	Lowenbrau	157	15	0.9	0.48
3	Kronenbourg	170	7	5.2	0.73
4	Heineken	152	11	5.0	0.77
5	Old _ Milwaukee	145	23	4.6	0.28
6	Augsberger	175	24	5.5	0.40
7	Srohs_Bohemian_Style	149	27	4.7	0.42

8	MIller_Lite	99	10	4.3	0.43
9	Budweiser_Light	113	8	3.7	0.40
10	Coors	140	18	4.6	0.44
11	Coors_Light	102	15	4.1	0.46
12	Michelob_Light	135	11	4.2	0.50
13	Becks	150	19	4.7	0.76
14	Kirin	149	6	5.0	0.79
15	Pabst_Extra_Light	68	15	2.3	0.38
16	Hamms	139	19	4.4	0.43
17	Hellemans_Old_Style	144	24	4.9	0.43
18	Olympia_Goled_Light	72	6	2.9	0.46
19	Schlitz _ Light	97	7	4.2	0.47

二、聚类。把除 name 之外的所有属性当作输入特征。

```
# 准备输入特征 X
X = beer.drop('name', axis = 1)
```

初始化一个 3 个聚簇的 K-means 聚类算法，对输入数据进行聚类。

```
from sklearn.cluster import KMeans
km = KMeans(n_clusters = 3, random_state = 1)
km.fit(X)
```

三、查看以及可视化聚类结果。把聚类的结果标签拼接到原始数据的最后，并按照聚类标签排序显示。

```
beer['cluster'] = km.labels_
beer.sort_values(by = 'cluster')
```

	name	calories	sodium	alcohlol	cost	cluster
0	Budweiser	144	15	4.7	0.43	0
1	Schlitz	151	19	4.9	0.43	0
2	Lowenbrau	157	15	0.9	0.48	0
3	Kronebourg	170	7	5.2	0.73	0
4	Heineken	152	11	5.0	0.77	0
5	Old_Milwaukee	145	23	4.6	0.28	0
6	Augsberger	175	24	5.5	0.40	0
7	Srohs_Bohemian_Styli	149	27	4.7	0.42	0

17	Hellemans_Old_Styie	144	24	4.9	0.43	0
16	Hamms	139	19	4.4	0.43	0
10	Coors	140	18	4.6	0.44	0
14	Kirin	149	6	5.0	0.79	0
12	MIchelob_Light	135	11	4.2	0.50	0
13	Becks	150	19	4.7	0.76	0
9	Budweiser_Light	113	8	3.7	0.40	1
8	Miller_Lite	99	10	4.3	0.43	1
11	Coors_Light	102	15	4.1	0.46	1
19	Schlitz_Light	97	7	4.2	0.47	1
15	Pabst_Extra_Light	68	15	2.3	0.38	2
18	Olympia_Goied_Light	72	6	2.9	0.46	2

查看每个聚类的每维特征上的平均值（即聚簇中心点）。

```
centers = beer.groupby('cluster').mean()
centers
```

cluster	calories	sodium	alcohol	cost
0	150.00	17.0	4.521429	0.520714
1	102.75	10.0	4.075000	0.440000
2	70.00	10.5	2.600000	0.420000

可视化聚类结果：

```
%matplotlib inline
import matplotlib.pyplot as plt
import numpy as np
# 创建一个颜色数组用于可视化
colors = np.array(['red', 'green', 'blue', 'yellow'])
# 绘制(卡路里,酒精)散点图,用黑色表示第零个聚簇,深灰色表示第一个聚簇,浅灰色表示第二个聚簇
plt.scatter(beer.calories, beer.alcohol, c = colors[beer.cluster], s = 50)
# 用同样的散点图方式绘制出聚簇中心点,用黑色的"+"表示
plt.scatter(centers.calories, centers.alcohol, linewidths = 3, marker = '+', s = 300, c = 'black')
# 添加标签
plt.xlabel('calories')
plt.ylabel('alcohol')
```

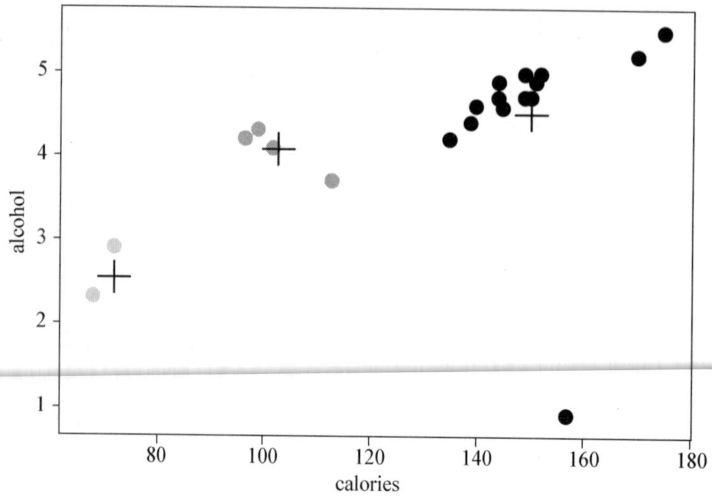

四、聚类评价指标。计算聚簇数量从 2 到 19 变化时的轮廓系数。

```
k_range = range(2,20)
scores = []
for k in k_range:
    km = KMeans(n_clusters = k, random_state = 1)
    km.fit(X_scaled)
    scores.append(metrics.silhouette_score(X_scaled, km.labels_))
```

可视化不同聚簇数量对应的轮廓系数。

```
plt.plot(k_range, scores)
plt.xlabel('Number of clusters')
plt.ylabel('Silhouette Coefficient')
plt.grid(True)
```

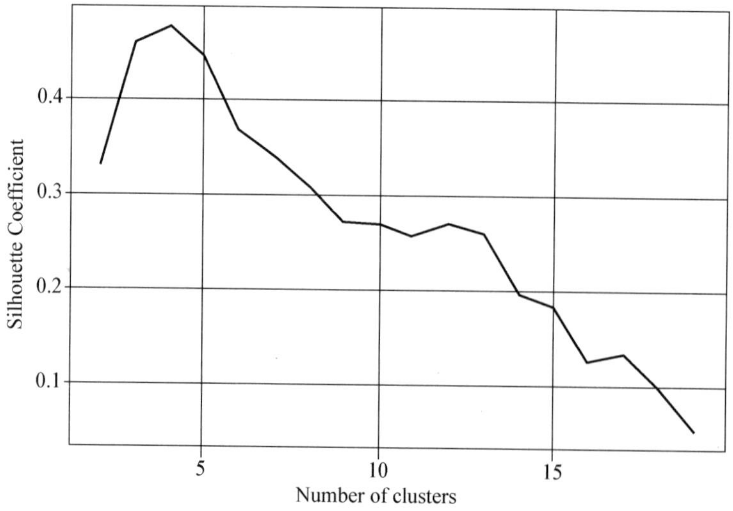

第 14 章 深度学习

2012 年神经网络之父杰弗里·欣顿的课题组首次采用深度学习模型参加 ImageNet 图像识别比赛，以高出第二名（SVM 方法）10 个百分点的成绩勇夺冠军，打响了深度学习大规模投入研究与应用的第一枪。深度学习模型本质上是多层神经网络组合的模型。神经网络是一种连接主义模型，它认为人类的认知过程是由大量简单神经元组成的神经网络中的信息处理过程。现如今随着训练数据的增多以及计算能力的增强，神经网络的学习能力得以增强，在语音、图像以及自然语言等许多领域都取得了显著的效果。

本章首先介绍深度学习的发展简史，然后介绍深度学习的基础理论知识，包括感知机模型、损失函数、反向传播算法以及卷积神经网络。

14.1 深度学习发展简史

深度学习的发展史大致可以总结为四个阶段：起源、第一次浪潮、第二次浪潮以及第三次浪潮。

早在 1943 年，由神经科学家 W. S. 麦卡洛克和数学家 W. 皮茨参照生物神经元的结构和工作原理提出的抽象神经元 M-P 模型，是人工神经网络的起源。

第一次浪潮发生于 1958 年，计算机科学家罗森布拉特（Rosenblatt）提出两层神经元组成的神经网络，称为感知机模型（perceptrons）。该模型可以进行二分类，并于 1962 年被证明具有收敛性，理论与实践的成功引发神经网络发展的第一次浪潮。然而，好景不长，1969 年，感知机模型被证明本质上是一种线性模型，无法对线性不可分的数据进行分类，直接导致神经网络的研究停滞将近 20 年。

第二次浪潮发生于 1986 年，神经网络之父杰弗里·欣顿于 1986 年发明了适应于多层感知机模型（MLP）的反向传播算法（BP），并采用 Sigmoid 函数对输入数据进行非线性映射，有效解决了非线性的分类问题。该发明引发了神经网络发展的第二次浪潮。然而，1991 年 BP 算法被指出存在梯度消失的问题，直接阻碍了深度神经网络的进一步发展。

第三次浪潮发生于 2006 年，杰弗里·欣顿和他的学生鲁斯兰·萨拉赫丁诺夫（Ruslan Salakhutdinov）提出了深度神经网络训练中梯度消失问题的求解办法，即采用无监督学习的方法对神经网络的参数初始化，再采用监督学习的方法对参数微调。该发明直接掀起了神经网络发展的第三次浪潮。之后在 2012 年，欣顿课题组首次使用深度学习的方法参加 ImageNet 图像识别比赛，以高出第二名（SVM 方法）10 个百分点的成绩一举夺冠，促使神经网络的研究进入爆发期。

如今，人们尝试将深度学习应用到各行各业的不同任务上，无论是理论还是实践方面仍然存在许多亟待解决的问题，有待我们去研究与探索。

14.2　多层感知器

14.2.1　神经元模型

生物神经网络中最基本的单元是神经元。在生物神经网络中，每个神经元与其他神经元相连，当它“兴奋”时，就会向相连的神经元发送化学物质，改变这些神经元内的电位。如果某神经元的电位超过了一个阈值，它就会被激活，即“兴奋”起来，向其他神经元发送化学物质。众多神经元、细胞、触点构成了生物神经网络，用于产生生物的意识，帮助生物进行思考和行动。图 14-1 是一个简单的生物神经网络。

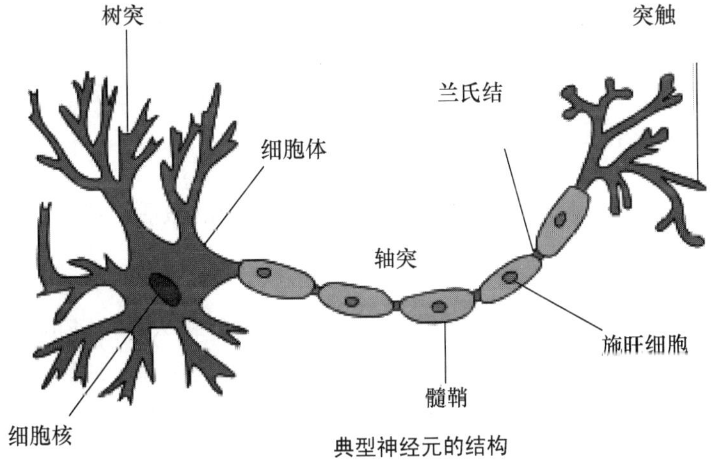

图 14-1　生物神经网络

1943 年，神经科学家 W. S. 麦卡洛克和数学家 W. 皮茨参考了生物神经元的结构，提出一种非常简单的神经元模型 M-P 模型（McCulloch，1943）。神经元模型是一个包含输入、输出与计算功能的模型。输入可以类比为神经元的树突，输出可以类比为神经元的轴突，计算可以类比为细胞核。图 14-2 是一个人工神经元模型，其中包含 d 个输入 x_1，x_2，…，x_d 以及 1 个输出 z。符号 w_1，w_2，…，w_d 为连接输入与输出之间的权值，b 表示模型的偏置，可以看作输入常数 1 对应的权值。圆圈代表对输入按照连接线上的权重进行线性加权并施加一个函数 h。则输出的表达式为：

$$z=h(x_1w_1+x_2w_2+\cdots+x_dw_d+b)$$

写成向量的表达形式为：

$$z=h(w^Tx+b)$$

式中，$w=(w_1, w_2, \cdots, w_d)$；$x=(x_1, x_2, \cdots, x_d)$；$h$ 是激活函数（activation function）。在 M-P 模型中，激活函数采用输出为 0 或 1 的阶跃函数，而现代神经元中的激活函数通常要求是连续可导的函数。接下来会具体介绍常见的激活函数。

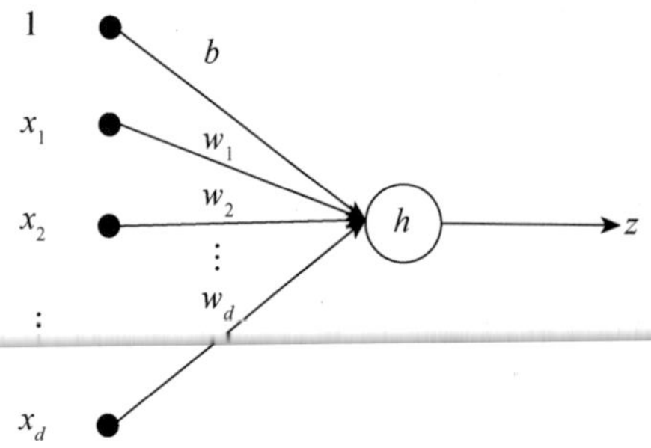

图 14－2　人工神经元模型

神经元可看作一个计算与存储单元，对输入神经元的信号进行计算，并暂存计算结果传递到下一层。用神经元组成网络后，学术上通常用单元、节点来指代网络中某个神经元。

14.2.2　激活函数

施加在线性加权求和之上的函数为激活函数。常用的激活函数包含以下几种：

1. 阶跃函数

理想情况的激活函数是阶跃函数（见图 14－3），将输入神经元的值映射为输出值“0”或“1”。“1”对应于神经元兴奋，“0”对应于神经元抑制。阶跃函数具有不连续、不光滑等性质，在现代深度学习模型中基本不采用。

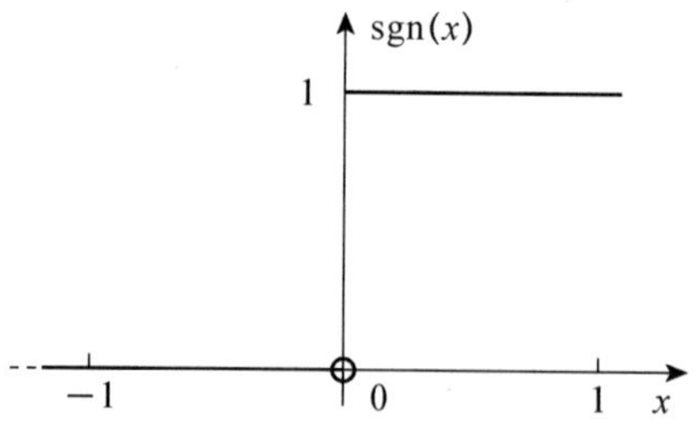

$$\mathrm{sgn}(x)=\begin{cases}1, & x\geqslant 0\\ 0, & x<0\end{cases}$$

图 14－3　阶跃函数

2. Sigmoid 函数

Sigmoid 函数将神经元接收到的输入映射为（0，1）范围内。当输入值在 0 附近时，Sigmoid 函数近似为线性函数；当输入值远离原点时，函数会对输入值进行抑制，越小越逼近 0，越大越逼近 1。这与生物神经元类似，对某些输入会产生兴奋（即输出为 1），对其他输入产生抑制（即输出为 0）。与阶跃函数相比，Sigmoid 函数连续可导，优化稳定。Sigmoid 函数的梯度是 $h(x)'=h(x)(1-h(x))$。由梯度可见，Sigmoid 函数的最大问题在于：当函数输入为很大的正数或者很小的负数时，函数输出会逼近 1 或 0，这时函数的梯度也会逼近 0。该现象称为饱和，饱和会引发反向传播优化（后面章节会有介绍）时的梯度消失情况，导致无法完成网络的训练。

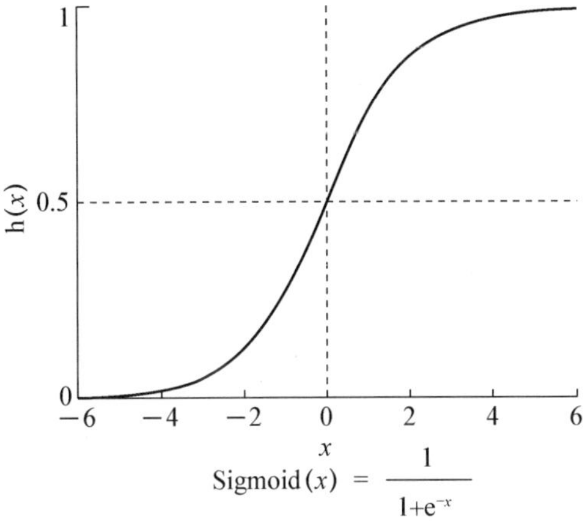

图 14-4　Sigmoid 函数

3. 双曲正切函数

双曲正切（Tanh）函数具有与 Sigmoid 函数一样的抑制信号的能力，输出的取值范围为（−1，1），但仍然没有解决 Sigmoid 函数的梯度消失问题。不过相对 Sigmoid 函数来说，Tanh 函数是原点对称的，输出有正有负，可以有效防止其后的神经元输入发生偏置偏移，加快梯度下降的收敛速度。

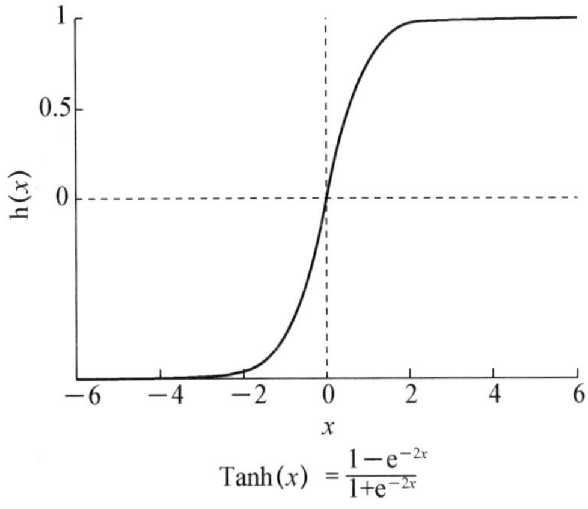

图 14-5　Tanh 函数

4. ReLU 函数

ReLU 函数的全称是 Rectified Linear Unit（Nair，2010），是目前深度学习网络中经常使用的激活函数。相较于 Sigmoid 和 Tanh 函数，ReLU 函数只需要进行加、乘和比较的操作，不需要进行复杂的指数运算，计算效率更高。ReLU 函数被认为具有生物上的可解释性，比如单侧抑制性。因为 ReLU 函数只有输入为正数时输出才为正数，否则为 0。通常人脑中大约只有 1%～4%的神经元同时处于兴奋状态，即兴奋态非常稀疏。因此，相较于 Sigmoid 函数的稠密兴奋状态神经网络（输出很少为 0），ReLU 具有很好的稀疏性（输出约一半为 0），约 50%的神经元会处于兴奋状态。此外，Sigmoid 函数为两端饱和，即当输入很大或很小时，导数均逼近 0。但 ReLU 是一端饱和，即只有当输入为负数时导数才为 0，一定程度上可以缓解梯度消失的问题，加速梯度下降的收敛速度。然而，正是由于 ReLU 函数的上述优点，又导致 ReLU 神经元在训练时容易陷入“死亡”，即有些神经元可能会在所有训练数据上都无法被激活，导致之后的梯度始终为 0。因此，科学家对 ReLU 进行了一系列的变形，例如，LeakyReLU（Mass，2013），PReLU（He，2015）等。

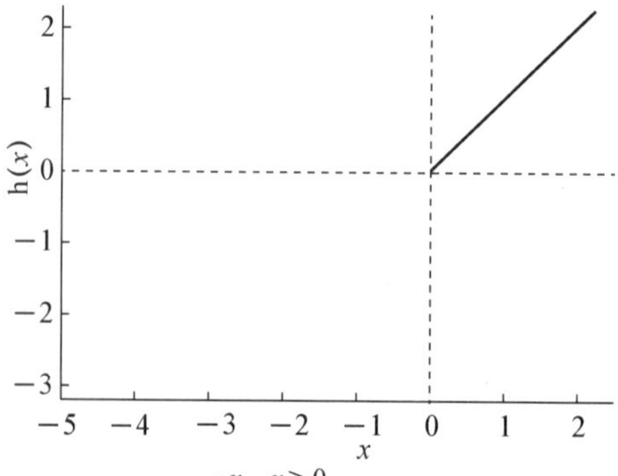

$$y=\begin{cases}x, & x\geqslant 0\\ 0, & x<0\end{cases}$$

图 14－6　ReLu 函数

14.2.3　感知机模型

感知机模型即包含一层输入和输出神经元的神经网络模型，其中的激活函数为阶跃函数。因此感知机模型是一个二分类模型，能够将线性可分的数据集划分开。线性可分意味着在二维平面上一定能够用一条直线将正负样本分开，在三维空间中一定能用一个平面将正负样本分开。然而单个感知机无法区分线性不可分的数据集，这时候只能采用多层感知机的组合来实现复杂的空间分割。多层感知机网络也称为前馈神经网络，因为现在的多层网络中的激活函数一般不采用不连续的阶跃函数，而是选择连续的非线性函数，所谓前馈是因为当前层的神经元仅接受前一层神经元的输出。如果不但接受前一层的输出，还可以接受当前层的反馈，则称为反馈网络。本书仅介绍前馈神经网络。

前馈神经网络是由许多神经元按照不同层级组织起来的网络，每一层的输出变量作为下一层的输入变量。图 14－7 展示了一个三层前馈神经网络，第一层为包含 d 维变量的输入层，用于接收原始数据样本；最后一层为包含 K 维变量的输出层，用于输出最终的预测结果；中间层为包含 M 维变量的隐藏层，用于将输入数据做非线性转换。(a, z) 表示每一层的输入与输出，用下标 i 来索引输入层的变量，j 索引隐藏层的变量，k 索引输出层的变量。其中输入层的输出等价于原始的数据样本 x_i，输出层的输出等价于整个模型的输出 y_k，$a_j^{(1)}$ 表示隐藏层的输入，$z_j^{(1)}$ 表示隐藏层的输出，$a_k^{(2)}$ 表示输出层的输入。w 表示层与层之间变量连接的权值，$w_{ij}^{(1)}$ 表示输入层与隐藏层之间某个连接的权值，$w_{jk}^{(2)}$ 表示隐藏层与输出层之间某个连接的权值。权值 w 的维数为相连接的两层变量数量的乘积。b 表示每层的偏置，$b_j^{(1)}$ 表示隐藏层的偏置，$b_k^{(2)}$ 表示输出层的偏置。基于这些符号描述，前馈神经网络的前向传播过程表示如下：

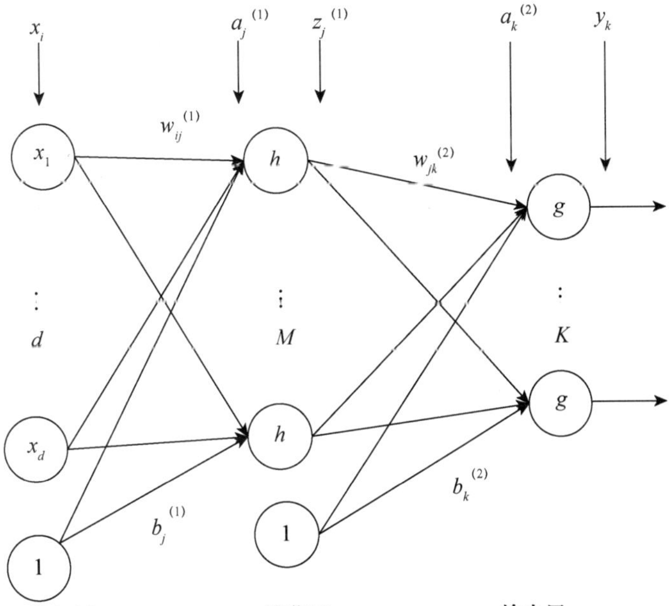

图 14－7　多层感知机模型

(1) 从输入层到隐藏层：$a_j^{(1)} = \sum_{i=1}^{d} w_{ij}^{(1)} x_i + b_j^{(1)}$

(2) 经过隐藏层的激活函数：$z_j^{(1)} = h(a_j^{(1)})$

(3) 从隐藏层到输出层：$a_k^{(2)} = \sum_{j=1}^{M} w_{jk}^{(2)} z_j^{(1)} + b_k^{(2)}$

(4) 经过输出层的激活函数：$y_k = g(a_k^{(2)})$

其中 h 和 g 分别为隐藏层与输出层施加的激活函数。将上述所有过程综合起来可得：

$$y_k(x,\theta)=g(\sum_{j=1}^{M}w_{jk}^{(2)}h(\sum_{i=1}^{d}w_{ij}^{(1)}x_i+b_j^{(1)})+b_k^{(2)})$$

式中，$\theta=\{w, b\}$ 为模型的参数。上述从神经网络的左边到右边（或者从下面到上面）进行计算的算法称为前向传播算法（forward propagation）。

14.3 损失函数

假设模型参数为 θ，任给一个训练样本 x_n，其真实标签为 t_n，能够衡量模型的预测值 y_n 与真实值 t_n 之间差异的函数都可以叫做损失函数（loss function）。预测值 y_n 与真实值 t_n 的取值范围均为 1，2，…，K，当 $K=2$ 时为二分类问题，当 $K>2$ 时为多分类问题。损失函数又称代价函数（cost function）或者目标函数（objective function）。损失函数具有如下性质：

- 对于每种算法来说，损失函数不是唯一的；
- 损失函数是参数 θ 的函数；
- 损失函数用来评价模型的好坏，损失函数越小说明模型和参数越符合训练样本；
- 损失函数是一个标量。

神经网络常用的损失函数为均方误差，其基本思想是比较每个训练样本的预测值与真实值之间差距的平方，并将所有样本的差距平均起来一同进行最小化。具体表达式如下：

$$E(\theta)=\frac{1}{N}\sum_{n=1}^{N}E_n(x_n,y_n)=\frac{1}{N}\sum_{n=1}^{N}\frac{1}{2}\|y_n-t_n\|^2$$

另外一种常用的损失函数为交叉熵，其基本思想是比较每个训练样本的预测值分布与真实值分布的相似性，然后将所有样本的相似性平均起来，取负号之后一同进行最小化。其中相似性用熵来衡量，预测值为在 K 个不同类别上预测的 K 个概率值，即 $y_n=\{y_1^{(n)},y_2^{(n)},\cdots,y_K^{(n)}\}$。由于真实值只有一个，因此可以将其表示为一个 K 维的独热向量，其中只有真实类别所对应的维度值为 1，其余维度值都为 0，即 $t_n=\{t_1^{(n)}$，$t_2^{(n)}$，…，$t_K^{(n)}\}$。具体表示如下：

$$E(\theta)=-\frac{1}{N}\sum_{n=1}^{N}\sum_{k=1}^{K}[t_k^{(n)}\log y_k^{(n)}+(1-t_k^{(n)})\log(1-y_k^{(n)})]$$

14.4　优化算法：反向传播算法

有了损失函数和训练样本，神经网络的参数可以通过梯度下降法进行学习。具体而言就是通过沿着梯度方向调整模型的参数，使损失函数达到最小。参数调整的公式为：

$$w_{ij}^{(t+1)}=w_{ij}^{(t)}-\alpha\frac{\partial E_n}{\partial w_{ij}^{(t)}}$$

$$b_j^{(t+1)}=b_j^{(t)}-\alpha\frac{\partial E_n}{\partial b_j^{(t)}}$$

式中，α 为学习率。梯度下降法的关键是求解损失函数关于参数的偏导数。若逐一对每个参数求偏导则效率低下。因此，经常采用的方式是反向传播算法（back propagation，BP）。下面详细介绍反向传播的原理。

由图 14-7 的定义可知，在不区分具体的输入层、隐藏层和输出层，并且忽略偏置的情况下，每一层的输入均可写成 $a_j=\sum_i w_{ij}z_i$，施加激活函数得到输出 $z_j=h(a_j)$。由链式法则可知$\frac{\partial E_n}{\partial w_{ij}}=\frac{\partial E_n}{\partial a_j}\frac{\partial a_j}{\partial w_{ij}}$。由于$\frac{\partial a_j}{\partial w_{ij}}=z_i$，记 $\delta_j=\frac{\partial E_n}{\partial a_j}$为误差项，则$\frac{\partial E_n}{\partial w_{ij}}=\delta_j z_i$。因此问题的关键是求解 δ_j。

假设采用均方误差作为损失函数，即 $E(\theta)=\frac{1}{N}\sum_{n=1}^{N}\frac{1}{2}\|y_n-t_n\|^2$。假设输出层不施加任何激活函数，则输出层对应的 $\delta_k=y_k-t_k$。对于其他隐藏层，采用链式法则求解，得到 $\delta_j=\frac{\partial E_n}{\partial a_j}=\sum_{k=1}^{K}\frac{\partial E_n}{\partial a_k}\frac{\partial a_k}{\partial a_j}$。其中对 k 求和的原因是 E_n 关联到 K 个 a_k，又由于 $a_k=\sum_j w_{jk}h(a_j)$，即每个 a_k 都与 a_j 相连，可以得到 E_n 对 a_j 求导，等价于先用 E_n 对与 a_j 相连的每一个 a_k 求导，再用每个 a_k 对 a_j 求导，再然后将所有求导项相加。进一步，记 $\delta_k=\frac{\partial E_n}{\partial a_k}$，并且$\frac{\partial a_k}{\partial a_j}=w_{jk}h'(a_j)$，可以得到 $\delta_j=h'(a_j)\sum_{k=1}^{K}w_{jk}\delta_k$。可以看出，误差项 δ_j 为以 z_j 作为输入的所有神经元的误差项的加权和再乘上当前神经元激活函数的导数。因此，每个神经元的误差可以从上一层相连的神经元的误差传播得到。

BP 算法的流程如下：

- 输入一个样本 x_n 到神经网络，采用公式 $a_j=\sum_i w_{ij}z_i$ 和 $z_j=h(a_j)$沿着网络从下到上进行前向传播；
- 采用公式 $\delta_k=y_k-t_k$ 计算输出层神经元的误差；

- 采用公式 $\delta_j = h'(a_j)\sum_{k=1}^{K} w_{jk}\delta_k$ 进行反向传播，计算每一个隐藏层神经元的误差；
- 采用公式$\frac{\partial E_n}{\partial w_{ij}} = \delta_j z_i$ 计算每个参数的偏导数；
- 采用公式 $w_{ij}^{(t+1)} = w_{ij}^{(t)} - \alpha \frac{\partial E_n}{\partial w_{ij}^{(t)}}$ 更新参数。

偏置 b 的更新同理。

14.5 案例十一：手写数字识别

识别手写的数字对于人类来说是一件极其容易的事情，然而让机器去识别数字则困难得多。为了训练机器识别手写数字，机器学习领域最知名的学者之一 Yann LeCunn 利用美国国家标准与技术研究院（National Institute of Standards and Technology，NIST）的手写数字库构建了一个便于机器学习研究的集合 MNIST。该数据集由 70 000 张不同人书写的数字（0～9）灰度图组成，每张图片的大小是 28×28 像素，数字的大小是 20×20，位于图片的中心。其中 60 000 张是训练集，另外 10 000 张是测试集。

因为数字只有 0～9 一共 10 个，对于任意一张图片，仅需要确定它是 0～9 中间的哪个数字，所以这是一个多分类问题。对于原始图片，可以将其看作一个 28×28 的矩阵，作为机器学习模型的输入，实际使用时一般将其展开成 784 维的一维数组。

本节采用高级神经网络 API 库 Keras 构建多层感知机模型对手写数字进行多分类建模。大概分为如下几步：

一、读入数据。Keras 提供了数据集加载函数。

```
from keras.datasets import mnist
# 调用加载函数读入数据
(X_train, y_train), (X_test, y_test) = mnist.load_data()

print(X_train.shape)
print(X_test.shape)
print(y_train.shape)
print(y_test.shape)
```

```
(60000, 28, 28)
(10000, 28, 28)
(60000,)
(10000,)
```

二、数据预处理。

（1）在数据预处理时，首先采用 reshape 函数将每个图像矩阵扁平化成一个向量：

```
X_train = X_train.reshape(X_train.shape[0], X_train.shape[1] * X_train.shape[2])
X_test = X_test.reshape(X_test.shape[0], X_test.shape[1] * X_test.shape[2])

print(X_train.shape)
print(X_test.shape)
```

```
(60000, 784)
(10000, 784)
```

（2）然后将输入值从［0，255］归一化为［0，1］的值：

```
X_train = X_train.astype('float32')
X_test = X_test.astype('float32')
X_train /= 255
X_test /= 255
```

（3）最后调用 to _ categorical 函数将每个类别值转换成一个 10 维的 0/1 向量：

```
from keras.utils import np_utils
Y_train = np_utils.to_categorical(y_train, 10)
Y_test = np_utils.to_categorical(y_test, 10)
```

三、构建一个三层的神经网络。

（1）导入需要使用的 keras 的包，并初始化一个序列模型：

```
from keras.models import Sequential
from keras.layers import Dense, Activation
model = Sequential()
```

（2）添加输入为 784 维，输出为 500 维，激活函数为 sigmoid 的一层神经网络：

```
model.add(Dense(500, input_dim = 784))
model.add(Activation('sigmoid'))
```

（3）在上一层神经网络上，继续添加输出为 500 维，激活函数为 sigmoid 的一层神经网络：

```
model.add(Dense(500))
model.add(Activation('sigmoid'))
```

（4）最后一层为输出层，输出的维度为 10，激活函数为 softmax 函数：

```
model.add(Dense(10))
model.add(Activation('softmax'))
```

（5）最后调用 summary 函数打印模型的概况：

```
model.summary()
```

Layer (type)	Output Shape	Param #
dense_1 (Dense)	(None, 500)	392500
activation_1 (Activation)	(None, 500)	0
dense_2 (Dense)	(None, 500)	250500
activation_2 (Activation)	(None, 500)	0
dense_3 (Dense)	(None, 10)	5010
activation_3 (Activation)	(None, 10)	0

Total params: 648 010

Trainable params: 648 010

Non-trainable params: 0

四、确定学习的目标。

```
model.compile(loss = 'mean_squared_error',
         optimizer = 'sgd',
         metrics = ['accuracy'])
```

compile 函数设置了学习的目标，其中参数 loss 定义了损失函数，该例子中采用的是 mean_squared_error，优化的目标是真实值与预测值之间差距平方和的平均值，更多关于其他 loss 函数的选择参见 https://keras.io/losses/。参数 optimizer 指定了优化算法，该例子中采用的 sgd，即随机梯度下降法，其基本思想是用样本中的一个例子来近似所有的样本，调整模型参数。更多关于其他 optimizer 的选择参见 https://keras.io/optimizers/。参数 metrics 是评价指标，该例子中采用的是 accuracy，即准确率，更多关于其他 metrics 的选择参见 https://keras.io/metrics/。

五、模型学习。

```
model.fit(X_train, Y_train, batch_size = 100, epochs = 20)
```

fit 函数基于输入的训练数据，包括输入特征和输出标签对模型的参数进行学习。训练参数 batch_size 指的是每次取多少数据让模型进行一次小批量的优化学习。batch_size 太小，例如只有一个样本，则梯度每遇见一个样本就更新一次，会导致可能达不到全局最优解；batch_size 太大，例如全部样本，则梯度要在遍历完所有样本才更新一次，会导致收敛速度非常慢。因此，常用的方法是做小批量更新，即每次取一定数量的样本来更新模型。epochs 表示遍历整个数据集的遍数，一般要遍历几十遍才可能达到收敛的效果。

六、模型评估。调用 evaluate 函数对测试数据集 X_test 与 Y_test 进行评估，返回数组 score，其中第一维是模型的损失值，第二维是模型评估的精度。

```
score = model.evaluate(X_test, Y_test)
print('Test loss: ', score[0])
print('Test accuracy: ', score[1])
```

```
Test loss: 0.08937064180374145
Test accuracy: 0.1425
```

七、模型的使用。使用 predict 函数对测试数据集 X _ test 进行预测，得到预测标签存放在变量 result 中。

```
result = model.predict(X_test)
```

14.6　深度学习技巧

本节介绍过拟合、欠拟合以及学习率调节的一些技巧。

14.6.1　过拟合

多层神经网络参数很多，具有强大的表示能力，但是容易产生过拟合现象。即模型连训练集的一些最细微的特征都记住了，因此泛化能力有限，在未知数据上的预测能力很差。而机器学习的目标就是让模型在测试集上也拥有很强的表示能力，不仅局限于拟合训练数据。神经网络中常见的避免过拟合的方法包括引入正则化项、Dropout、提前终止训练以及增加样本量等。

1. 引入正则化项

引入正则化项是最常用的一种防止过拟合的方法。从字面意思来理解，正则化就是要给需要训练的损失函数加上一些规则限制，让优化得到的参数不要过大。具体来讲，正则化的方法会保留所有的模型参数，使每一个模型参数都对预测产生一点影响，但会将一些不重要的特征对应的参数置为很小的数甚至为 0，使得特征的参数矩阵变得稀疏。

常见的正则化包括 L_1 正则化和 L_2 正则化两种方式，分别表示为：$L_1=\sum_i |w_i|$ 以及 $L_2=\sum_i w_i^2$，其中 L_1 正则化会使大部分不重要参数变为 0，因此参数矩阵稀疏化的效果更加显著。具体应用时将正则化项加入损失函数中一同进行优化。

2. Dropout

Dropout 技术是指在训练过程中，按照一定的概率将部分神经元随机从网络中丢弃。由于是随机丢弃，因此每个小批量都在训练不同的神经网络。我们可以将 Dropout 理解为模型的平均。每次 Dropout 后产生的网络可以看作整个网络的一个子网络。多次 Dropout 可以看作训练多个权值共享、层数相同但是参数个数不同的网络。多个不同网络平均起来进行预测，能够增强网络的泛化能力。图 14－8 展示了带 Dropout 网络的训练与测试。其中图 14－8（a）表示在训练过程的每轮迭代中，更新模型参数值之前，网络中每个神经元都以 $p\%$的概率被随机删除；图 14－8（b）展示了一次迭代中随机删除之后的网络结构，与原始网络相比，发生了很大的变化；图 14－8（c）表示在测试过程仍然使用原始的网络，但是模型的参数需要乘以 $1-p\%$。因为每个神经元在训练时被删除的概率是 $p\%$，因此在测试时要以 $1-p\%$的概率保留其对应的参数权重。

3. 提前终止训练

用于学习模型参数的数据集一般分为训练集、验证集以及测试集。一般在训练集上训练模型，用模型在验证集上表现的好坏来选择最佳超参数，最后在测试集上进行测试。

图 14－9 展示了模型在训练集和验证集上的误差变化。从图中可以看出，一开始模型在验证集上的误差随着训练集误差的下降而下降，当超过了一定的训练遍数后，模型在训练集上的误差虽然还在下降，但在验证集上的误差却不再下降，甚至开始升高。这表明模型已经过拟合了，其泛化能力开始下降，不足以对验证集进行预测。因此，我们可以观察训练集上训练的模型在验证集上的误差，一旦不再下降，便可以提前终止模型的训练。

4. 增加样本量

增加样本量可以减轻过拟合的风险。因为过拟合本质上就是模型对数据分布的学习过头了，以至于记住了数据的点点滴滴，这样过分的记忆导致模型在测试集上的表现变得很差。增加样本量使得模型记住数据全部细节变得非常困难。在实际应用中，虽然上述几种技术方法对防止过拟合都很有效，但增加样本量确实能够更加直接地避免过拟合。

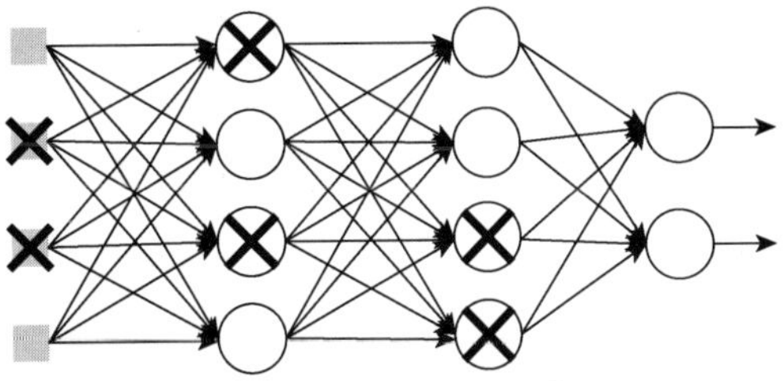

（a）训练阶段：每个小批量训练时，随机删除一些神经元

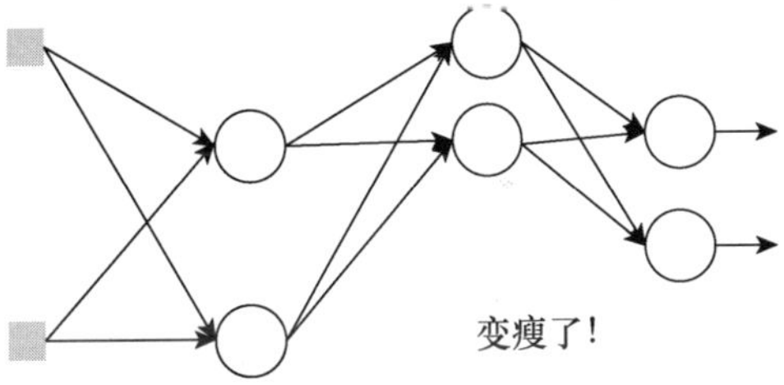

（b）训练阶段：每个小批量训练删除神经元后网络结构发生了变化

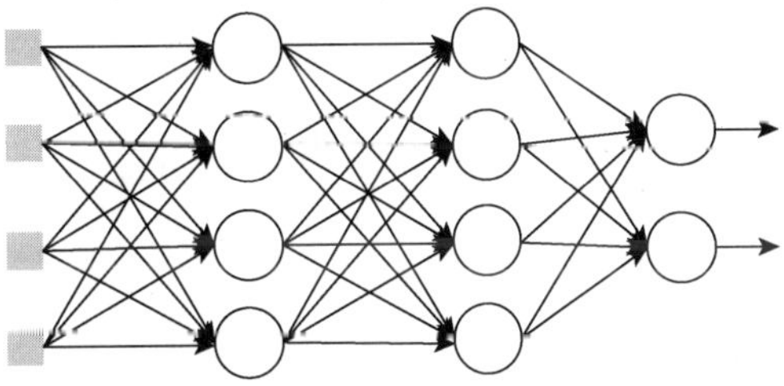

（c）测试阶段：仍然采用原始的网络结构

图 14－8　带 Dropout 网络的训练与测试过程示意图

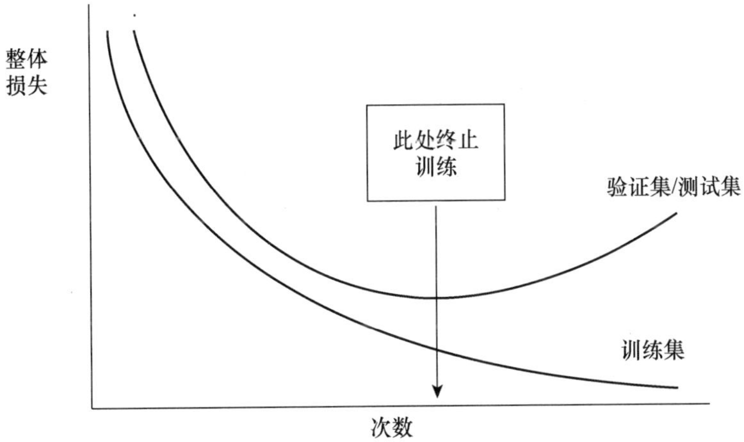

图 14－9　提前终止训练

14.6.2 欠拟合

当发现模型在训练集上的损失始终很大，无法下降，说明模型的拟合能力有限。一般的做法是增加模型的复杂度，例如，加大神经网络的层数或每层神经元的个数。一般来说，在计算能力范围内，模型参数量越大，如越深或越广，则拟合能力越强。

14.6.3 调节学习率

学习过程中的学习率一般设为可动态调节的，而非固定不变的。一般训练的初始阶段需要从随机参数开始大幅度调整模型的参数，以加快收敛的速度，因此需要采用较大的学习率；之后随着训练次数的增加，模型已经达到一定的效果，此时需要一个较小的学习率对模型进行微调，使得模型达到一个比较高的准确度。因此学习率可以设置为随着训练次数以一定的比率呈指数下降的变量。

14.7 卷积神经网络

14.7.1 卷积

卷积神经网络（convolutional neural network，CNN）可以用来处理图像数据和时间序列数据。“卷积神经网络”一词表明该网络使用了卷积（convolution）这种数学运算。卷积是一种特殊的线性运算，卷积网络是指那些至少在网络的一层中使用卷积运算替代一般的矩阵乘法运算的神经网络。

首先举例说明卷积运算的含义。假设正在用激光传感器追踪一艘宇宙飞船的位置，用符号 $x(t)$ 表示宇宙飞船在时刻 t 的位置。假设传感器有一定的噪声干扰，为了降低噪声干扰，我们对多个位置的测量结果进行平均。显然，要得到准确的 $x(t)$，并不是所有测量结果都很相关，而是与时刻 t 越接近的测量结果越相关。因此我们采用一种加权平均的方法，对与 t 越接近的测量结果赋予越高的权重：

$$s(t)=\int x(a)w(t-a)\mathrm{d}a$$

式中，$w(t-a)$ 是权重函数，$t-a$ 表示距离当前待测量时刻 t 的时间间距，间距越小，权重越大。这种加权平均的操作就叫做卷积操作。通常将 x 叫做卷积的输入，w 叫做核函数（kernel function）。输出 $s(t)$ 有时候称作特征映射（feature map）。上述表达式是卷积的连续形式。然而，事实上不可能得到每个瞬间的测量结果。因此，假设可以每秒记录传感器一次测量结果，便可以定义离散形式的卷积：

$$s(t)=\sum_{a=-\infty}^{\infty}x(a)w(t-a)$$

卷积运算通常一次性作用在多个维度上。例如对一张二维图像的卷积操作可以表示为：

$$s(i,j)=\sum_m\sum_n I(m,n)K(i-m,j-n)$$

式中，$I(m,\ n)$ 表示图像在坐标（m，n）处的像素值，$K(i\quad m,\ j-n)$ 表示（m，n）处的像素值对生成（i，j）处特征所贡献的权重。卷积运算是可以交换的，即上式可以等价地写为：

$$s(i,j)=\sum_m\sum_n I(i-m,j-n)K(m,n)$$

此式更加常用，这是因为输入索引（$i-m$，$j-n$）的取值以（i，j）为起点向左上角进行扩展，（m，n）的有效取值范围更小。该式子中核函数的索引（m，n）随着输入索引（$i-m$，$j-n$）的增大而减小，这叫做核的翻转。核翻转的唯一目的是实现可交换性。尽管可交换性在证明时很有用，但在神经网络的应用中却不是一个重要性质。一般的神经网络库在实现卷积操作时并没有对核进行翻转，即

$$s(i,j)=\sum_m\sum_n I(i+m,j+n)K(m,n)$$

上式中的输入索引（$i+m$，$j+n$）的取值以（i，j）为起点向右下角进行扩展，核函数的索引（m，n）随着输入索引（$i+m$，$j+n$）的增大而增大。图 14－10 演示了一个在二维张量上的卷积运算的例子。可以看出，每一维的输出等于一个 2×2 的输入矩阵与一个 2×2 的核函数元素对应相乘再相加的结果，即输出的每个坐标处的特征等于它周围 2×2 范围内所有输入的加权和。

14.7.2　池化操作

除了卷积操作，卷积神经网络的另一个重要运算是池化。池化的基本思想是对一个矩形邻居点做一个统计总结并输出。常见的池化操作包括：

- 最大池化：在矩形邻居点内挑选最大值输出，即 $\max_{i=1}^{n} x_i$；
- 平均池化：将矩形邻居点的值平均后输出，即 $\frac{1}{n}\sum_{i=1}^{n}x_i$；
- L_2 池化：将矩形邻居点的值 L_2 泛化后输出，即 $\sqrt{\sum_{i=1}^{n}x_i^2}$。

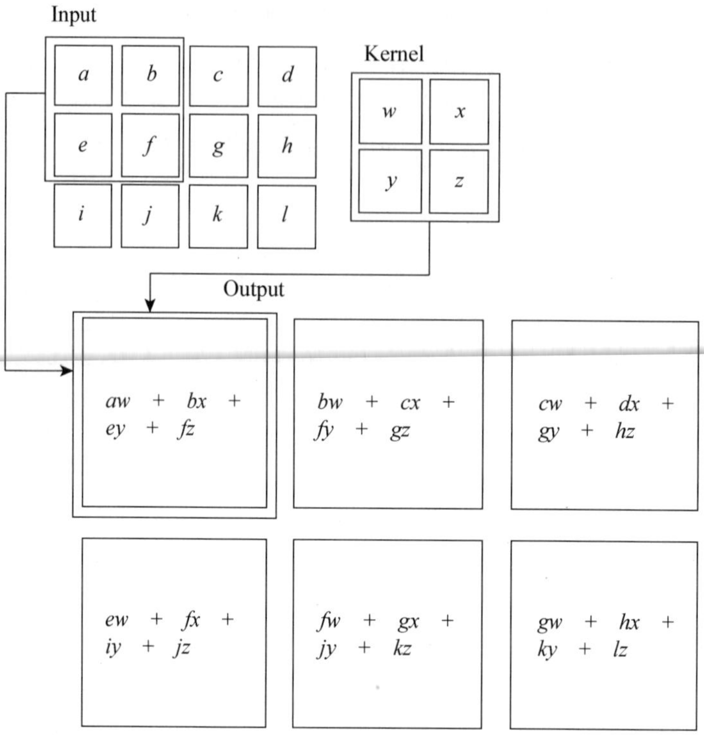

图 14-10　卷积运算实例

资料来源：Goodfellow，2016.

池化操作尤其是最大池化，又叫降采样，因为它从 n 个输出中挑选出一个最大值再输出，保留了最重要特征的同时减小了输出的维数，从而降低了空间复杂度，提高了计算效率。一般一次卷积操作会跟随一次池化操作，一个卷积神经网络中包含多组卷积与池化操作。

14.7.3　卷积神经网络

卷积神经网络提出的三个重要动机是：稀疏交互（sparse interactions）、参数共享（parameter sharing）以及等变表示（equivariant representations）。

1. 稀疏交互

前面章节介绍的神经网络使用矩阵乘法来建立输入与输出之间的关系。其中，参数矩阵中每个参数描述了一个输入单元与一个输出单元间的交互。假设有 m 个输入单元，n 个输出单元，则它们两两交互会产生 $m \times n$ 个参数。例如，假设输入层为一张尺寸为 1 000×1 000=100 万像素点的图像，输入层后面连接一个相同大小的隐藏层，则将会有 1 万亿连接的权重需要训练，这已经远远超出了普通硬件的计算能力。卷积网络具有稀疏交互的特性，即每一个神经元不需要接收全部像素点作为输入，只需要接收局部像素点作为输入，再将所有神经元接收到的局部信息综合起来便可得到全局信息。例如，卷积神经网络中一个隐含神经元只需要与 10×10 个像素点相连，那么一共就需要 10×10×100 万=1 亿个连接权重，比之前的 1 万亿缩小了 10 000 倍。图 14－11 解释了稀疏交互。其中左图是由核宽度为 3 的卷积产生的，即一个隐藏层的神经元仅受到 3 个输入单元的影响。右图是由矩阵乘法产生的，其中输入与输出之间的连接是稠密的，每个输出神经元都会受到所有输入单元的影响。然而随着网络层数的加深，左图中未直接相连的输入神经元会间接影响输出神经元。

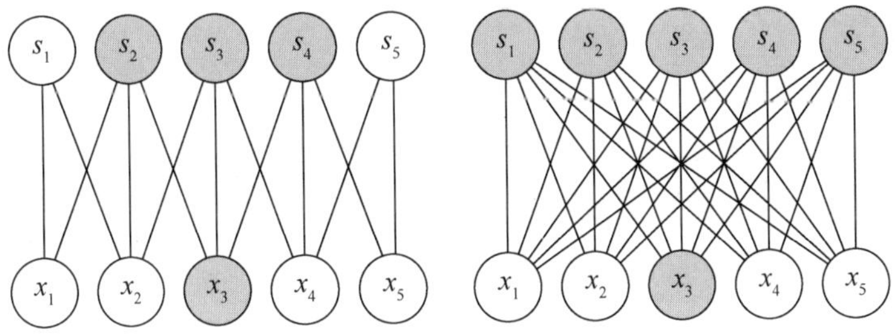

图 14－11　稀疏交互示例

资料来源：Goodfellow，2016.

2. 参数共享

参数共享是指在一个模型的多处运算中使用相同的参数。在传统神经网络中，每一层参数矩阵中的每个元素仅作用于一个输入，即参与一次运算。在卷积神经网络中，参数矩阵（即核函数）的每个元素重复作用于输入的每个位置。如图 14－12 所示，右图为传统神经网络，每个输入连接到所有输出，并且每条连接线上的参数各不相同，因此参数个数为输入神经元与输出神经元个数的乘积。左图为卷积神经网络，其中每个输入连接到 3 个输出，对应 3 个参数，并且这三个参数对于所有输入位置都是共享的，因此参数个数为 3，较之传统神经网络参数个数大大减少。因此，卷积神经网络在空间复杂度与时间复杂度方面都极大地优于稠密参数矩阵的传统神经网络。

下面举例说明稀疏交互与参数共享是如何显著提高计算效率的。图 14－13 展示了一个采用神经网络进行图像边缘检测的例子。左图是一幅 320×280 的图像，右图是左图中每个像素点减去它左边的邻居像素点得到的边缘检测图，因此右图为 319×280 的图像。

● 稠密矩阵乘法。假设采用传统的神经网络中的稠密矩阵相乘的方法从左图生成右图，则参数矩阵的维数为 320×280×319×280。因为每个输入需要与每个参数进行一次相乘，所有乘积需要一一相加，因此总共需要 320×280×319×280×2 次浮点运算。

● 稀疏矩阵乘法。事实上，右图中的每个像素点仅由原图中两个输入像素点共同决定，而不需要与全部输入像素点相关。因此，参数矩阵不需要设置为稠密矩阵，仅让原始图像中每两个相邻的像素点 $[x_{i-1}, x_i]$ 与一个稀疏矩阵 $[w_{i-1}, w_i]^T$ 相乘运算，即

$[x_{i-1}, x_i][w_{i-1}, w_i]^T$，便可以由原始图像生成右图。这种稀疏相乘的方式最终仅需要 319×280×2 个参数，即每个输出由两个输入和对应的参数生成。因为每个 $[x_{i-1}, x_i][w_{i-1}, w_i]^T$ 运算需要做两次乘法与一次加法运算，因此总共需 319×280×3 次浮点运算。

- 卷积运算。在稀疏矩阵乘法的基础上，令每个输出对应的系数矩阵参数都一样，即共享参数，则仅需要 2 个参数的核函数，浮点运算数量与稀疏矩阵的运算次数相同。

上述例子说明卷积操作通过将一个很小的局部参数矩阵应用到全部输入位置上，达到降低空间与时间复杂度的效果。

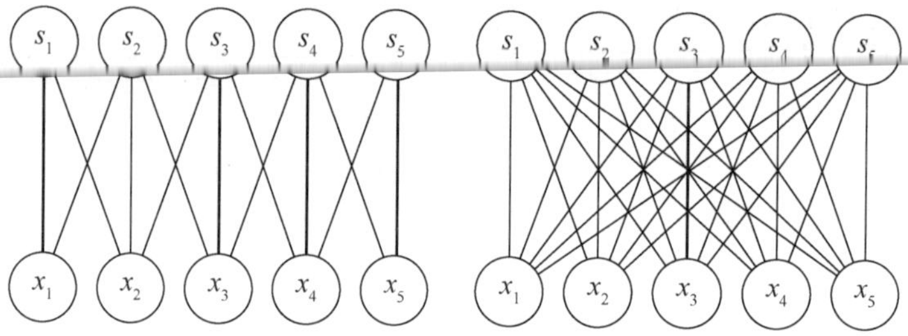

图 14－12　参数共享示例

资料来源：Goodfellow，2016.

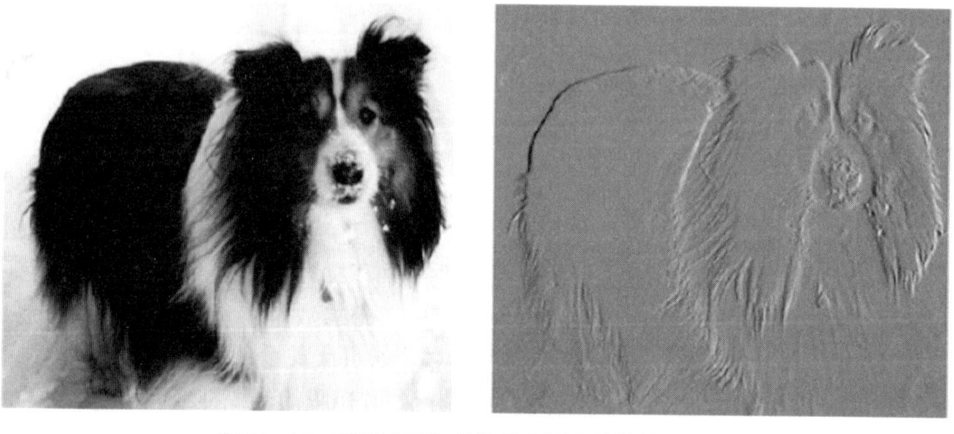

图 14－13　稀疏交互与参数共享提高计算效率示例

资料来源：Goodfellow，2016.

3. 等变表示

我们说函数 $f(x)$ 等价于函数 $g(x)$，当且仅当 $f(g(x))=g(f(x))$。卷积神经网络具有平移等价性，通常也叫做平移不变性，即将输入先平移变换位置再进行卷积运算，等价于先进行卷积运算再平移变换。这条性质非常有用。以二维图像为例，如果将图像中某个物体进行平移，那么经过卷积操作之后该物体在输出层中的表示也会移动相同量。因此，当需要对图像中某个物体进行检测时，例如检测人脸，无论人脸如何移动，最终都可以检测到它。然而，该性质也具有局限性，当识别需要考虑位置关系时，例如眉毛在脸的最上方，嘴巴在最下方，则将五官平移之后人脸的识别会发生错误。

14.8　案例十二：图像识别

图像识别的目标是让机器去识别图片中的物体。本章基于 CIFAR-10 数据集训练一个图像识别的卷积神经网络。CIFAR-10 数据集是深度学习鼻祖杰弗里·欣顿收集的一个用来做图像识别的训练数据集，包括 6 万张 32×32 彩色像素的图片，属于 10 个类别，分别是飞机、机动车、鸟、猫、鹿、狗、青蛙、马、船以及卡车，其中每个类别包含 6 000 个图片。整个数据集被划分为包含 5 万个图片的训练数据集和包含 1 万个图片的测试数据集。

本节采用高级神经网络 API 库 Keras 构建卷积神经网络模型对该数据集中的图片进行多分类建模。大概分为如下几步：

一、读入数据。Keras 提供了数据集加载函数。

```
from keras.datasets import cifar10
# 调用加载数据的函数加载数据
(X_train, y_train), (X_test, y_test) = cifar10.load_data()
print(X_train.shape)
print(X_test.shape)
print(y_train.shape)
print(y_test.shape)
```

```
(50000, 32, 32, 3)
(10000, 32, 32, 3)
(50000, 1)
(10000, 1)
```

二、数据预处理。

(1) 在数据预处理时，首先输入值从 [0, 255] 归一化为 [0, 1] 的值：

```
X_train = X_train.astype('float32')
X_test = X_test.astype('float32')
X_train /= 255
X_test /= 255
```

(2) 然后调用 to_categorical 函数将每个类别值转换成一个 10 维的 0/1 向量：

```
from keras.utils import np_utils
Y_train = np_utils.to_categorical(y_train, 10)
Y_test = np_utils.to_categorical(y_test, 10)
print(Y_train)
```

```
[[0. 0. 0. ... 0. 0. 0.]
 [0. 0. 0. ... 0. 0. 1.]
 [ 0. 0. 0. ... 0. 0. 1.]
 ...
 [0. 0. 0. ... 0. 0. 1.]
 [0. 1. 0. ... 0. 0. 0.]
 [0. 1. 0. ... 0. 0. 0.]]
```

三、构建一个两层的卷积神经网络。

（1）导入需要使用的 Keras 的包，并初始化一个序列模型。

```
from keras.models import Sequential
from keras.layers import Dense, Activation, Flatten
from keras.layers import Conv2D, MaxPooling2D
model = Sequential()
```

（2）添加通道数为 32，维度为 3×3 的卷积核，即 32 个 3×3 维度的卷积核，将 32×32×3 的输入图片进行 32 次卷积操作。

```
model.add(Conv2D(32, (3, 3), input_shape = X_train.shape[1:]))
```

其中 input_shape=(32，32，3)，表示输入为 32×32 个像素点的图片。每个像素点取值为 3，表示为 RGB 图像；若取值为 1，则表示为黑白图像。因为卷积操作为从左向右、从上到下遍历每个 3×3 输入子矩阵与卷积核元素对应相乘再相加，最右边与最下边各多余出两个元素不足以凑够 3 个将被丢弃。每个卷积核会对应一维输出，因此经过 32 个卷积核的操作，输出维度为 30×30×32。

（3）在第一层卷积操作之上添加池化层，池化操作的矩形大小为 2×2。

```
model.add(MaxPooling2D(pool_size = (2, 2)))
```

因为池化操作为从每 2×2 的矩阵中取一个最大值，因此经过该层操作，输出维度为 15×15×32。

（4）在第一层的池化操作之上，再添加一层包含 64 个 3×3 维度卷积核的卷积操作。

```
model.add(Conv2D(64, (3, 3)))
```

经过该层操作，因为最右边与最下边多余出两个元素不足以凑够 3 个被丢弃掉，以及经过了 64 个卷积核的操作，该层的输出维度为 13×13×64。

（5）在第二层的卷积操作之上，再添加一层矩形大小为 2×2 的池化操作。

```
model.add(MaxPooling2D(pool_size = (2, 2)))
```

经过该层操作，输出维度为 6×6×64，同样是因为每 2×2 矩阵中取一个最大值，并且将最右边与最下边多余出的一个元素丢弃掉。

（6）在两层的卷积、池化操作之上，添加两层全连接操作。

```
model.add(Flatten())
model.add(Dense(512))
model.add(Activation('relu'))
model.add(Dense(10))
model.add(Activation('softmax'))
```

第一句表示将两层卷积、池化操作的输出 6×6×64 维度的矩阵展开成一个 2 304 维度的一维向量。然后将其连接到维度为 512 维的全连接层，即每个输入与每个输出都存在连接。经过一个 relu 激活函数之后，再连接到维度为 10 的全连接层，最后经过 softmax 的操作，看做是 10 种不同类别的取值输出。

（7）最后调用 summary 函数打印模型的概况。

```
model.summary()
```

Layer (type)	Output Shape	Param #
conv2d_1 (Conv2D)	(None, 30, 30, 32)	896
max_pooling2d_1 (MaxPooling2	(None, 15, 15, 32)	0
conv2d_2 (Conv2D)	(None, 13, 13, 64)	18496
max_pooling2d_2 (MaxPooling2	(None, 6, 6, 64)	0
flatten_1 (Flatten)	(None, 2304)	0
dense_1 (Dense)	(None, 512)	1180160
activation_1 (Activation)	(None, 512)	0
dense_2 (Dense)	(None, 10)	5130
activation_2 (Activation)	(None, 10)	0

Total params: 1 204 682

Trainable params: 1 204 682

Non-trainable params: 0

四、确定学习的目标。

```
model.compile(loss = 'categorical_crossentropy',
          optimizer = 'rmsprop',
          metrics = ['accuracy'])
```

compile 函数设置了学习的目标，其中参数 loss 定义了损失函数，该例子中采用的是 categorical_crossentropy，优化的目标是真实类别与预测类别值分布之间的交叉熵，更多关于其他 loss 的选择参见 https://keras.io/losses/。参数 optimizer 指定了优化算法，该例子中采用的 rmsprop，其基本思想是引入一个衰减系数，让步长每回合都衰减一定的比例。更多关于其他 optimizer 的选择参见 https://keras.io/optimizers/。参数 metrics 是评价指标，该例子中采用的是 accuracy，即准确率，更多关于其他 metrics 的选择参见 https://keras.io/metrics/。

五、模型学习。

```
model.fit(X_train, Y_train, batch_size = 100, epochs = 20)
```

fit 函数基于输入的训练数据，包括输入特征和输出标签对模型的参数进行学习。训练参数 batch_size 指的是每次取多少数据让模型去进行一次小批量的优化学习。batch_size 太小，例如只有一个样本，则梯度每遇见一个样本就更新一次，会导致可能达不到全局最优解。batch_size 太大，例如全部样本，则梯度要在遍历完所有样本才更新一次，会导致收敛速度非常慢。因此，常用的手段是做小批量更新，即每次取一定数量的样本来更新模型。epochs 表示遍历整个数据集的遍数，一般要遍历几十遍才可能达到收敛的效果。

六、模型评估。调用 evaluate 函数对测试数据集 X_test 与 Y_test 进行评估，返回数组 score，其中第一维是模型的损失值，第二维是模型评估的精度。

```
score = model.evaluate(X_test, Y_test)
print('Test loss: ', score[0])
print('Test accuracy: ', score[1])
```

```
Test loss:  3.251046552276611
Test accuracy:  0.6678
```

七、模型的使用。使用 predict 函数对测试数据集 X_test 进行预测，得到预测标签存放在变量 result 中。

```
result = model.predict(X_test)
```

参考文献

[1] Warren S. McCulloch, Walter Pitts. A logical calculus of the ideas immanent

in nervous activity. The bulletin of mathematical biophysics 1943, 5 (4): 115-133.

[2] Vinod Nair, Geoffrey E Hinton. Rectified linear units improve restricted boltzmann machines. In Proceedings of the International Conference on Machine Learning, 2010: 807-814.

[3] Andrew L. Maas, Awni Y. Hannun, Andrew Y. Ng. Rectifier nonlinearities improve neural network acoustic models. In Proceedings of the International Conference on Machine Learning, 2013.

[4] Kaiming He, Xiangyu Zhang, Shaoqing Ren, Jian Sun. Delving deep into rectifiers: Surpassing human-level performance on imagenet classification. In Proceedings of the IEEE International Conference on Computer Vision, 2015: 1026-1034.

[5] LeCun, Yann, Léon Bottou, Yoshua Bengio, Patrick Haffner. Gradient-based learning applied to document recognition. Proceedings of the IEEE 86. 11, 1998: 2278-2324.

[6] Goodfellow, Ian, Yoshua Bengio, Aaron Courville. Deep learning. MIT press, 2016.

第 15 章 Kaggle 竞赛

在前面的章节中，我们学习了各种机器学习模型的基本原理和使用方法。这些理论和技术已经可以用于解决现实中存在的问题。学习的最好方式就是实践，学以致用，可以检验和巩固所学的知识；反过来，用以致学，又可以进一步完善和发展我们的学习。在数据分析和机器学习领域，网上有许多公开竞赛平台，上面发布了许多源于实际的数据分析或预测问题，亟待解决。在本书的最后一章，我们选取当前规模最大、最流行的 Kaggle 平台，向大家讲解如何使用学过的模型和编程知识来挑战 Kaggle 平台上发布的机器学习任务，利用平台提供的实战机会以及代码、讨论和微课程等各种学习资源，进一步扩展和深化学习。

15.1 Kaggle 平台简介

Kaggle（www.kaggle.com）是一个进行数据分析和预测竞赛的在线平台，成立于 2010 年 4 月，2017 年 3 月被谷歌公司收购。它提供举办机器学习竞赛、托管数据集、编写和分享代码等功能。

Kaggle 平台设立的初衷是：汇集全世界数据科学专家以及爱好者，使用公开竞赛的方式，为公司和研究者的数据分析与预测问题提供有效的解决方案。通常公司或科研院所拥有大量的数据分析任务和预测问题，找出这些问题最有效的解决方案需要耗费大量的人力和时间成本，所以公司或科研院所可以在平台上将这些问题发布成公开竞赛，设置高额的奖金，吸引全球优秀的数据科学家来比赛，通过这种“众包”的方式产生最好的解决方案。类似的数据科学竞赛平台还有 KDD-CUP、中国的天池、DataCastle 和 DataFountain 等。

Kaggle 是全球最大的数据科学家汇聚的平台，截至 2017 年 6 月，Kaggle 平台已经拥有超过 100 万个注册用户，分布在 194 个国家，包括刚入门的新手、享誉世界的顶级研究者和研究团队，例如 IBM Watson 以及 Google DeepMind。Kaggle 上的数据涉及领域广泛，有计算机科学、计算机视觉、生物、医药，甚至冰川学等。Kaggle 也曾经和 NASA、维基百科、德勤和好事达合作举办竞赛。例如，一项奖金高达 300 万美元的竞赛是 Heritage Health Prize，目的是通过病人看病、吃药及住院等数据预测明年病人住院的天数；另一项与微软合作的竞赛则旨在提高 Kinect 的手势识别精度；其他还包括艾滋病研究、棋牌评级和交通预测等。

Kaggle 平台提供了多项服务，如图 15-1 所示，主要包含以下几个板块：

图 15-1 Kaggle 平台提供的功能板块

● 竞赛区（Competitions）：这是 Kaggle 提供的第一个也是最主要的服务。公司及科研院所在这里发布竞赛题目，机器学习专家参加竞赛，以得出最好的解法。

● 数据集（Datasets）：Kaggle 从 2016 年 1 月上线了数据集服务，收集了许多公共的数据集，提供数据集的下载、介绍、相关代码以及论坛等服务。平台上的数据集五花八门，有蛋白质图像，也有拳击比赛结果等。

● 代码区（Notebooks）：提供一个用于数据科学和机器学习的云计算平台，参赛者在这里分享解决问题的模型代码。

● 讨论区（Discussion）：参赛者在这里分享自己的思路、困惑和结果等。

● 课程区（Courses）：提供有关数据科学与机器学习方面的短期微课程，如 Python、Pandas、数据可视化等。这些微课程所教授的内容并不深入，但其友好的界面和动手环境非常适合数据科学与机器学习初学者。

● 工作机会（Jobs）：各类公司或组织在这里发布机器学习和人工智能方面的工作职位的信息。

除此之外，Kaggle 还提供了一套用户晋级系统，用户级别从低到高分别是 novice，contributor，expert，master 和 grandmaster。依据用户在竞赛区、代码区和讨论区中分别完成的数量和质量进行评级，用户累积了足够的奖章后就可以升级。

15.2 Kaggle 竞赛简介

Kaggle 平台上提供了多种不同类型的竞赛。从参赛者的角度看，竞赛种类有：

● 特色比赛（Featured）：针对商业问题而设的有奖金的公开竞赛。通常由公司、组织甚至政府赞助，奖金池最大。如果赢得比赛，不但可以获得奖金，模型也可能会被竞赛赞助商应用到商业实践中。

● 研究型比赛（Research）：研究方向的竞赛。通常是机器学习前沿技术或者公益性质的题目，只有很少或没有奖金，也有一部分以会议邀请、发表论文的形式给予奖励。

● 入门比赛（Getting Started）：为新手入门准备的练习赛。其结构和特色比赛类似，但没有奖金。有更简单的数据集、大量教程和滚动的提交窗口可以随时提交结果。三个最经典的入门比赛是：泰坦尼克号乘客生还预测、房价预测、手写数字识别。

● 游乐场比赛（Playground）：以趣味性为主的题目，比如猫狗照片分类的问题等，难度比入门比赛高一级。通常提供相对简单的机器学习任务，同样面向新手和对低奖金的新类型问题感兴趣的参赛者。奖金是荣誉奖品或者小额现金。

● 人才征募比赛（Recruitment）：由想要招聘数据科学家或算法设计人才的公司赞助的竞赛。只允许个人参加，不接受团体报名。

● 课业比赛（In Class）：用于课程项目作业或考试。有些会设为公开比赛，也有些仅供学校内部教学使用。

除此之外，还有大师邀请赛（Master）、前沿探索型比赛（Kaggle Prospect）等非公开的竞赛。

第一次参加 Kaggle 竞赛需要首先在平台上注册一个账号，否则只能浏览平台上的各种信息，无法下载数据和提交结果等。注册了账号并通过邮箱验证之后，就可以选择平台上感兴趣的竞赛。新手可以先选择一个入门比赛来练手，掌握参加竞赛基本的流程并学习一些技巧。

点开所选竞赛的主页，如图 15-2 所示，首先阅读该竞赛的规则（即 Rules 选项卡），并同意所有的比赛规则。Overview 选项卡中有关于该竞赛的总体描述（Description）以及结果评价指标（Evaluation）等。Data 选项卡是供下载的数据集文件及其说明，在此查看并下载数据集。数据集大多是 csv 格式的文件，分成训练集和测试集。

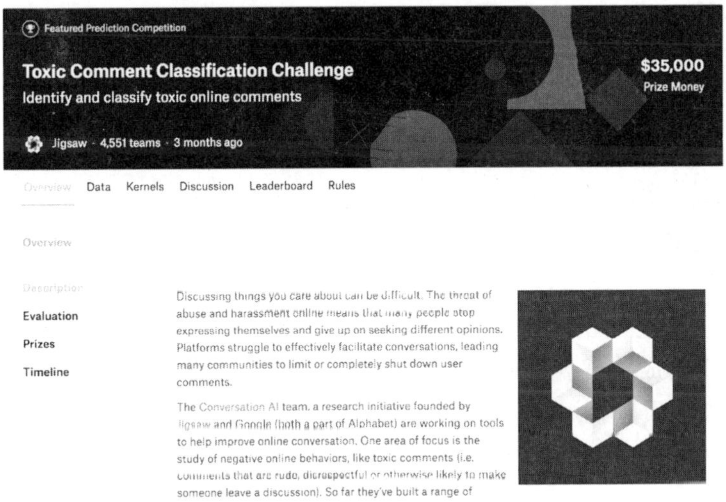

图 15-2　一个 Kaggle 竞赛的主页

下载完数据集之后，就可以使用自己所擅长的任何语言或者算法来构建模型，完成所要求的任务。用训练集对模型做训练，可以预留出一部分数据做验证集，用来评价模型的泛化性能，以筛选模型或者寻找模型的最优超参数。

最后用训练好的模型对测试集中的数据进行预测，产生结果，生成一个测试集上的预测结果文件。预测结果文件的具体格式，每个竞赛会给出说明甚至给出一个示例提交文件，通常也是 csv 文件。然后可以通过点击竞赛主页上的“Submit Predictions”按钮提交预测结果文件。

Kaggle 系统会按照比赛所设定的统一的评价指标对所提交的预测结果计算得分，并按得分高低给出排名，排名结果显示在“Leaderboard”中。需要注意的是，每个 Kaggle 竞赛有两个 Leaderboard，即 Public Leaderboard 和 Private Leaderboard，如图 15-3 所示。具体而言，参赛选手提交整个测试集的预测结果，Kaggle 只使用测试集的一部分数据（通常是 25%或 30%左右，具体比例值在创建比赛时设定）计算得分和排名，实时显示在 Public Leaderboard 上，用于给选手提供及时的反馈和动态展示比赛的进行情况；测试集的剩余部分数据（例如 75%或 70%）用于计算参赛选手的最终得分和排名，在比赛结束后才会揭晓，显示在 Private Leaderboard 上。用于计算 Public Leaderboard 和 Private Leaderboard 的数据有不同的划分方式，具体视比赛和数据的类型而定，一般有随机划分、按时间或按一定规则划分等。

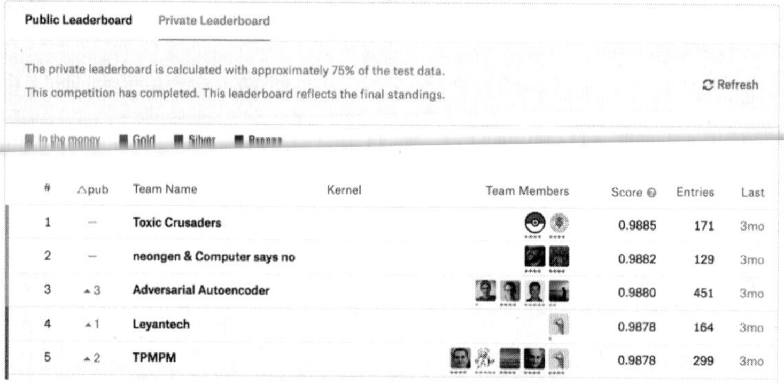

图 15-3　竞赛的 Public Leaderboard 和 Private Leaderboard

Kaggle 竞赛允许单人或者多人组成团队参赛。竞赛通常会限制每队的人数上限，以及每队每日最多可以提交的结果文件的数量（例如不能超过 5 个）。关于组队，建议先单人参加比赛，进行数据探索和模型构建，在比赛后期（如比赛结束前 2～3 周，注意必须在比赛所设置的团队合并最后期限前）合并成一个团队，以充分发挥群智的效果（类似于模型集成，模型差异性越大，越有可能提升效果，超越单个人的模型）。当然也可以在参加比赛前就组好队，这样方便分工协作、讨论问题和碰撞火花等。

15.3　Kaggle 竞赛案例分析：泰坦尼克号乘客生还预测

本节通过最经典的 Kaggle 入门竞赛，泰坦尼克号乘客生还预测（Titanic：Machine Learning from Disaster，https://www.kaggle.com/c/titanic），讲解如何综合运用前面所学来完成一个 Kaggle 竞赛任务。

完成一个竞赛的完整流程通常包括以下几个步骤：

（1）问题理解。理解问题的设定，明确任务目标。

（2）数据理解。包括导入数据，查看数据的基本信息，使用可视化进行探索性数据分析（exlporatory data analysis，EDA）。

（3）数据预处理。包括处理缺失值、异常值，进行数据类型转换和数值缩放等。

（4）特征工程。选择出重要的特征，也可以构造一些新的特征。

（5）基本模型构建。选择某种机器学习模型，构建并训练模型，以及调节最优参数。

（6）模型集成。为进一步改善单模型的效果，可以将多个模型集成起来，降低最终模型的偏差和方差。

（7）模型使用。使用模型对测试数据进行预测，并按照要求的格式生成预测结果文件。

15.3.1　问题理解

泰坦尼克号的沉没是历史上最著名的沉船事件之一。1912 年 4 月 15 日，泰坦尼克号在处女航中与一座冰山相撞后沉入海底。船上共有 2 224 名乘客和船员，其中 1 502 人遇难。这一悲剧举世震惊，沉船导致如此多的人遇难的一个主要原因是泰坦尼克号上没有配备足够多的救生艇。尽管能否生还有运气的成分，但某些类别的人比其他类别的人生还的可能性更大些，如妇女、儿童和上层阶级等。

泰坦尼克号乘客生还的预测是数据科学竞赛平台 Kaggle 上最经典的入门竞赛之一。它是一个二分类问题，要求根据乘客的相关信息，如性别、年龄、船舱等级等，来预测其是否会生还。

15.3.2　数据理解

一、导入数据。该竞赛用的数据（https://www. kaggle. com/c/titanic/data）分为训练数据和测试数据，分别存储在两个 csv 文件中，即 train. csv 和 test. csv，可以使用 Pandas 库中的 read_csv 读入。

```
# 先导入 pandas 库
import pandas as pd
# 读入数据。有两个数据集:训练数据集和测试数据集,假设下载后存放在当前目录下
trainData = pd.read_csv("train.csv")
testData = pd.read_csv("test.csv")
```

要将在训练集上训练好的模型最后应用在测试集上，需要对训练数据和测试数据做相同的预处理，即做相同的特征转换和抽取等。为了方便后面的预处理，可以先把两个数据集合成一个数据集。

```
# 合并数据集,方便同时对两个数据集进行相同的预处理
fullData = trainData.append(testData, ignore_index = True)
```

二、查看数据信息。在使用数据训练模型之前需要先了解数据，包括查看一些样例数据，以及数据集的基本信息，如包含多少行和多少列、每列的数据类型和值的分布等。

```
# 显示前 5 行数据
fullData.head()
```

	PassengerId	Survived	Pclass	Name	Sex	Age	SibSp	Parch	Ticket	Fare	Cabin	Embarked
0	1	0	3	Braund, Mr. Owen Harris	male	22.0	1	0	A/5 21171	7.2500	NaN	S
1	2	1	1	Cumings, Mrs. John Bradley (Florence Briggs Th…	female	38.0	1	0	PC 17599	71.2833	C85	C
2	3	1	3	Heikkinen, Miss. Laina	female	26.0	0	0	STON/O2. 3101282	7.9250	NaN	S
3	4	1	1	Futrelle, Mrs. Jacques Heath (Lily May Peel)	female	35.0	1	0	113803	53.1000	C123	S
4	5	0	3	Allen, Mr. William Henry	male	35.0	0	0	373450	8.0500	NaN	S

另外，可以用于显示样例数据的函数还有 tail() 和 sample()。例如，可以使用 fullData.tail(5) 显示最后 5 行，fullData.sample(10) 显示随机抽取的 10 行等。

```
# 显示行数和列数
print('训练数据集:', trainData.shape, '测试数据集:', testData.shape)
print ('合并后的数据集:', fullData.shape)
```

```
训练数据集:(891, 12) 测试数据集:(418, 11)
合并后的数据集:(1309, 12)
```

可以看到训练集中有 891 行数据，即 891 名乘客的信息。每名乘客由 12 列特征来描述：

- PassengerId：乘客编号
- Survived：是否生还（0 代表未生还，1 代表生还）
- Pclass：船舱等级
- Name：乘客姓名
- Sex：乘客性别
- Age：乘客年龄
- SibSp：乘客在船上的兄弟姐妹及配偶数量

- Parch：乘客在船上的父母和子女数量
- Ticket：船票编号
- Fare：票价
- Cabin：舱位
- Embarked：登船港口

测试集中有 418 行（即 418 名乘客）。训练集和测试集合起来总共有 1 309 行。测试集的所有列与训练集都一样，除了不含有 Survived 列，即我们要预测的那一列，所以测试集比训练集少一列。

可以使用 info() 显示每列的数据类型和非空值的个数等。

```
# 显示所有列的数据类型和非空值的个数
fullData.info()
```

```
<class 'pandas.core.frame.DataFrame'>
RangeIndex: 1309 entries, 0 to 1308
Data columns(total 12 columns):
Age            1046 non-null float64
Cabin          295 non-null object
Embarked       1307 non-null object
Fare           1308 non-null float64
Name           1309 non-null object
Parch          1309 non-null int64
PassengerId    1309 non-null int64
Pclass         1309 non-null int64
Sex            1309 non-null object
SibSp          1309 non-null int64
Survived       891 non-null float64
Ticket         1309 non-null object
dtypes: float64(3), int64(4), object(5)
memory usage: 122.8+ KB
```

可以看到，12 列中有 7 列是数值型特征（其中 PassengerId，Pclass，SibSp，Parch 列是整数类型，Age，Survived 和 Fare 列是小数类型），5 列是非数值型特征（即 Name，Sex，Ticket，Cabin 和 Embarked）。一些列，如 Age，Cabin，Fare 和 Embarked，非空值的个数小于 1 309，说明这些列中存在缺失值。其中 Age 列和 Cabin 列的缺失值较多，Embarked 列有两个缺失值，Fare 列只有一个缺失值。我们后面进行数据预处理时再讨论如何处理缺失数据。

对于数值型特征（整数或小数），可以使用 describe() 显示每列的基本描述统计信息，如最大值、最小值、均值、标准差和计数等。

```
# 显示数值型特征列的描述统计信息
fullData.describe()
```

	Age	Fare	Parch	PassengerId	Pclass	SibSp	Survived
count	1046.000000	1308.000000	1309.000000	1309.000000	1309.000000	1309.000000	891.000000
mean	29.881138	33.295479	0.385027	655.000000	2.294882	0.498854	0.383838
std	14.413493	51.758668	0.865560	378.020061	0.837836	1.041658	0.486592
min	0.170000	0.000000	0.000000	1.000000	1.000000	0.000000	0.000000
25%	21.000000	7.895800	0.000000	328.000000	2.000000	0.000000	0.000000
50%	28.000000	14.454200	0.000000	655.000000	3.000000	0.000000	0.000000
75%	39.000000	31.275000	0.000000	982.000000	3.000000	1.000000	1.000000
max	80.000000	512.329200	9.000000	1309.000000	3.000000	8.000000	1.000000

如上所示，乘客中年龄最大的 80 岁，年龄最小的不满半岁。通过描述统计信息还可以观测出一些明显的异常值，例如大于 200 的年龄肯定是异常值。

对于类别特征（即取值范围是有限个离散值，可以是数值型的离散值也可以是字符串），我们可以使用 value_counts() 查看该特征列所有不同取值的个数。首先可以查看一下训练集中待预测的目标列（即 Survived 列）中各种类别的出现次数，以判断是否存在类别非常不平衡的问题，比如正例的发生次数非常少。对类别分布非常不均衡的情况，需要采取一些措施，例如过采样或欠采样，才能取得较好的预测效果。

```
# 显示待预测列中各种类别值及其出现次数
trainData["Survived"].value_counts()
```

```
0     549
1     342
Name: Survived, dtype: int64
```

训练集的 891 名乘客中，549 人没有生还，342 人生还，类别分布基本均衡。也可以如下直接显示出每种类别所占的比例。

```
# 显示待预测列中各种类别值及其出现次数占总次数的比例
trainData["Survived"].value_counts(normalize = True)
```

```
0     0.616162
1     0.383838
Name: Survived, dtype: float64
```

三、探索性数据分析。除用以上方法概览数据的一些基本信息之外，还可以使用可视化技术对数据进行更深入的探索性分析，发现数据中的模式、异常或关系等。例如，绘制直方图或密度图来观察单个特征列的值的分布；绘制散点图来发现两个特征列或者一个特征列和目标列之间的关联关系。分析结果可用作进一步处理数据和特征选择的依据。

常用的可视化 Python 库有 Matplotlib 和 Seaborn，其中 Seaborn 是在 Matplotlib 的基础上进行了更高级的封装，作图更方便快捷，代码更加简单，图形更加美观。下面主要以 Seaborn 库示例如何对数据进行可视化分析。使用 Seaborn 之前要先导入该库。

```
# 先导入 seaborn 库
import seaborn as sns
%matplotlib inline
```

在泰坦尼克号训练数据集的 12 列中，除了要预测的目标列 Survived 和用于标识每个乘客的编号列 PassengerId，其他 10 个特征列中，Age 和 Fare 是连续变量，Pclass，SibSp，Parch，Name，Sex，Ticket，Cabin 和 Embarked 是离散变量（其中 Pclass，SibSp，Parch 列是整数型，Name，Sex，Ticket，Cabin 和 Embarked 是字符串型）。

（1）单变量可视化。对于单变量，我们主要想了解其值的分布情况。

分类变量值的分布情况可以使用 countplot()（计数图，类似一个分类直方图）来展示变量每个取值的出现次数。下面使用计数图将 Survived 列值的分布情况展示出来。

```
# 可视化 Survived 列值的分布情况
sns.countplot(trainData.Survived)
```

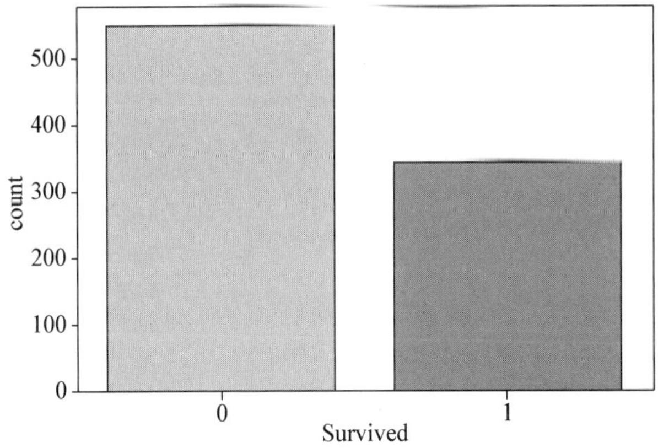

连续变量值的分布情况，可以使用直方图，也可以用概率密度函数来刻画。例如，可以使用 kdeplot()（核密度估计图）来展示一个连续变量的数据分布情况。下面使用核密度估计图展示 Age 列数据的分布情况。可以看到乘客的年龄基本呈一个均值为 20～30 的正态分布。

```
# 可视化 Age 列值的分布情况
sns.kdeplot(trainData.Age)
```

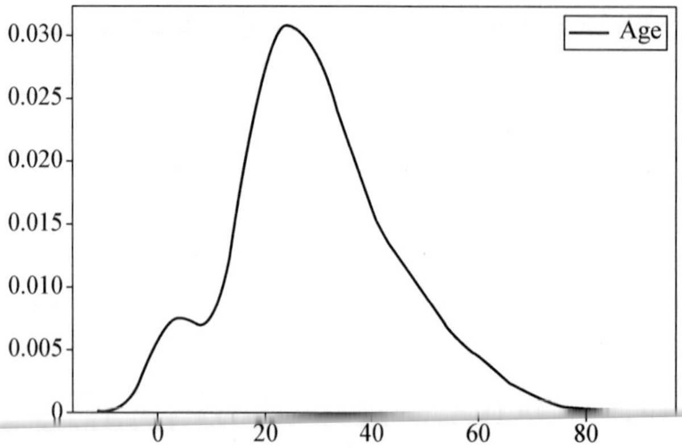

另外，Seaborn 中还提供了功能更强大的 distplot()（分布图），可以绘制出许多其他的近似分布。缺省地，distplot 直接绘制出需要的直方图及对应的核密度估计图。如下所示，用 distplot 绘制出 Fare 列值的分布情况。可以看到大部分船票价格在 50 美元以下。

```
# 可视化 Fare 列值的分布情况
sns.distplot(trainData.Fare)
```

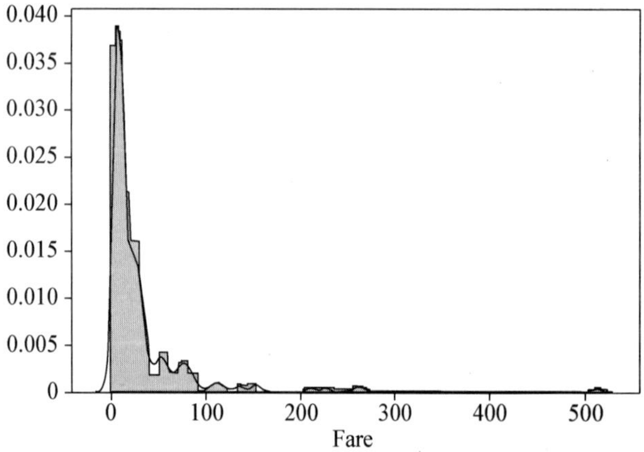

（2）两个变量的可视化。两个变量的联合分布最常用散点图的形式进行可视化。Seaborn 里提供了 jointplot()（联合图）可以方便地可视化两个数值型变量的联合分布。例如，下面可视化 Age 和 Fare 两个变量的联合分布情况。如果在 jointplot 函数调用中增加一个参数 **kind = "kde"**，则会展示为二维核密度图而不是散点图的形式。

```
# 可视化 Age 和 Fare 两列值的联合分布情况
sns.jointplot(x = "Age", y = "Fare", data = trainData)
```

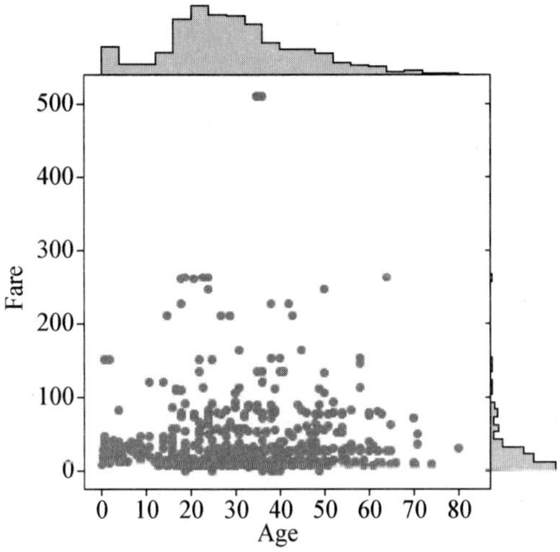

Seaborn 里提供的 pairplot() 可以同时绘制出数据集中所有数值型变量两两之间的联合分布图，如下所示，其中对角线上是单变量的分布直方图。

```
# 可视化所有数值型列之间的两两联合分布情况
sns.pairplot(trainData)
```

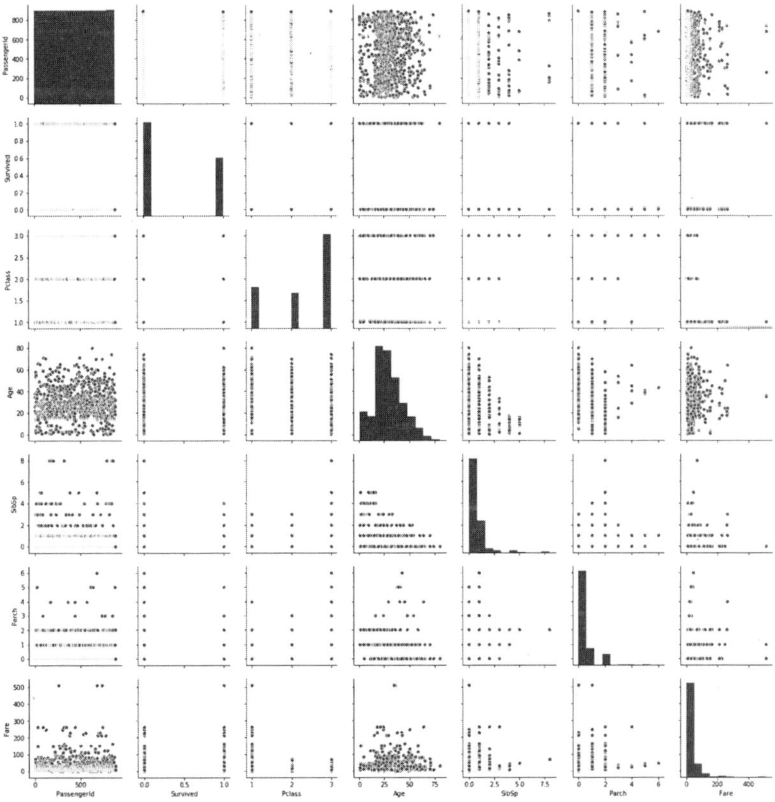

除了解变量值的分布情况，更重要的是要了解变量之间的关系，有助于做特征变换和特征选择。在解决预测问题中，我们更想知道每个特征变量和目标变量之间的相关性，从而选择可能会对预测产生较大影响的特征进行建模。通过两个变量的散点图可以观察到变量之间的一些关系，比如是否具有线性相关性等。泰坦尼克号乘客生还预测是个二分类任务，目标变量 Survived 是一个二值类别型变量。通过上面显示的散点图（即第二行）很难观察出其他变量和它的相关性，或者说对其的预测能力。下面使用一些其他可视化图形来进一步观察每个特征变量对预测 Survived 的影响。

首先，对于连续变量 Age 和 Fare，可以绘制出它们在不同预测类别中（即 Survived 的不同取值时）值的分布情况（核密度估计图），来观察这些变量在不同类别中的分布是否有较大差异。

```
# 可视化 Age 与 Survived 不同取值的关系
sns.kdeplot(trainData["Age"][trainData.Survived == 0], color = "Red", shade = True, label = 'Not Survived')
sns.kdeplot(trainData["Age"][trainData.Survived == 1], color = "Blue", shade = True, label = 'Survived')
```

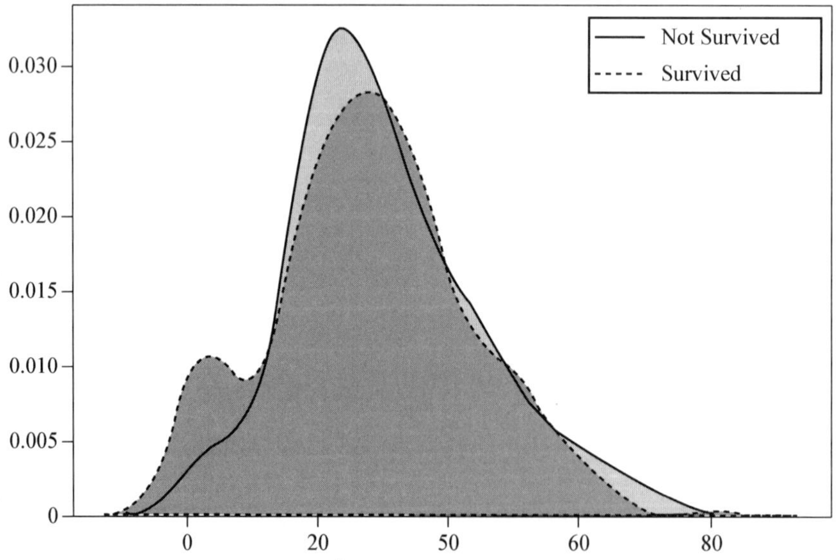


```
# 可视化 Fare 与 Survived 不同取值的关系
sns.kdeplot(trainData["Fare"][trainData.Survived == 0], color = "Red", shade = True, label = 'Not Survived')
sns.kdeplot(trainData["Fare"][trainData.Survived == 1], color = "Blue", shade = True, label = 'Survived')
```

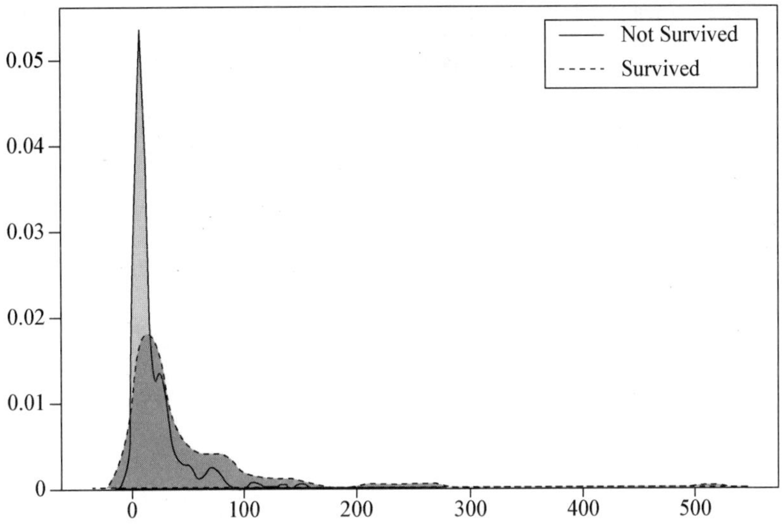

从上面两张图中可以看出：

● 生还的乘客和未生还的乘客的年龄分布具有明显的不同，大部分乘客的年龄都集中在 20～40 岁之间，而生还的乘客年龄有两个峰值段，年龄较小（0～8 岁）和年龄中等（20～35 岁）。

● 票价（Fare）在生还的乘客和未生还的乘客中的分布较为相似，只是未生还的乘客的 Fare 值更集中些。

其次，对于取值范围是少数有限个值的离散变量 Pclass，Sex，Embarked，SibSp 和 Parch，可以用 barplot()（分类条形图）来可视化它们不同取值下的生还率是否有较大差异。缺省地，barplot 对 y 轴数据使用的统计估计函数是求均值函数。因为 Survived 列只有两个可能的取值，0 表示未生还，1 表示生还，所以 Survived 列的平均值恰好就是生还人数占总人数的比例，即生还率。下面我们将五个变量的条形图放在一起展示。

```
import matplotlib.pyplot as plt

fig,axes = plt.subplots(2, 3, figsize = (15,10))
# Pclass 列的不同取值下的生还率
sns.barplot(x = 'Pclass', y = 'Survived', data = trainData, ax = axes[0,0])
# Sex 列的不同取值下的生还率
sns.barplot(x = 'Sex', y = 'Survived', data = trainData, ax = axes[0,1])
# Embarked 列的不同取值下的生还率
sns.barplot(x = 'Embarked', y = 'Survived', data = trainData, ax = axes[0,2])
# SibSp 列的不同取值下的生还率
sns.barplot(x = 'SibSp', y = 'Survived', data = trainData, ax = axes[1,0])
# Parch 列的不同取值下的生还率
sns.barplot(x = 'Parch', y = 'Survived', data = trainData, ax = axes[1,1])
```

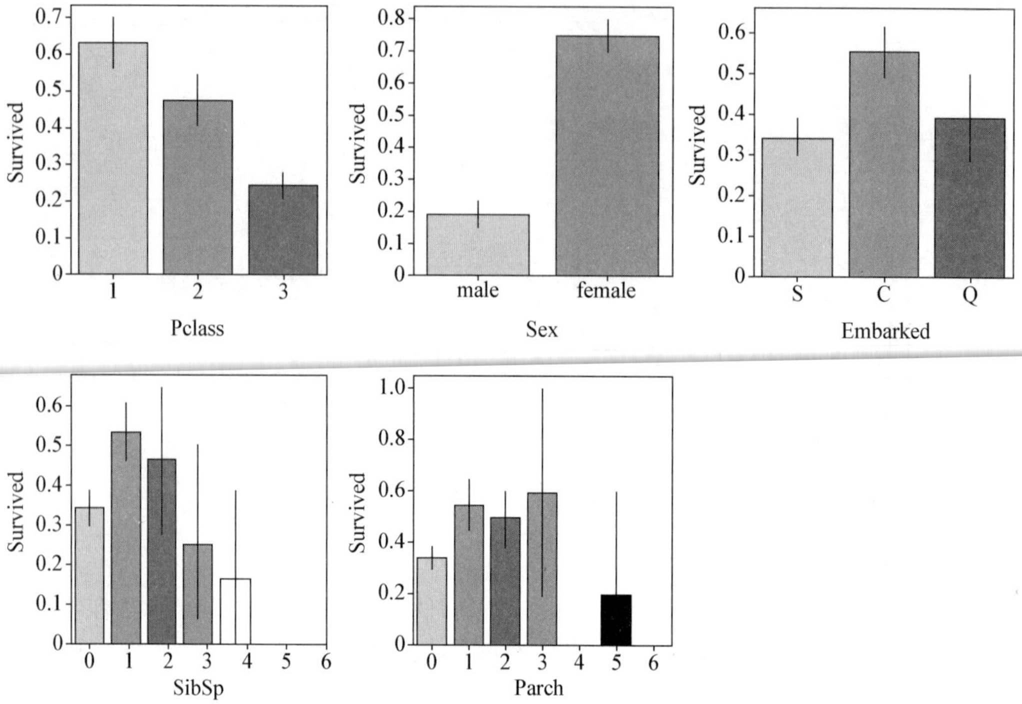

从上面五幅分类条形图中可以看出：

- 不同阶层（Pclass）乘客之间的生还率差别较大，阶层越高，乘客的生还率越大。
- 女性的生还率远大于男性，说明性别（Sex）对生还率的影响很大。
- 登船港口（Embarked）有三个值：S 是出发港口英国南安普敦（South Ampton），C 和 Q 分别是两个途经的港口，即法国瑟堡（Cherbourg）和爱尔兰昆士敦（Queens town），在途经港口上船的乘客生还率更高些。
- SibSp 和 Parch 对生还率有一定的影响，船上父母子女或者兄弟姐妹和配偶数量较少的乘客生还率更高。

（3）两个以上变量的可视化。在 Seaborn 提供的许多绘图函数中，除了传入参数 x 和 y 之外，还可以传入参数 hue，就可以多增加一个可视化数据的维度。如下所示，我们使用 pointplot()（点图）可视化特征变量 Pclass、Sex 和目标变量 Survived 之间的关系。点图与条形图的主要差别在于，点图不绘制完整的条形，只绘制点估计值和置信区间（误差棒），并连接同一个类别变量的不同值的点，这样方便通过斜率来识别变化趋势的差异。

```
# Pclass 和 Sex 对生还率的联合影响
sns.pointplot(x = 'Pclass', y = 'Survived', hue = 'Sex', data = trainData)
```

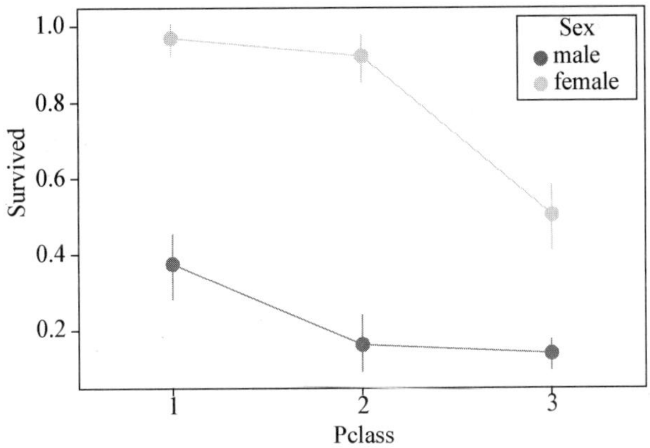

从上图中可以看出，无论是在哪个阶层，女性的生存率都远大于男性，而且随着阶层的下降（即 Pclass 值的增加），男性和女性的生存率都是递减的。

15.3.3 数据预处理

理解完数据之后，在构建机器学习模型之前，还需要对数据进行预处理，即对数据做清洗和转换，以便输入到机器学习模型中。常见的数据预处理包括：异常值处理、缺失值处理、特征编码转换和特征值缩放等。

(1) 异常值处理。异常值，即数据集中不合理的值，又称离群点。

检测异常值的方法有很多。前面对列进行简单的描述统计分析，可以看出一列中是否存在异常值。另外，用于可视化数据分布概况的箱线图提供了一个识别异常值的标准，即大于或小于设定的上下界的数值为异常值。箱线图中上界和下界的估计一般分别为高于上四分位数和低于下四分位数 1.5 倍的上下四分位数间差距的值（1.5 是缺省的参数值，可以设为其他值）。如下所示，箱线图中最上面和最下面的两条直线就是估计的上下界，高于上界和低于下界的点被视为异常值。

```
# 用箱线图检查 Age 和 Fare 列中的异常值
fig,axes = plt.subplots(1, 2, figsize=(10,5))
sns.boxplot(y='Age', data=trainData, ax=axes[0])
sns.boxplot(y='Fare', data=trainData, ax=axes[1])
```

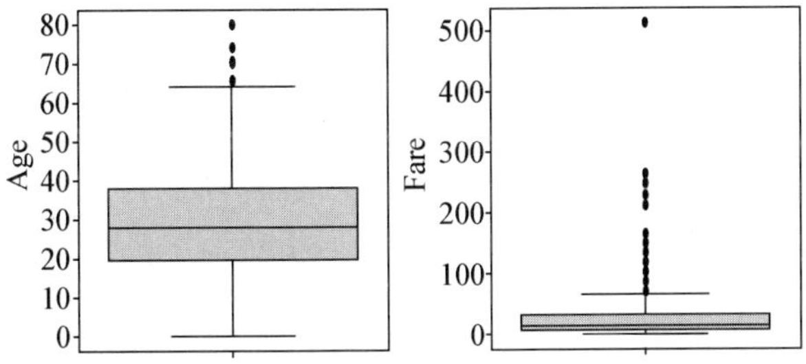

从上面分别关于 Age 列和 Fare 列数据分布的箱线图可以看出：

- 相比于 Age，Fare 列的数据更集中一些；
- Age 列有几个异常值，是年龄较大的乘客，但这也是正常的，不用处理；
- Fare 中有一个大于 500 的极端值，可以考虑处理。

如果发现有异常值，可以考虑删除该样例；或者把异常值视为缺失值，用下面所讲的填充缺失值的方法填充一个新值；也可以不处理。具体到 Fare 列中的大于 500 的异常值，我们可以不处理，或者将其替换为 Fare 列的中位数。

(2) 缺失值处理。大部分机器学习模型要求输入的特征列中不含空值，即缺失值。所以在数据清洗时，需要检查数据集中是否有缺失值，并做相应的处理。

前面我们通过 info() 函数查看每列的类型和非空值的个数等基本信息时，可以从每列中非空值的个数推断出该列是否有缺失值。也可用下面的方法直接显示每列缺失值的情况。

```
# 显示每列缺失值的个数
fullData.isnull().sum()
```

```
Age             263
Cabin          1014
Embarked          2
Fare              1
Name              0
Parch             0
PassengerId       0
Pclass            0
Sex               0
SibSp             0
Survived        418
Ticket            0
dtype: int64
```

可以看到，训练集和测试集中共有 4 列有缺失值，即 Age，Cabin，Embarked 和 Fare。其中，Cabin 中大部分值缺失，Embarked 和 Fare 只有一两个值缺失。

对于缺失值，一般有以下几种处理方法：

- 如果样本量很大，且只有很少的缺失值，可以考虑删除含缺失值的样例。
- 如果一个特征列包含太多缺失值，对预测又不是特别重要，可以考虑删除该特征列，例如本例中的 Cabin 列。
- 填充缺失值。缺失值的填充策略有很多种：

填充为随机值。这是最简单的一种策略。在一些应用中，将空值填充为随机值之后，并不改变其整体的数值分布。

填充为该列的均值、中位数或众数（即最频繁出现的值）。本例中，我们可以分别使用均值和众数来填充 Age 和 Embarked 列的缺失值，即将缺失的年龄填充为所有乘客的平均年龄，缺失的登船港口填充为大部分乘客登船的港口。

填充为一个表示缺失的值，因为缺失本身也可能代表一些隐含信息。例如，本例中，舱位 Cabin 的缺失可能代表就没有船舱，所以我们可以用一个该列中不存在的值“U”来填充这些空值，来代表没有船舱这一信息。

填充为相似样例的该列值。这一策略比直接填充为所有样例的均值、中位数或众数更合理准确，但也更复杂。例如，本例中，我们可以从乘客的姓名中提取出其称谓，如 Mr.，Mrs.，Miss，Dr. 等，然后用具有相同称谓的乘客的平均年龄来填充缺失的 Age 值，这样肯定会更准确些。甚至还可以使用一种机器学习模型（如随机森林）来预测缺失的 Age 值，即考虑更多（甚至所有）特征的相似性来得到尽可能准确的 Age 值。

本例中对缺失值的处理如下所示：用一个特定值“U”填充 Cabin 列的缺失值；用均值填充 Age 列的缺失值；用中位数填充 Fare 列的缺失值；用众数填充 Embarked 列的缺失值。也可以尝试其他的处理策略。

```
# 用一个特定值'U'填充 Cabin 列的缺失值
fullData.Cabin.fillna('U', inplace = True)
```

```
# 用均值填充 Age 列的缺失值
fullData.Age.fillna(fullData.Age.mean(), inplace = True)
```

```
# 用中位数填充 Fare 列的缺失值
fullData.Fare.fillna(fullData.Fare.median(), inplace = True)
```

```
# 先用 value_counts 查看 Embarked 列中出现最频繁的值
fullData.Embarked.value_counts()
```

```
S     914
C     270
Q     123
Name: Embarked, dtype: int64
```

```
# 用最频繁的值'S'填充 Embarked 列的缺失值
fullData.Embarked.fillna('S', inplace = True)
```

最后，可以再使用 fullData.info() 或者 fullData.isnull().sum() 查看一下，确定已经没有缺失值了。

（3）特征编码转换。大部分机器学习模型只能处理数值型数据，所以非数值型特征需要转换为可供模型计算的数值型编码。

根据特征列的值是否为数字，可以将其分为数值型（包括整数和小数）和非数值型（如字符类型）两大类。另外，根据取值范围是有限的几个值还是无限个可能值，可以将特征列分为类别型（或者称为离散型）和连续型两种。例如，在泰坦尼克号数据集中，除去 PassengerId 和 Survived 列，其余 10 列可以划分到下面四类中：

- 类别数值型：Pclass，SibSp，Parch；
- 类别非数值型：Sex，Embarked；
- 连续数值型：Age，Fare；
- 连续非数值型：Name，Cabin，Ticket。

连续非数值型特征常常是一些取值为字符串的变量，如这里的 Name，Cabin 和 Ticket，甚至有可能是长文本。要把这种数据转换为机器学习模型能接受的数值类型，一般要从这些列中进一步提取出一些离散特征，并编码成数字。我们将在下面的特征工程部分介绍转换 Name，Cabin 和 Ticket 列的具体方法。对于长文本类型列的转换，可以参考前面垃圾短信分类案例中的特征提取和转换方法。

连续数值型特征，如 Age 和 Fare，可以不做任何转换。如果所使用的机器学习模型是基于距离计算的，则需要做数值缩放，或者采用数值离散化（即分组）方法转换成类别型特征，以使其和其他特征列的取值范围相近。具体讨论见下面的特征值缩放部分。

类别非数值型特征，可以使用 Pandas 中的映射函数 map() 或者 Scikit-learn 中提供的 LabelEncoder 转换器先将其转换成数字。如下所示，Sex 列的两个值“male”和“female”分别转换成了 1 和 0。

```
# 将 Sex 列的值转换为 0 和 1
fullData.Sex = fullData.Sex.map({'female':0, 'male':1})
```

同样 Embarked 列也可以用类似的方法将三个字符值“S”“C”“Q”分别转换成三个数字。但是直接将类别值转换成几个数字通常并不足够，因为数字之间有大小和顺序关系，而它们所代表的类别值之间是无序的，也没有大小关系。因而，为了使模型中计算的距离更合理，一般应该将其转换为独热编码，即一个 N 值特征列被转换为 N 个二值（取值为 0 或 1）特征列，每列对应一个类别值。

可以使用 Pandas 中的 get_dummies() 函数或者 Scikit-learn 中提供的 OneHotEncoder 或 LabelBinarizer 转换器将类别型的特征列直接转换成独热编码。如下所示，Embarked 列被转换为独热编码。Embarked 列有三个不同取值，转换为独热编码后，生成了三个二值特征列 Embarked_C，Embarked_Q 和 Embarked_S，可以去掉第一列，因为它是冗余的，其值可以由其他两列值推断出。然后再把新生成的两列 Embarked_Q 和 Embarked_S 拼接到原数据集中，则原数据集变成了 14 列。

```
# 将 Embarked 列的值转换为独热编码
embDf = pd.get_dummies(fullData.Embarked, prefix='Embarked', drop_first=True)
# 将独热编码后的多个列拼接到原数据中
fullData = pd.concat([fullData, embDf], axis=1)
```

Sex 列因为是二值的，直接被映射成 0 和 1 就已经是独热编码了。对于其他类别数值型特征，要更准确地计算其类别间的距离，也需要将它们转换成独热编码，例如，Pclass 也可以按如下方法转换成独热编码。

```
# 将 Pclass 列的值转换为独热编码
pclassDf = pd.get_dummies(fullData.Pclass, prefix='Pclass', drop_first=True)
# 将独热编码后的多个列拼接到原数据中
fullData = pd.concat([fullData, pclassDf], axis=1)
```

SibSp 和 Parch 列值都是同船亲人的个数，具有大小数量关系，所以不对它们进行独热编码转换了。

（4）特征值缩放。不同特征通常具有不同的取值范围，例如年龄一般在 0～100 岁，性别取值只有 0 和 1，而年收入可以是几万元、几十万元甚至几百万元。在计算距离时，取值范围大的特征会主导距离的计算结果，因而需要将各特征的取值范围缩放到相近的范围。特征缩放对一些基于距离计算的机器学习模型非常关键，如使用径向基核函数的支持向量机模型和 K 近邻模型等。使用决策树模型，一般无须对特征值进行缩放。

本例中，Age 和 Fare 列的取值范围基本都在几十左右，处于同一量级，相差不大，所以不对它们进行数值缩放。如果考虑到其他类别特征的取值都在 10 以内，可以考虑通过数值离散化（即分组）的方法将 Age 和 Fare 列的值也转换成 10 以内的离散值，不过这里不做这样的处理。

15.3.4 特征工程

处理好数据之后，需要选择出有助于预测生还率的一些特征作为机器学习模型的输入。可以从已有的特征中选择，也可以创建一些新的对预测有帮助的特征。

一、特征创建。通过对数据的仔细观察，我们创建出以下一些可能对预测生还率有帮助的新特征。

（1）称谓（Title）。首先，每个乘客姓名（Name）中都包含了具体的称谓或头衔，例如，“Braund, Mr. Owen Harris”“Heikkinen, Miss. Laina”“Fermina, Master. Michael J”等。称谓可以在一定程度上反映一个人的职业和年龄等。我们将这部分信息提取出来，作为非常有用的一个新变量“Title”。

```
# 从每个乘客的姓名中提取其称谓
fullData['Title'] = fullData['Name'].map(lambda x: x.split(',')[1].split('.')[0].strip())
fullData['Title'].value_counts()
```

```
Mr          757
Miss        260
Mrs         197
```

```
Master          61
Dr               8
Rev              8
Col              4
Major            2
Ms               2
Mlle             2
Mme              1
Don              1
Sir              1
Jonkheer         1
Dona             1
Lady             1
Capt             1
the Countess     1
Name: Title, dtype: int64
```

提取出来的称谓中包含英、法、西班牙语的不同叫法，我们把它们归成如下六类：Officer：政府官员，Royalty：王室，Mr：已婚男士，Mrs：已婚妇女，Miss：年轻未婚女子，Master：有技能的人/教师。

```
# 使用 map 函数将各种称谓转换成其相应的称谓类别
title_mapDict = {"Capt":       "Officer",     "Col":       "Officer",
                 "Major":      "Officer",     "Jonkheer":"Royalty",
                 "Don":        "Royalty",     "Sir":       "Royalty",
                 "Dr":         "Officer",     "Rev":       "Officer",
                 "the Countess":"Royalty",    "Dona":      "Royalty",
                 "Mme":        "Mrs",         "Mlle":      "Miss",
                 "Ms":         "Mrs",         "Mr":        "Mr",
                 "Mrs":        "Mrs",         "Miss":      "Miss",
                 "Master":     "Master",      "Lady":      "Royalty"}
fullData['Title'] = fullData['Title'].map(title_mapDict)
```

最后我们将具有六个类别值的 Title 列进行独热编码，并拼接到原数据集中。

```
# 使用 get_dummies 函数进行独热编码
titleDf = pd.get_dummies(fullData['Title'], prefix = 'Title', drop_first = True)
# 将独热编码后的多个列拼接到原数据中
fullData = pd.concat([fullData, titleDf], axis = 1)
```

(2) 船舱类型。舱位（Cabin）列值的格式一般为一个大写字母，如 A 或 C，再加上一个整数值（即具体的座位号）。第一个字母可以视为船舱类型，可能有助于预测乘客的生还率，所以我们把 Cabin 列值的首字母提取出来，将其映射为一个类别特征。

```
# 将 Cabin 列值映射为其首字母的值
fullData['Cabin'] = fullData['Cabin'].map(lambda x : x[0])
```

同样对映射后的 Cabin 列进行独热编码，并拼接到原数据集中。

```
# 使用 get_dummies 函数进行独热编码
cabinDf = pd.get_dummies(fullData['Cabin'], prefix = 'Cabin', drop_first = True)
# 将独热编码后的多个列拼接到原数据中
fullData = pd.concat([fullData, cabinDf], axis = 1)
```

（3）家庭人数和家庭类别。Parch 和 SibSp 两列都是表示家庭成员的数量的，将它们的值相加合成一列“FamilySize”，并且按照家庭人数的多少创建三个二值特征“Family_Single”（家庭人数等于 1）、“Family_Small”（家庭人数大于 1 小于 5）和“Family_Large”（家庭人数大于等于 5）。

```
# 创建新的特征 Family_Size
fullData['FamilySize'] = fullData['Parch'] + fullData['SibSp'] + 1
# 创建三个新的二值特征:Family_Single, Family_Small, Family_Large
fullData['Family_Single'] = fullData ['FamilySize'].map( lambda s: 1 if s == 1 else 0)
fullData['Family_Small'] = fullData['FamilySize'].map( lambda s: 1 if 1<s<5 else 0)
fullData['Family_Large'] = fullData['FamilySize'].map( lambda s: 1 if s>= 5 else 0)
```

二、特征选择。在创建和提取特征时，我们尽可能多地提取出对预测有帮助的特征，但过多的特征会造成冗余、噪声、容易过拟合等问题，因此需要进行特征选择。特征选择可以加快模型的训练速度，同时还可以提升效果。

特征选择的方法有多种，最简单的是使用相关系数（correlation coefficient）。

Pandas 中提供的 corr() 方法可以计算出一个 DataFame 中所有数值型列两两之间的相关系数，缺省的是 Pearson 相关系数（即线性相关系数），还可以计算 Kendall 或 Spearman 等非线性相关系数，甚至是用户自定义的相关系数。

```
# 计算所有数值型特征列两两之间的线性相关性
corrDf = fullData.corr()
```

我们可以用 Seaborn 中的 heatmap()（热力图）将计算出的相关系数矩阵可视化出来。

```
# 可视化相关系数矩阵
plt.figure(figsize = (20, 20))
sns.heatmap(corrDf, cmap = plt.cm.RdBu, linecolor = 'white', annot = True)
```

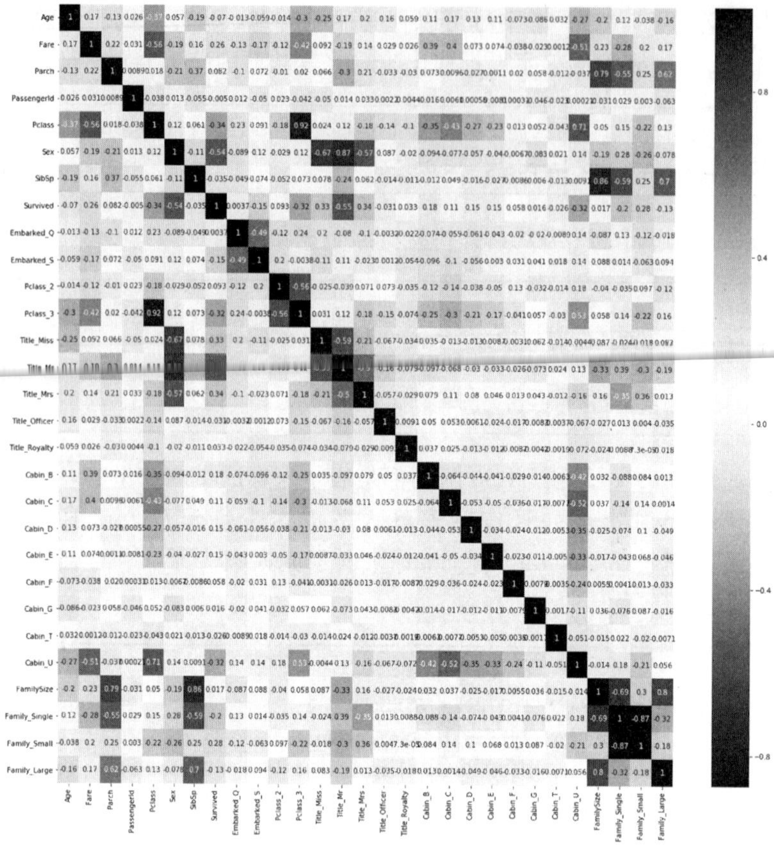

Pearson 相关系数主要衡量两个变量之间的线性相关性，数值在 −1 到 1 之间，绝对值越大，两个变量的线性相关性越大；越接近 0，线性相关性越小。相关系数矩阵是一个对称矩阵，对角线以下和以上的内容是完全一样的。特征选择时，我们主要关注两种情况：

- 特征变量和目标变量之间的相关度，可以看作该特征的重要度，绝对值越大越好。
- 特征和特征之间的相关度应该低，如果两个特征之间的相关性很高，就有可能存在冗余。

从上面显示的热力图我们可以观察到，整体上特征变量之间的相关性较低，除了几个比较显然的情况，例如性别（Sex）和称谓（Mr.，Mrs.，Miss）之间存在较强的相关性，船舱等级（Pclass）与票价（Fare）之间具有相关性，船舱等级（Pclass）与有无舱位号（Cabin_U）之间存在较强相关性，以及 Parch 和 SibSp 与它们所生成的几个有关家庭大小的变量（FamilySize，Family_Single，Family_Small，Family_Large）之间存在强相关性。我们在选择特征时可以考虑这些相关性。

本例中的目标变量是 Survived 列，我们着重查看其他变量与该变量之间的相关性，并按绝对值降序排列。

```
# 查看每个特征与 Survived 的相关系数,并按绝对值的降序排列
corrDf['Survived'].map(abs).sort_values(ascending = False)
```

```
Survived           1.000000
Title_Mr           0.549199
Sex                0.543351
Title_Mrs          0.344935
Pclass             0.338481
Title_Miss         0.332795
Pclass_3           0.322308
Cabin_U            0.316912
Family_Small       0.279855
Fare               0.257307
Family_Single      0.203367
Cabin_B            0.175095
Cabin_D            0.150716
Embarked_S         0.149683
Cabin_E            0.145321
Family_Large       0.125147
Cabin_C            0.114652
Pclass_2           0.093349
Parch              0.081629
Age                0.070323
Cabin_F            0.057935
SibSp              0.035322
Title_Royalty      0.033391
Title_Officer      0.031316
Cabin_T            0.026456
FamilySize         0.016639
Cabin_G            0.016040
PassengerId        0.005007
Embarked_Q         0.003650
Name: Survived, dtype: float64
```

一般地，Pearson 相关系数绝对值小于 0.02 表示极弱相关甚至不相关，所以这里只选择相关系数绝对值在 0.02 以上的特征。另外，考虑到特征之间的相关性，去掉一

些冗余列，如去掉 Pclass_2 和 Pclass_3，保留 Pclass；去掉 Parch 和 SibSp，保留 Family_Single，Family_Small 和 Family_Large。最后我们选择了 20 个特征作为输入机器学习模型的特征列。

```
# 筛选出最终输入模型的特征列和目标列
cols = corrDf['Survived'][abs(corrDf['Survived'])>0.02].index
fullNew = fullData[cols].drop(columns=['Pclass_2', 'Pclass_3', 'Parch', 'SibSp'])
```

除了使用相关系数之外，还可以通过训练机器学习模型来筛选特征，比如逻辑回归、决策树、随机森林、梯度提升树等模型都可以输出特征的重要度。

最后，将准备好的数据集重新拆分成原来给定的训练集和测试集，并准备好供机器学习模型使用的特征列（X）和目标列（y）两部分。Survived 列是待预测的目标列，竞赛给定的测试数据集中没有 Survived 列。

```
# 拆分出原来的训练数据集和测试数据集
train_X = fullNew[:891].drop(columns=['Survived'])
train_y = fullNew[:891].Survived
test_X = fullNew[891:].drop(columns=['Survived'])
train_X.shape, train_y.shape, test_X.shape
```

```
((891,20),(891,),(418,20))
```

15.3.5 基本模型构建

用于分类的机器学习模型有很多种，这里实验四种常用的模型：逻辑回归、支持向量机、随机森林和梯度提升树模型。

我们使用交叉验证的方法来评估每个模型的泛化性能，即在未知数据上的表现。和单次划分训练集和测试集的评估方法不同，交叉验证是将数据集进行多次不同的划分，形成多个不同的训练集和测试集对，分别用它们训练模型并评估，然后取这多个评估结果的平均值作为该模型的评估结果，因而会更准确些。Scikit-learn 库中实现的最简单的交叉验证的方法是 cross_val_score。

下面我们先评估每种模型使用缺省参数的效果，然后再使用网格搜索方法自动寻找最佳的超参数值。首先导入要用到的所有类。

```
from sklearn.model_selection import cross_val_score
from sklearn.model_selection import GridSearchCV
# 导入各个分类模型类
from sklearn.linear_model import LogisticRegression
from sklearn.svm import SVC
from sklearn.ensemble import RandomForestClassifier
from sklearn.ensemble import GradientBoostingClassifier
```

（1）使用缺省或固定参数。

```
# 用 5 折交叉验证一次评估四种模型的效果
models = [LogisticRegression(), SVC(), RandomForestClassifier(), GradientBoostingClassifier()]
names = ['LR: ', 'SVM: ', 'RF: ', 'GB: ']
for name, model in zip(names, models):
    score = cross_val_score(model, train_X, train_y, cv = 5)
    print(name, score.mean(), score)
```

```
LR:  0.823825842164674 [0.82122905 0.82122905 0.80337079 0.8258427 0.84745763]
SVM:  0.729643834800288 [0.6424581 0.75418994 0.71348315 0.75842697 0.77966102]
RF:  0.8216165263546502 [0.83798883 0.7877095 0.85393258 0.76404494 0.86440678]
GB:  0.8260539891842896 [0.82122905 0.82122905 0.83146067 0.8258427 0.83050847]
```

在使用缺省参数的各模型中，梯度提升树模型取得了最高分数：0.826。

（2）自动参数调优。每种模型都有一些超参数，可以通过调节超参数的值来寻找效果最优的模型。这一过程可以手动进行，即逐一设置不同的参数值，生成相应的模型，并得到其评估结果，最后再从中选出最优的模型。Scikit-learn 库中提供了一些方法可以自动化这一过程，如带交叉验证的网格搜索 GridSearchCV。给定多个参数的多个可能取值，GridSearchCV 自动为每种可能的参数值组合生成相应的模型，并用交叉验证的方法训练和评估该模型，然后选出最优的一个模型，并给出最优模型对应的参数值组合。

下面我们使用 GridSearchCV 来对每个模型自动寻找最优超参数，并显示最优模型的交叉验证得分。

```
# 逻辑回归模型
param_grid = {'C':[0.5,1.0,1.1,1.2,1.3,1.5], 'penalty':['l1', 'l2']}
grid_search = GridSearchCV(LogisticRegression(), param_grid, cv = 5)
grid_search.fit(train_X, train_y)
grid_search.best_params_, grid_search.best_score_
```

```
({'C': 1.2, 'penalty': 'l1'}, 0.8271604938271605)
```

```
# 支持向量机模型
param_grid = {'C':[5,6,7,8], 'gamma':[0.005,0.01,0.015,0.02]}
grid_search = GridSearchCV(SVC(), param_grid, cv = 5)
grid_search.fit(train_X, train_y)
grid_search.best_params_, grid_search.best_score_
```

```
({'C': 7, 'gamma': 0.01}, 0.7845117845117845)
```

```
# 随机森林模型
param_grid = {'n_estimators':[450,480,485,490], 'max_depth':[7,8,9,10]}
grid_search = GridSearchCV(RandomForestClassifier(), param_grid, cv = 5)
grid_search.fit(train_X, train_y)
grid_search.best_params_, grid_search.best_score_
```

```
({'max_depth': 8, 'n_estimators': 480}, 0.8395061728395061)
```

```
# 梯度提升树模型
param_grid = {'n_estimators':[110,120,130,140,150],
              'learning_rate':[0.1,0.11,0.12,0.15], 'max_depth':[3,4,5,6]}
grid_search = GridSearchCV(GradientBoostingClassifier(), param_grid, cv = 5)
grid_search.fit(train_X, train_y)
grid_search.best_params_, grid_search.best_score_
```

({'learning_rate': 0.11, 'max_depth': 4, 'n_estimators': 130}, 0.8439955106621774)

各模型经过调参后，性能都有所提升。相比之下，效果最好的还是梯度提升树模型，得分为 0.844。

15.3.6 模型集成

为了使预测的准确度更高一些，可以将多个不同的模型集成起来。集成多个异质学习器的方法通常有多数投票和堆叠。Scikit-learn 中提供了多数投票模型的实现，即 VotingClassifier。下面我们将前面四种最优模型用多数投票方式集成起来。

```
# 用多数投票模型集成前面四个最佳模型
from sklearn.ensemble import VotingClassifier

clf1 = LogisticRegression(C = 1.2, penalty = 'l1')
clf2 = SVC(C = 7, gamma = 0.01)
clf3 = RandomForestClassifier(n_estimators = 480, max_depth = 8)
clf4 = GradientBoostingClassifier(n_estimators = 110, learning_rate = 0.1, max_depth = 4)

vclf = VotingClassifier(estimators = [('LR', clf1), ('SVM', clf2), ('RF', clf3), ('GB', clf4)])

score = cross_val_score(vclf, train_X, train_y, cv = 5)
print(score.mean(), score)
```

0.8395122397542792 [0.84357542 0.83798883 0.84269663 0.8258427 0.84745763]

上面结果显示，用多数投票法融合多个不同机器学习模型的效果并没有超过单个模型，甚至低于单个模型的效果。除了多数投票法，还可以尝试多层堆叠的方法来集成多个模型。

15.3.7 模型使用

最后，将选择好的模型运用到竞赛给出的测试数据集上，得到预测结果，并将预测结果按照竞赛要求的格式存入一个外部 csv 文件中，就可以提交到 Kaggle 平台上做评测了。

```
# 用模型对测试数据进行预测
test_y = vclf.fit(train_X, train_y).predict(test_X).astype(int)
passenger_id = full[891:].PassengerId
# 将预测结果按所要求的格式,准备成一个用于提交的 csv 文件
submission = pd.DataFrame({'PassengerId': passenger_id, 'Survived': test_y})
submission.to_csv('titanic_pred.csv', index=False)
```

我们提交的用多数投票集成模型得到的预测结果在 Kaggle 平台上的得分为 0.775 11。我们也将其他四种网格搜索得到的最佳模型预测的结果提交到 Kaggle 平台上，得分如表 15-1 所示，可见在测试集上的得分不同于我们在训练集上做交叉验证得到的分数。

表 15-1 各模型得分

模型	Kaggle 评分
逻辑回归	0.775 11
支持向量机	0.717 70
随机森林	0.775 11
梯度提升树	0.736 84
多数投票模型	0.775 11

参考文献

[1] Titanic Data Science Solutions. https://www.kaggle.com/startupsci/titanic-data-science-solutions.

[2] An Interactive Data Science Tutorial. https://www.kaggle.com/helgejo/an-interactive-data-science-tutorial/data.

[3] https://blog.csdn.net/regina67/article/details/77940640.

中国人民大学出版社　理工出版分社

教师教学服务说明

中国人民大学出版社理工出版分社以出版经典、高品质的统计学、数学、心理学、物理学、化学、计算机、电子信息、人工智能、环境科学与工程、生物工程、智能制造等领域的各层次教材为宗旨。

为了更好地为一线教师服务，理工出版分社着力建设了一批数字化、立体化的网络教学资源。教师可以通过以下方式获得免费下载教学资源的权限：

★ 在中国人民大学出版社网站 www.crup.com.cn 进行注册，注册后进入“会员中心”，在左侧点击“我的教师认证”，填写相关信息，提交后等待审核。我们将在一个工作日内为您开通相关资源的下载权限。

★ 如您急需教学资源或需要其他帮助，请加入教师 QQ 群或在工作时间与我们联络。

中国人民大学出版社　理工出版分社

教师 QQ 群： 229223561(统计2组) 982483700(数据科学) 361267775(统计1组)
教师群仅限教师加入，入群请备注（学校+姓名）

联系电话： 010-62511967，62511076

电子邮箱： lgcbfs@crup.com.cn

通讯地址： 北京市海淀区中关村大街 31 号中国人民大学出版社 507 室（100080）